荣获

新闻出版总署优秀畅销书奖
全国优秀古籍图书普及读物奖
第十七届山西省优秀图书一等奖
第二届山西出版政府奖
山西出版集团2008年度十种好书

全套藏书累计销售500万册

诸子百家卷

《诗经》《尚书》《礼记》《楚辞》《论语·大学·中庸》《孟子》《老子》《庄子》《荀子》《韩非子》《孙子兵法·尉缭子·鬼谷子》《墨子》《周易》《山海经》《吕氏春秋》《三十六计》

名家选集卷

《三曹诗集》《陶渊明集》《王勃集》《王维集》《孟浩然集》
《高适集》《岑参集》《李白集》《杜甫集》《白居易集》
《刘禹锡集》《元稹集》《李商隐集》《李贺集》《杜牧集》
《韩愈集》《柳宗元集》《李煜集》《欧阳修集》《王安石集》
《苏轼集》《黄庭坚集》《柳永集》《秦观集》《周邦彦集》
《李清照集》《辛弃疾集》《陆游集》《范成大集》《杨万里集》
《姜夔集》《文天祥集》《元好问集》《唐寅集》《张岱集》
《三袁集》《李贽集》《傅山集》《纳兰性德集》《袁枚集》
《郑板桥集》《龚自珍集》

史著选集卷

《左传》《国语》《战国策》《史记》《汉书》《后汉书》《三国志》《资治通鉴》

综合选集卷

《唐诗三百首》《宋词三百首》《元曲三百首》《千家诗》《古文观止》《汉魏六朝小赋骈文选》《唐宋八大家文选》《明清小品文选》

笔记杂著卷

《蒙学六种——三字经·百家姓·千字文·增广贤文·幼学琼林·格言联璧》《颜氏家训·朱子家训》《世说新语》《金刚经·坛经·心经·地藏经》《曾国藩家书》《菜根谭·小窗幽记·幽梦影》《浮生六记》《闲情偶寄》《近思录》《徐霞客游记》《古代书信精选》

戏曲小说卷

《元杂剧精选》《西厢记》《牡丹亭》《长生殿》《桃花扇》《今古奇观》《三国演义》《水浒传》《西游记》《红楼梦》《聊斋志异》《儒林外史》《封神演义》《话本小说选》《文言小说选》

中国家庭基本藏书 戏曲小说卷

桃花扇

〔清〕孔尚任 著

贾炳文 任爱玲 评注

山西出版集团
三晋出版社

博学工作室

说部菁华

曲苑妙裁

黄竹三题

·山西师范大学黄竹三教授为《中国家庭基本藏书》题词

前言

中国戏剧文学是一座伟大的宝库，继元杂剧之后，传奇是明清时期戏剧的主要表现形式，《桃花扇》则是明清传奇最重要的代表作之一。

时势总是把伟大的人物及时地推向历史舞台。孔子的第64代孙孔尚任的出生与清王朝统一中国恰好是同一个时期，他是孔子后裔中最有成就的学问家之一，又是那个时代最杰出的戏剧家。康熙皇帝励精图治、恩威并施，巩固了皇权，满族成为中国历史上第二个在广大汉族地区建立统一政权的少数民族。公元1684年，康熙巡视江南，冬季返京，途经山东曲阜，孔尚任被推荐讲儒经，那年他36岁，正值年富力强。康熙帝大为赏识，给予褒奖，任他为国子监博士。这使孔尚任感激非常。

孔尚任并未亲身经历明亡的痛苦，但在1686年他被派往淮扬从事治河事宜期间，接触到了明朝遗民冒辟疆等人，明朝遗民思古之幽情，南明王朝那许许多多令人潸然泪下的故事融入剧作家的脑海中。1690年，孔尚任返京后，经过十余年的艰苦创作，数易其稿,《桃花扇》终于问世了,时年为康熙三十八年(1699),孔尚任51岁。当时,京城上演《桃花扇》真是盛况空前,甚至流传到边远地区。尽管孔尚任竭力回避正面描述清兵的武力征服,也用心良苦地用了曲笔,通过老赞礼之口,竭力歌颂清初的太平盛世,然而清廷终因其全剧歌颂抗清英雄、贬斥降清叛逆,委婉地罢了他的官。

孔尚任写《桃花扇》的目的是让观众和读者知道:“三百年之基业,隳于何人?败于何事?消于何年?歇于何地?”是为“惩创人心,为末世一救”的。他要揭示短暂到只有一年有馀的南明王朝败亡的历史教训。他认为南明灭亡是由于清兵南下和南明自身腐败的内外综合因素造成的。南明皇帝昏庸荒淫,只知醉生梦死,及时行乐;南明权臣马士英、阮大铖之流祸国殃民,一味贪恋钱色,卖官鬻爵,同时结党营私、报复清流(指东林、复社党人)。可见,昏君与奸臣组成的权力核心是不可能力挽狂澜、重振山河的。在南明内乱之时,左良玉气急身亡,在外患袭来之际,史可法只能独善其身、守义不辱、舍身尽忠而已。再说以陈定生、吴次尾等为领袖的复社文人,在政治上继承东林党人的主张,然而他们在“中原无人,大事已不可问”的情况下,竟风花雪月,醉情歌舞。因此,康熙皇帝看了《桃花扇》后一针见血地指出:“弘光弘光,虽欲不亡,其可得乎!”

《桃花扇》剧中的主人公李香君与侯方域的爱情悲剧,因与国家的兴亡、民族的命运及南明王朝内部忠奸斗争紧密结合,淋漓尽致地体现了孔尚任创作《桃花扇》的艺术总纲——“借离合之情,写兴亡之感”。这就使《桃花扇》成为一个无懈可击的有机体,情节曲折、感情强烈、寓意深刻、馀韵悠扬。在孔尚任看来,对“离合之情”只是“借”而已,而对“兴亡之感”才是“写”,“借”是从属的,“写”是主要的。可见,孔尚任的主观意愿是写历史,但不管他的初衷如何,《桃花扇》确实塑造了“典型环境中的典型性格”。《桃花扇》的历史价值和艺术价值远远地超过了作者本人的认识水平,这是他始料未及的。伟大的作品就是这样,它不只是它所诞生的那个时代的辉煌,而且是永恒的辉煌。

伟大的精神并不一定是伟大人物的精神。李香君幼时家道败落,8岁时被歌妓李贞丽收养。李贞丽将其视为亲生女儿一样培养,李香君自幼学习艺家诸艺,是名噪一时的歌妓。复社领袖人物张天如、夏允彝等十分欣赏色艺超群的李香君,苏昆生也是在复社文人声讨阮大铖后坚决离开阮家做了她的教曲师傅的。东林复社党人组成敢于和魏忠贤阉党势力斗争的清流文人团社,这样,它的社会影响也作用到了人来人往的秦淮妓院,自然也就潜移默化地感染了李香君,在她的心中形成了朴素的正义感。所以，当李香君得知“这些妆奁酒席，约费二百馀金，皆出怀宁(阮大铖）之手”，又听了杨龙友为阮大铖说情的一番诡辩，而侯方域对阮大铖竟生恻隐之心时，她义愤填膺地怒斥：“官人是何说话？阮大铖趋附权奸，廉耻丧尽，妇人女子，无不唾骂。他人攻之，官人救之，官人自处于何等也？”“……官人……徇私废公，那知道这几件钗钏衣裙，原放不到我香君眼里。”她毅然决然拔簪脱衣唱道：“脱裙衫，穷不妨；布荆人，名自香。”真切体现了“富贵不能淫，贫贱不能移，威武不能屈”。

本来侯方域梳栊李香君只是出于苦闷，为了排解忧愁而寻欢作乐，双方只是在才华和容貌上的互相倾慕。通过“却奁”一事，李香君给侯方域上了一堂正气课，使他幡然悔悟。他说：“那些社友平日重俺侯生者，也只为这点义气。”因此，侯方域、李香君的爱情便牢固地建立在共同的人生理想和人生态度上了，正如贾宝玉、林黛玉的爱情是建立在反封建礼教的共同思想基础上一样。在这一点上也只有《红楼梦》与《桃花扇》交相辉映，其他的儿女风情戏，则要逊色得多。

李香君被卷入南明政治斗争的漩涡之中，既是一种偶然，也是一种必然。阮大铖在不得志时，想靠近复社文人，捞取政治资本。这点韬晦之计被李香君揭穿后，他气急败坏，伺机报复。崇祯帝煤山自尽后，他幸灾乐祸，“幸遇国家多故，正我辈得意之秋”。马士英、阮大铖狼狈为奸，拥立福王为帝阴谋得逞。“子系中山狼，得志便猖狂”，阮大铖必然迫害复社人士，也必然对李香君下毒手。他怂恿马士英强迫李香君嫁魏阉馀孽田仰时说：“当年旧恨重提起，便折花损柳心无悔。那侯朝宗空空梳栊了一番，看今日琵琶抱向阿谁？”当杨龙友为田仰撺掇此事时，李香君以死抗争，血溅诗扇，宁为玉碎，不为瓦全。对爱情的忠贞、对奸贼的抗争两者有机地联系在一起。这场闹剧终由善解人意的李贞丽李代桃僵，杨龙友从中斡旋而蒙混了过去。《却奁》《拒媒》《骂筵》是塑造李香君性格的三场重头戏。南明弘光皇帝不顾国家安危，一味声色犬马、选优演戏。李香君冒名李贞丽被征入宫，马、阮在内廷审戏时，她故作不会演戏，马士英指责她“样样不会，怎称名妓”。当得以诉述心事时，她控诉道：“拆散夫妻惊魂迸，割开母子鲜血涌，比那流贼还猛。”她指责皇帝“创业选声容，后庭花又添几种”，南明不过是重蹈历史覆辙而已。她怒斥马士英、阮大铖奸贼“干儿义子从新用，绝不了魏家种”，那是祸国殃民的奸党乱了朝纲，而“俺青楼皆知敬重”的东林复社却受到压制。李香君大义凛然、爱憎分明，她与时代脉搏同起伏，她与乱世风云共命运，她的个人遭遇是悲惨的，她的精神境界是高尚的。

与李香君受马、阮集团迫害相并行的另一条线索是侯方域被迫害。他奔逃到史可法处，协助史可法调解四镇内讧未果，又随高杰北上防河。高杰被防河将领许定国所杀，侯方域颠沛流离，又被马、阮以清除复社文人逆党为由而监押，侯的遭遇是南明王朝内部矛盾激化的一个缩影。

侯、李二人分别后，苏昆生受李之托，带着侯、李婚姻信物桃花扇苦苦寻找侯方域，他们在船上相遇后桃花扇到了侯方域手中，侯不禁感慨万端，返回南京寻找李，却卷入风波被捕入狱。南明弘光帝及马、阮之流逃亡后，侯、李也分别被营救而逃出南京。侯、李苦寻对方踪迹。在长久的痛苦思念后，他们在道观重逢，李深切地对侯说："想杀奴也！"却被道士张薇一声断喝，割断他们的情根，二人双双入山修道。

侯、李的归道意味着国家、民族和个人的不幸，他们无力挽救国家和民族的衰亡，也无力改变自己不幸的命运，或以死殉国、以死殉情，或入佛入道、苟活于世。《桃花扇》把这两者有机地交织在一起，道家的"无为而治，顺其自然"成为最后的选择：躯体健在，精神死亡。

这结局似乎有些出人意料，相爱的人在颠沛流离之后好不容易相遇了，以常人的想象，他们应该团圆了；然而却又似乎是心甘情愿地分离了，这意味着他们将要忍受长期的痛苦的精神折磨。

以死殉情是中外最著名的悲剧主人公的结局：焦仲卿与刘兰芝、梁山伯与祝英台、罗密欧与朱丽叶……精神死亡的也有先例，贾宝玉皈依佛门，侯方域、李香君入了道家。两者是相似的，无论肉体死亡还是精神死亡，都体现了悲剧艺术的原则——把美好的东西毁灭了给人看。

《桃花扇》全剧以高超的艺术手法表达了深沉的故国哀思和浓烈的亡国之痛，激发读者、观众怀念故国不做顺民而以民族利益为重的思想感情。揭示了腐败亡国的沉痛历史教训，深远的历史意义是不可低估的。

本书以康熙戊子刻本为底本，以兰雪堂本、暖红室本、梁启超注本为参校本，择善而从。因为是为普通读者提供的读本，故而未出校勘记。每一出之后，有注释和新评。书末附有"孔尚任年谱简编""《桃花扇》研究主要文献"及"《桃花扇》名言警句"（正文中用着重号标出）。由于评注者水平所限，错讹之处在所难免，诚望大方之家斧正。

评注者

2008年8月

孔尚任与《桃花扇》(代序)

陈杏初

康熙二十三年(1684)仲冬的一天，山东曲阜城内人流不息，一片繁忙而肃穆的气象。因为康熙皇帝要亲临曲阜孔庙来致祭至圣先师孔子了。这对于孔府，可谓殊荣无比。

祭孔典礼在无比庄重的气氛中开始了。除了照例的跪拜之类的仪式以外，还有六佾舞，即由八人一列的六个队列合作舞蹈。这些乐舞生并非皇帝带来，而是孔府自己训练的。尽管御驾亲临，但他们却一点都没有怯场。在悠扬的乐器声中，他们配合默契，动作优美，使人不禁赞叹。仪式开始以来，乐舞生们在神色庄重的司乐官指挥下，“迎神乐奏昭平之章”“奠帛、初献乐奏宣平之章”“亚献乐奏秩平之章”等一一举奏着，深得章法。在如此盛大的场合，能镇定自若、有条不紊，足见乐舞生们的平日训练有素和对音律的精通。人们不禁要问：训练这些乐舞生的究竟是何许人也？他就是后来以《桃花扇》一剧蜚声文坛的孔尚任。

一、孔子的后裔

孔尚任生于清顺治五年(1648)九月十七日，山东曲阜人。字聘之，又字季重，号东塘，又号岸堂，自称云亭山人。作为《桃花扇》的作者，他在我国文学史和戏剧史上都有重要的地位。

孔尚任的出生，上距明王朝的覆灭和清

王朝的建立只有四个年头。当时明王朝的宗室在西南地区建立的政权(在历史上称为南明)仍在与清王朝抗衡，在清王朝统辖下的地区经常发生反清斗争，清王朝则用残酷的民族压迫来维护自己的统治。这一切使汉族的大多数人都不同程度地存在着怀念明朝的情绪。孔尚任的家庭也是如此。

孔尚任是孔子的六十四代孙。他的父亲孔贞璠，字用璞，号琢如，明末崇祯六年(1633)举人，颇有才学。《阙里文献考》卷九十三中的有关资料说他"博学多才，崇尚气节，尝慕朱家、郭解之为人。当明季兵荒荐至，解纷御侮，一邑赖之"。可见他是一位颇有节概的人物。入清后，他绝意仕宦，和明朝的遗老们多有交往。这样的家庭出身，自不能不给孔尚任的思想带来相当浓厚的影响。

在和孔贞璠交往密切的友人中，有一位贾应宠，号凫西，又号澹圃，为人倜傥，不拘小节，擅长作鼓词，自号木皮散客。他是曲阜一带的饱学名士。除了怀念明室外，经常对儒生嬉笑怒骂，用鼓词来发泄他对政治现实的不满。孔尚任十分喜爱他的这类作品。后来孔尚任曾听他讲《论语》，觉得他有很多见解不同于先儒，因而对他颇为敬佩。但他令孔尚任印象最深的，却是他的为人和狂劲。孔尚任曾为他写过一篇《木皮散客传》，记录了不少有关他的言行。他曾宣称："吾好利，能自生之，不夺窃；夺窃，盗也。吾好势，吾竟使之，不谬为谦恭，不仗人。谬为谦恭，娼也，仗人，犬也。"有一次孔尚任偶然到贾应宠家中去，这时年已六十的贾应宠把孔尚任让到上座，拿出鱼肉来招待孔尚任，并意味深长地对孔说："吾自奉廉，不惜鱼肉啖汝者，为汝慧异凡儿。吾老矣，或有须汝处，非念汝故人子也。"并指着一个在墙角从事打扫的人说："此亦故人子也，彼奴才，吾直奴之矣。"过了很多年以后，孔尚任仍清晰地记住了这件事。他在写作《桃花扇》时，其《听稗》一出中有五段鼓词，就都是从贾应宠的《木皮散人鼓词》中抄录的。

除父辈的影响外，孔尚任的一位族兄也对他起了间接的影响。这就是孔尚则。

孔尚则字仪之，又字准之，号方训。崇祯十三年进士，被任命为河南洛阳县知县。洛阳系福王的藩地，而他却不愿意当福王的鹰犬，因而落职。后来做了南明弘光朝的官，因与当权的马士英、阮大铖等不和，又被削职。孔尚任的岳父秦光仪，曾于明末在孔尚则家住过三年，从他那里知道了许多明末遗事，后来就一再说给孔尚任听。尤其是李香君(《桃花扇》的女主角)因为反抗强暴，以头撞地，血溅污了扇子，由杨龙友将扇中血迹画作桃花的事，从未见于其他记载，是孔尚则从杨龙友的书童处听到的。这个故事使孔尚任非常感动。

由于这些内心倾向于明朝政权的父兄、亲友的影响，再加上当时民族矛盾的尖锐、激烈，孔尚任在青年时期就想把明末的李香君及其与侯方域的爱情故事写成剧本，以此来反映明末的政治情况。而且，他把剧名也想好了——《桃花扇》。但可能是由于材料不足吧，他迟迟没有动笔。

二、石门山中

孔尚任渐渐长大了，和当时所有的儒生一样，他也受到了传统的儒家经典教育。在康熙八年以前他已经应童子试成了诸生。在这个时期，他除了学习传统的经书外，也开始注意乐律，并成为他以后长期研究的课题。

康熙初年国内的政治形势发生了很大的变化。南明王朝的永历帝被杀，南明政权最后的象征消灭了。后来清朝统治者又花了近十年的时间，平定了动乱的局面，从而使政治统治趋于稳定。这期间，清朝统治者在加剧思想上专制统治的同时，又采取了一系列的怀柔政策，笼络士人。康熙十七年设博学鸿词科，收罗文人，开《明史》馆，便是这种怀柔政策的具体表现。而社会上文人的观念也渐渐地发生变化，孔尚任也是如此。康熙十七年秋天，孔尚任曾前往济南应乡试，但未能中举。回到曲阜就和两个族弟一起到城北的石门山游玩。那山洞壑幽碧、木佳泉清、景观奇幻，使他非常欣赏，遂萌生了要在石门山结庐的念头。也就从这一年起，他在石门山过了一段时期隐居生涯。

石门山自古便是一个名胜去处。杜甫曾经有诗吟咏其景色："涧道馀寒历冰雪，石门斜日到林丘。"（《题张氏隐居二首》之一）孔尚任在石门山建造了一幢书堂，取名为孤云草堂。生活的清闲，使他结识了不少谈古道今的朋友。他在这里度过了四个春秋。这所孤云草堂便成了他与朋友作诗作词、研究经书的好场所。《律吕管见》一书也是在这里撰成的。但是他的仕进之心并未因隐居生活而泯没。康熙二十年，他用田产去捐了一个国子监生。正如他自己所说："尽典负郭田，纳一国子生。"（《与颜修来》）

由于刻苦学习，他的学识在孔氏家族中逐渐有了声望。康熙二十一年的秋天，他应当时孔氏家族的代表衍圣公孔毓圻之请，出山为他料理其妻子张夫人的丧事。孔毓圻字钟在，又字翊宸，号兰堂，博雅好古。他原对孔尚任颇有好感，通过料理丧事，对孔尚任的办事能力更有很深的印象，所以，第二年春他又聘请孔尚任参加纂修《孔子世家谱》及《阙里志》，并训练礼生、乐舞生，监造礼乐祭器。

说到修家谱，这在孔氏家族中是一件大事。孔家为了显示自己的子孙繁衍兴盛，要求对历代的祖宗有较详的记载。明天启以后，规定对宗谱三十年一小修、六十年一大修。《世家谱》一书，大部分是汉以后孔家的传记谱牒，是孔氏家族的历史。孔尚任在从事这个工作时，取材极严，对于《史记》中的《孔子世家》也作了不少订正。《阙里志》则是记载有关历代追崇孔子之典、孔氏林庙古迹及旧事遗文的书。孔子的后裔屡有续辑。正像我国封建社会中统治者十分重视修史一样，孔氏也总要选派族中最有学问的人来担任这些典籍的纂修，可见当时孔尚任在其家族中已有相当的地位。

三、康熙帝的赏识

康熙二十三年，也即公元1684年，这对于孔尚任来说是一个重要的年头。这年秋天，他经过了一年多的辛苦，将《孔子世家谱》和《阙里志》修纂完毕，本想再回石门山，但因得知康熙帝即将南巡，并将到曲阜来祭孔，孔毓圻等又把他留了下来，以便帮助进行祭祀的工作，如同孔尚任自己所说："将还山，恭闻天子东巡，有事阙里，宗公族姓复留任襄祭事。任乃率诸弟子在庙肄习。"（孔尚任《出山异数记》）由于孔尚任精通音律，在训练乐舞生方面取得很大成绩，从而使他得以显示其出色的音乐天才及组织能力，赢得了很高的声誉。

康熙的南巡是从这一年九月开始的。当时南方的三藩之乱（吴三桂等三个藩王的叛乱）已经平定，他为了利用孔夫子这块金字招牌来进一步缓和汉族人对清朝统治者的敌对情绪，便借南巡回京的机会，特意去曲阜"朝圣"，以皇帝的特殊身份来表示清廷的尊孔重儒。

同年十一月十七日，康熙皇帝到了曲阜。孔尚任和诸生一起，在道边跪迎。当天皇帝住进了城南的行宫。傍晚，孔尚任被传到行宫。康熙帝在第二天要听孔尚任等讲经，这时他已看过孔尚任编写的、准备第二天讲经用的讲稿，对它相当满意。而这份讲稿是孔尚任深夜才动手写、天明就送呈皇帝审阅的。康熙命他在文字上略加改动，便顺利通过了。

十一月十八日上午，康熙皇帝坐着轿子进了城，到孔庙举行祭祀。只见桌前祭品阵列，庙中鼓乐齐鸣，场面盛大，气氛肃穆。我们开头提到的1684年深秋的那一事件，就是在这样的背景下发生的。

祭祀毕，康熙皇帝步行到了诗礼堂。以孔毓圻为首的孔氏子孙向皇帝行礼。礼毕，由孔尚任升阶讲书。他讲的是《大学》首节，而讲经的结果，又一次显示了孔尚任的才华，同时也获得了很多官员的赞扬。康熙皇帝更为赏识："天颜悦霁，顾侍臣曰：'经筵讲官不及也。'"并指示随从大臣："孔尚任等陈书讲说，克副朕衷，著不拘定例，额外议用。"（《出山异数记》）

讲经毕，孔尚任又和衍圣公孔毓圻及山东巡抚张鹏等人作为向导，一起侍从康熙游览孔子林庙。一路上，康熙曾几次问及孔尚任的年龄，这使孔尚任感恩不尽。他自己说："书生遭际，自觉非分，犬马图报，期诸没齿。"（《出山异数记》）在看完了碑林以后，当康熙问及附近有多少田地时，孔尚任回奏了当时孔府的情况，并趁势提出了扩充田地的要求。康熙皇帝或许本来就想借"尊孔重儒"来树立自己尊重汉族传统文化态度的形象，见孔尚任如此要求，便笑着对大臣讲："此秀才好大胆！知朕敬重先师，尽力乞请。既到其家，皆依所奏可也。"于是满足了他的要求。接着孔尚任又跟随着衍圣公孔毓圻一直送康熙到德州，才返回曲阜。

不久，皇帝破格任用了他，授为国子监博士。这固然跟他的才学有关，但恐怕还含有康熙想拉拢孔氏以进一步获取汉人士大夫好感的因素。这是康熙二十四年(1685)正月的事。

孔尚任由于康熙皇帝的抬举，从一个书生，平步升入京都的官场。他对此当然是感激的。他怀着一种济世的愿望来到北京，但很快感到了失望。因为他实际上是一个闲官，无事可做。在他当时所写的诗文中，便反映出这种苦闷。请看他《出山异数记》的结尾几句话："但梦寐之间，不忘故山，未卜何年，重抚松桂！石门有灵，其绝我耶？其招我耶？"他这一席话所流露出来的情绪，和上述那种"犬马图报，期诸没齿"的兴奋感激心情，显然大不相同。如果不是他心里有苦闷，有隐忧，那是不会形成这样的矛盾的。这样的心境更增加了他的思乡之情："故乡桑梏久凋零，寒食思乡两度经。"（《客邸寒食》）这正是他此时内心一个侧面的写照。

他在思想，在寻找出路。但出路何在呢？

四、淮扬治河

正当孔尚任苦闷彷徨之际，康熙帝决定疏浚黄河的海口，命工部侍郎孙在丰(字屺瞻，浙江德清人)前往该地督修。康熙二十五年七月，孔尚任被任命为孙在丰的属员，到淮安、扬州一带(均属古代所谓"维扬"之地)去参加治河工作。他在赴任途中所作的《渡黄河》诗中写道："踟躇何计救桑麻，立马堤头唤渡槎。八月荒浦飞白鸟，孤城落日照黄沙。”

就这样饱览了途中的荒浦、飞鸟、落日、黄沙，他满怀着拯救生民的激情到了淮扬的河署。在那里，他看到了两种完全对立的景况：官吏的豪侈和民生的凋敝。有一次扬州的官僚请他饮酒看戏，场面的盛大使他不胜惊讶："东南繁华扬州起，水陆物力盛罗绮。朱橘黄橙香者橼，蔗仙糖狮如茨比。一客已开十丈筵，客客对列成肆市。钧天鼓乐何震骇，絮语热言须附耳。须臾礼成各举觞，一箸一匕听侑史。江瑶施乳曾耳闻，讶紫疑红试舌齿。酒味法传太尉厨，雪水书生愧欲死。一樽未尽两部齐，双声叠作异宫徵。座客总厌清商歌，院本斟酌点凤纸。曲曲盛事太平春，乌帽牙笏杂剑履。亦有侏儒嬉谐多，粉墨威仪博众喜。无情哭难笑不易，人欢亦欢乃绝技！"（《有事维扬，诸开府大僚招宴观剧》）

在官筵上佳肴、鼓乐、歌舞、戏剧，极奢侈之能事。许多菜肴名酒，孔尚任都是第一次见到，使他为自己的没有见过世面而"愧欲死"——当然，这只是讽刺性的反话。实际上，他对这种情况深感痛苦，但在表面上又不得不装出喜欢的样子，所以在篇末一语双关地说"人欢亦欢乃绝技"。为什么不愉快呢？因为他知道：在水灾的侵害下，"七邑耕桑户未收"（孔尚任《淮上有感》），扬州的许多人民正在忍饥挨饿、流离失所，这哪里是官员们寻欢作乐、纵情奢华的时候？因此，他在《淮上有感》的结尾处讽刺地问道："为问琼筵诸水部，金尊倒尽可消愁？"你们这些治水的官员呀，你们在豪华的筵席上喝完了美酒之后，是否已经忧愁消尽，满心欢乐了呢？他是希望还有几位官员能够不为这种"琼筵"所陶醉，仍然记得民间的疾苦。既然如此，他自己在这个盛大宴会上的心情也就可想而知了。

在淮扬治河时期，孔尚任结识了不少知名文人和系念明室的遗民故老，从而对明末遗事有了更多的了解，为他创作《桃花扇》提供了优越的条件。这些人中有黄云（仙裳）、杜浚（于皇）、冒襄（辟疆）、宗元鼎（定九）、邓汉仪（孝威）、李沂（艾山）、许承钦（漱雪）以及画家龚贤（半千）等等。在和这些人的交往中，当然有不少仅仅是文人的诗酒之会，但也确有不少真诚的促膝交谈。比如杜于皇，他是一个崇尚气节的遗民，但与孔尚任却十分知己。他曾冒暑到孔尚任所坐的船中去拜访，置酒痛饮，直至日暮。孔尚任对此有一段很好的说明："先生岂尽嗜酒哉？实有一段倾吐不了之衷，特借杯酌以淹其时耳。仆与先生交最晚，而先生之交仆最真。"（《与杜于皇》）又比如黄云，当孔尚任感到孤寂、苦闷之时，他常常携酒食相慰。孔尚任在给他的信中曾谈到："尘土马牛之人，得足下父子时相慰藉，义虽友朋，情则亲戚矣。"（《答黄仙裳》）还有一次他和黄云、邓汉仪等在许承钦寓所通宵畅谈明朝旧事："所话朝皆换，其实我未生。"（《又至海陵，寓许漱雪农部间壁，见招小饮，同邓孝威、黄仙裳、戴景韩话旧分韵》）所谈皆"不堪为门外人道"。此外，他在和冒襄、余怀等人的交往中，也获得了大量丰富的有关南明兴亡的遗闻史料以及南明文人遗事。

与此同时，孔尚任还利用治河的机会，遍游了江淮各地。后来还去了一次南京，到白云庵访问了原在明代锦衣卫任职的张瑶星(也是《桃花扇》中的人物)，也游览了南京的燕子矶、扬州的梅花岭等地。江山胜迹、故老遗闻以及治河三年来的生活经历、沿途的所见所闻，不仅使孔尚任熟悉了后来写作《桃花扇》的素材，进一步体味到了遗民们对明朝的感情，更主要的是，他对封建社会的政治现实有了进一步的认识，从而更加深了对南明王朝灭亡原因的理解。这样，他对于写作《桃花扇》的热情被进一步激发了起来。

孔尚任自早年决定创作《桃花扇》以来，尽管一直没有动笔，但却老在向好朋友夸耀："我有一部剧作《桃花扇》，只是还不愿公开。"到了这时，他索性请一位在扬州认识的朋友徐旭旦给他写了一篇《桃花扇题辞》(见徐旭旦《世经堂初集》卷十七)。《桃花扇》的最后一出《馀韵》中有一套《哀江南》，也是借用徐旭旦的《旧院有感》(《世经堂诗词钞》卷三十)，略加修改而成。

在河署中，孔尚任不可避免地被卷入了官场的派系之争。当时河署以河道总督靳辅为一派，孙在丰为另一派，意见不合。这在朝廷中也引起了争议。结果治河的工作只能暂时停顿。与孙在丰同往治河的诸人，被指责为"未尝留心河务，唯利是图"。朝廷决定"撤回差往各官"。孔尚任虽是孙在丰的属员，但还不属此类，所以被召到了扬州待命。

康熙二十七年(1688)，靳辅、孙在丰二人俱被革职，这一事件对孔尚任有相当大的冲击。和河署中的人一样，孔尚任深深地感到了宦海的变幻，对于个人的前途产生了渺茫之感。他在给内兄的信中写道："下河一案，千变万化，虽智者不能测其端倪。弟沉浮于中，莫知抵止，盖宦海中之幻海也。"(《答秦孟岷》)十分形象地表达了他当时的心境。

在河署的三年生活，名义上是在江淮治河，实际上无多少事可做，但又不能回京。在河署交际又广，俸不敷用，生活上贫困潦倒，有时连衣服也送进了当铺，幸得好友黄仙裳、俞锦泉时常接济，才免了冻饿之苦。在一封给朋友的信中，他写出了自己的窘况："目今坐客常满，食指日多，呼庚呼癸，未免捉襟，特向大仓假粒粟，亦为涸鲋丐涓滴于沧海。"(《与俞水文》)康熙二十七年除夕之夜，他写了二首《除夕夜感怀》，其一的中间两联道："宦冷偏留湖冻处，家贫还累母残年。人情薄厚今宵见，仕路逢迎几处全？" 以上是他生活状况的写照，也是他心情的写照，他感到了冬天的寒冷，人生的凄寂！

三年的淮扬治河结束了。在这三年中孔尚任经历了生活的洗礼，在理想和实践、现实和历史的冲突中，他那"救桑麻" 的豪情已随着滔滔的东流水消逝了，馀下的是"一半冷浮名"（《又至海陵，寓许漱雪农部间壁，见招小饮，同邓孝威、黄仙裳、戴景韩话旧分韵》）的黯淡之情和对人生对历史更深刻的认识。

五、京都岁月

孔尚任要回北京了。回北京之前，他在南京凭吊了明故宫、明孝陵，写下了这样的诗句："夕阳偏逢鸦点点，秋风只少黍离离。"（《过明太祖故宫》）"萧条异代微臣泪，无故秋风洒玉河。"（《拜明孝陵》）朝代的兴替，世事的沉浮，和他自己的遭遇交织在一起，引发了几多愁绪，几多感慨！

康熙二十八年(1689) 暮冬，孔尚任从扬州出发，中途在曲阜过年，于康熙二十九年(1690) 二月到达北京，重新当起了他的国子监博士。"重随佩剑趋新步，乍入班行认旧僚"（《长留集・庚午二月自淮南还朝》），从此便开始了长达七年之久的京都岁月。

回到北京，他便看到了朝内和河署工地一样，宦海中也充满了波涛。孔尚任身为一个闲官，加上他前几年的经历，使他尽量想避开这种斗争的漩涡。他在北京的宣武门外找了一个住所，蜗居起来。有意思的是，他把这个寓所称之为"岸堂"——是想在波涛翻卷的宦海中，树起一道护卫自身的堤岸？还是想在喧嚣的人生的海洋中，寻找一块宁静的彼岸？在这些日子里，他也做一些应景差事，比如在康熙三十二年(1693) 秋奉旨回曲阜，送御书"万世师表" 的匾额，在这年冬天，他还参加了曲阜孔庙落成的祭祀典礼。康熙三十四年(1695)，孔尚任被提升为户部主事，任职后的职务是宝泉局监铸(宝泉局是清代京中铸钱币的机构)。但他似乎对这些都没有什么兴趣，每逢良辰佳节，仍然寄情于诗歌，其豪兴不减当年。

他也常和一些文人交游。与当时最杰出的诗人王士禛(阮亭) 的往来就是从回京后开始的。尽管他们二人在思想上未必有深刻的一致，但在寂寞之中，王士禛常到堂访问，或招孔尚任一起吟诗饮酒，还是使他感到相当欣慰。他在《王阮亭先生过访寓斋》的诗中云："终朝科白头，热客顾我少。司农喝道来，不嫌屋低小。”“司农”即指王士禛，还为士禛的常来看他而引以为荣：“巷小轮常驻，堂空马任牵。”（《留别王阮亭先生》）正是他这种感情的流露。

由于孔尚任当的是一位“闲官”，他在这个时期十分乐意收买古玩。他有很丰富的文物鉴赏知识，是一个金石文物收藏家。在他著的《享金簿》中，纪录了自己收藏的宋元明清书画和古玩共一百五十多件。他对古代乐器尤为爱好，曾买到过汉代的玉笛、唐代的胡琴“小忽雷”、南宋琵琶“大海潮”、明代宫中琵琶“小惮吟”。收购这些乐器，固然和孔尚任热心研究音律有相当的关系，但也寄托着自己思古之幽情。

他的朋友中有一位叫顾彩的，也精通音律。在诗酒之馀，孔尚任和他一起以唐代的“小忽雷”作为素材，创作了《小忽雷》传奇。这个传奇由孔尚任构思情节，由顾彩填词而成。传奇的主要情节是这样的：唐文宗时，郑注的妹妹，名盈盈，她有两个琵琶，一大一小，称为大小忽雷。郑盈盈与秀才梁厚本订有婚约，但因梁府失势，郑注逼其妹改嫁宦官仇士良的侄儿。盈盈誓死不从，郑注便施以苦刑，但她仍不屈服。此时，正值宫中要选秀女，郑注为了能当上皇亲国戚，便与仇合谋，将妹送入宫中。入宫后的盈盈在楚润娘的指导下，成了一名琵琶手，并得到文宗的赏赏，封她为中丞。她多次请求出宫，仇士良却逼她“进御”。盈盈不肯屈服，在愤怒之下，用小忽雷打破了仇士良的头，仇因此怀恨在心。不久郑注等人发动的甘露之变失败，盈盈被仇矫旨勒死，投入河中。恰遇梁厚本在河边钓鱼，将她救起，一对夫妻最终团圆了。

这个传奇的创作，可以说是以后《桃花扇》创作的一个初步的尝试。一个满腹才学而又压抑着激情的人，在一定的环境下要寻求情感的寄托，他终于在戏剧的领域中找到了这样的场所。

六、《桃花扇》的创作及其风波

孔尚任早就想写的《桃花扇》终于在朋友们的一再催索和鼓励下写成了。他自己说：“少司农田纶霞先生来京，每见必握手索览。予不得已，乃挑灯填词，以塞其求；凡三易稿而成书，盖己卯之六月也。”（《桃花扇》本末）这年孔尚任已五十一岁了。田纶霞即田雯，德州人，与孔尚任交好。当时他任户部侍郎，所以孔尚任称他为少司农。所谓“来京”，是指他调到京城里来做官，乃是这以前好几年的事。

《桃花扇》真实而形象地反映了南明弘光朝的重大历史事件。作者通过明末复社文人侯方域和秦淮歌妓李香君悲欢离合的爱情而展开故事情节：侯方域与李香君彼此相爱。有一个因曾依附权奸魏忠贤而受到舆论严厉谴责的小人阮大铖，知道侯方域在舆论界有相当大的影响，就乘机给侯、李送了一份重礼。李香君深明大义，劝侯方域不要接受，侯方域把礼物退了回去。阮大铖怀恨在心。不久，李自成率农民军攻入北京，崇祯帝自缢，清兵入关。明朝的一批官员拥立宗室朱由崧为帝，建都于南京，年号弘光。弘光帝荒于酒色，不问国事，宰相马士英大权独揽。阮大铖巴结上了马士英，二人狼狈为奸，对忠心为国和正直的人大肆打击、残杀，侯方域和李香君受到报复。侯方域出走避难，二人分开。中间几生波折，香君入宫学戏。镇守武昌的大将左良玉为铲除皇帝身边的奸佞，引兵直取南京。马、阮闻讯，急调军队堵截左军。与此同时，清兵也已南下；虽有弘光朝的大臣史可法在扬州尽力抵御，但因主要军队都被调去对付左军了，史可法寡不敌众，扬州失守。清兵很快占领了南京，弘光帝也被清兵俘获。侯方域和李香君则在兵乱中历尽艰难，得以重逢。但经此世变，两人最后都看破红尘，出家修道。

剧本中的主要人物都是历史上实有的，故事情节虽有小部分出于虚构(如侯方域、李香君的出家)，但绝大部分都有史实依据。然而《桃花扇》绝不是形象化了的历史记录，而是优秀的文学创作。孔尚任的创造性不仅体现在高度的组织能力上(通过侯、李的悲欢离合，把一系列复杂的事件组织成为严密而自然的整体)，更体现在对人物内心世界的挖掘上。因此，不仅主角侯方域、李香君的形象鲜明而饱满，荒淫昏聩的弘光帝朱由崧、奸险狠毒的阴谋家阮大铖、骄纵专擅的马士英、忠贞刚直的史可法等人物，在剧本中也都写得栩栩如生。正是通过这一系列艺术形象，《桃花扇》既揭露了弘光朝的腐败及必然没落，又使人对它的灭亡深感惆怅。它和洪昇的《长生殿》在清初戏曲舞台上有艺苑双璧之称，绝非偶然。

在这部历史剧中，作者还注入了他对于历史及人生的思考。《入道》一场，他借张道士之口质问当时还沉溺在爱情中的李香君、侯方域说："你看！国在那里？家在那里？君在那里？父在那里？偏是这点花月情根，割他不断么！"在作者看来，一切都是虚幻不实、转瞬即逝的，连封建社会认为至高无上的国家、君、父也不例外。那么，人生究竟有什么可以留恋的呢？人生的意义到底何在？《馀韵》中老赞礼弹唱的《问苍天》有云："贫者贫，富者富，造命奚为？""谁为灵，谁为蠢，贵贱失宜。""金阙远，紫宸高，苍天梦梦。""神有短，圣有亏，谁能足愿。"这恐怕不只是作品情节的需要，更是为了抒发作者自己的感慨吧！

由于这个故事的时代跟当时的观众所处年代接近，且为他们所普遍关心的事件，作者又将历史和爱情的悲欢交织在一起，带有强烈的感情色彩，再加上韵律协和，文采斐然，结构严谨，剧本一经问世便立即传布开来，“王公荐绅，莫不借抄，时有纸贵之誉”（《桃花扇本末》），在舞台上也经常演出，外地的朋友们纷纷来函祝贺。孔尚任自己当然很高兴：“才挥《桃扇》春无限，更响银筝趣不同。”（《庚辰人日雪霁岸堂试笔分韵》）这是作者在康熙三十九年(1700)元月和友人欢宴时写的一首诗，从中可窥见他当时的心情。

京都争传《桃花扇》一事，竟然引起了宫中的注意。康熙三十八年(1699)的秋天，宫中内侍来找孔尚任，向他要《桃花扇》剧本，要得很急。由于孔尚任自己的缮写本不知流传到什么地方去了，便从朋友那里觅得一本，连夜进呈入宫。康熙皇帝当然也就看到了这部传奇。次年春天，孔尚任被晋升为户部广东司员外郎。但遗憾的是升官不到一个月，孔尚任又突然被罢了官。罢官的直接原因，是孔尚任被认为有经济问题(具体情况现在已不清楚了)，但在实际上也可能与《桃花扇》有关。那种使人对弘光朝的灭亡产生惆怅之情的作品，康熙帝读后当然不会高兴，但他偏重于采取怀柔政策以缓和民族矛盾，对汉人士大夫注意拉拢和收买，为《桃花扇》这样并无明确反清内容的作品而兴起文字狱，大概也不是他所愿意的。那么，借一件个别琐事而罢掉孔尚任的官，也就不难理解了。至于康熙帝在看到《桃花扇》后，不立即把孔尚任撤职，却先升他的官，则当是为了进一步掩盖孔尚任的罢官与《桃花扇》之间的联系。当然，这只是部分研究者的推测，目前并无任何材料可以证实这一点。

罢官以后，他在京师又停留了两年多的时间，大概他还想澄清事实，重新复官。在这期间，他的生活日益贫困。他的《谢阮亭先生送米炭》诗对此有生动的描绘：“此时归计思千回，三旬九食不及算。披衣开户犬乞怜，皴手才汲冻井盥。早餐大于军国谋，獠奴画策予决断。负手犹豫日亭午，饿腹雷鸣从者散。”最后，他终于明白了一点，在京城里再住下去，已经既无必要，也无可能了。

七、晚年生活

康熙四十一年冬，孔尚任离开京城，回返宁静的故乡。虽说他对于宦海沉浮未必十分介意，但是当真要离开生活十年之久的京师时，他的心潮还是掀起了阵阵波澜。行时正值暮冬，积雪严寒，更增添了他内心的凄苦之感：“诗人不是无情客，恋阙还乡一例心。”（《出彰义门》）

到达故乡，他开始了晚年的闲散生涯：和家人团聚，和朋友游山，亦时时看书、吟诗与作文。他曾感到寂寞，但慢慢地就习惯了。有时也往外地去访问朋友，而所到之处，人们依然记得他所作的《桃花扇》，因而受到热烈的欢迎。康熙四十五年(1706)，他到河北去访问了一位当郡守的朋友，当时郡僚们举行了宴会，观演《桃花扇》，一共两天，他也应邀参加了。大家知道此剧出于他之手，争着向他敬酒，为他祝福，他感到非常高兴。

除此以外，孔尚任仍继续从事文字工作。他为好友的著作写序，为去世的亲朋写墓志铭，在这些文字中，他寄寓着对友人的情谊，并且留下了自己逝去的生活的影子，但更多的时间则是帮助一些地方官员修纂地方志，比如他应刘棨之邀，助修《平阳府志》；又应陈谦之聘，助修《莱州府志》；同时还收集了不少前朝山东画家的事迹，编成了《画林雁塔》。

孔尚任在晚年所做的两件最重要的文字工作，是校订《桃花扇》和编定《长留集》。康熙四十七年(1708)，他六十岁时，因一个朋友佟蔗村的资助，《桃花扇》得以大量刻印。为此，他对《桃花扇》的文字重加校订，费去了不少心血。康熙五十四年(1715)，孔尚任已经六十七岁了，他到淮南去访问神交二十多年的朋友刘廷玑，合编了一部《长留集》。这部书所收的，是他们二人的诗歌，由他们相互选定(孔尚任选定刘廷玑的诗，刘廷玑选定孔尚任的诗)。在刘廷玑为此书所写的序中，对孔尚任的诗给予了很高的评价。也幸而有了这一部书，我们才能看到孔尚任诗歌创作的大致历程。因为孔尚任在这之前虽曾编刊过一部《湖海集》，但那只是他在治河期间的作品的结集；而《长留集》中所收的诗，则选自他一生的各个时期。现在我们所看到的《孔尚任诗文集》(本文所引孔尚任作品，皆出于此书)，就是以《湖海集》《长留集》为基干，再辑集其他书籍中所收孔尚任的诗文而编成的。

康熙五十七年(1718)正月，这位七十岁的老人，终于走完了自己生命的旅程，在寒风中离开了人间。孔传铎说："东塘先生称诗四十年，凡海内诸名家，靡不以先生为骚坛领袖，相与商榷风雅。……讵至戊戌(即康熙五十七年——引者)上元，而忽已谢世，从此风流歇绝，竟为《广陵散》矣，可胜浩叹！"(孔传铎《安怀堂文集·东塘岸堂石门诗全集序》)这最后几句话，其实表达了当时许多《桃花扇》爱好者的共同哀思。

陈杏初，女，1937年生，江苏省南京市高淳区人。1954年进入复旦大学哲学系学习、工作。1976年调入复旦大学中文系编写《汉语大词典》，1986年大词典编纂工作结束后又调入古籍所工作。以上"代序"选自章培恒先生主编的《十大戏曲家系列丛刊·孔尚任》。题目为编者所拟。

剧情梗概及主要人物

明朝崇祯末年，南方政治中心南京尚在战乱之外，复社骨干人物侯方域心仪秦淮名妓李香君，在扇上题诗赠予香君，二人结合。事后，二人发现方域所出之资乃明末阉党馀孽阮大铖所助，李香君大怒，方域也受其激励而严加拒绝，于是复社与马士英、阮大铖等结仇更深。此时，武昌总兵左良玉被迫移兵就食南京，引起南都恐慌。侯方域因与左良玉为世交，乃修书劝阻。不意阮大铖竟诬方域内通左氏，迫使方域投奔在扬州督师之史可法。李自成攻陷京师，崇祯皇帝自尽，马士英、阮大铖力主迎立福王朱由崧，并因迎立之功而把持南明朝政，遂大肆逼害复社诸人，并强迫李香君作漕抚田仰之妾。香君不从，撞柱伤额，血染方域赠扇。杨龙友怜之，采摘盆花，扭汁点染，遂成“桃花扇”，并由伶人苏昆生送于驻守黄河之侯方域。方域闻讯，恰值黄河失守，乃急急入南京寻找香君，不料香君已被选入宫中。侯也与吴应箕、陈贞慧等复社骨干人物被捕入狱。清兵南下，史可法抗击失败，见南明君臣已经弃城逃亡，乃自沉长江。方域、香君等也不约而同避难栖霞山。在白云庵相遇后，欲重续前缘，不料被道士张薇点破，并撕碎桃花扇，侯、李二人感悟，乃双双在山中修道。

剧中主要人物有：

侯方域(1618—1654)，明末清初文学家，字朝宗，河南商丘人。东林党名士侯恂之子，与陈贞慧、方以智、冒襄均为复社后期骨干，世称“四公子”。入清后，应河南乡试，中副榜。擅长散文，与魏禧、汪琬合称清初三大家。其所作《李姬传》，为孔尚任《桃花扇》所取材。他与李香君的故事，乃是孔尚任的文学创作。

李香君，明末歌妓。在秦淮河与侯方域相识，力劝其勿与阮大铖接近。侯方域下第离南京时，她置酒送行，并暗示侯方域珍重名节。后巡抚田仰仗势要她接待，遭到坚决拒绝。《桃花扇》即以其事为基本题材，并增入侯李爱情、骂筵、入宫、出家等情节，将其塑造成一位义妓。

史可法(1602—1645)，明末河南祥符(今开封)人，字宪之，号道邻。累官至漕运总督、凤阳巡抚，升任南京兵部尚书。崇祯皇帝亡后，他在南京拥立福王，加东阁大学士，入阁参政。因马士英等不愿他当国，以督师为名，使之守扬州，调抚四镇，分兵抗清。清军南下攻克扬州，他被执，不屈被杀。《桃花扇》中安排他沉江自杀，乃是一种艺术处理。

左良玉(1599—1645)，明末山东临清人，字昆山。初在辽东与清军作战，受侯恂提拔，后参与镇压农民起义，封宁南伯，驻武昌。南明政权建立后，他以清君侧为名，进军南京，中途病死。其子左梦庚率军降清。《桃花扇》有关他的情节基本与史实相符。

弘光皇帝(1607—1646)，即明福王朱由崧，明末福恭王朱常洵长子。崇祯十六年(1643)袭封福王。次年三月，朱由崧与潞王自北京来到淮安，经凤阳总督马士英等拥立于南京。初称监国，继称帝，建元弘光。倚重马士英、阮大铖。不久，伪太子王之明狱起，左良玉以救太子诛马士英为名，举兵武昌，顺江东下，而清兵也南至。朱由崧逃至芜湖被清兵所俘，押至北京后被处死。

马士英(1591—1646)，贵州贵阳人。万历四十七年(1619)与阮大铖同中会试。崇祯末年，任凤阳总督。李自成克北京，马士英拥江北四总兵，在南京迎立福王朱由崧。任东阁大学士，专国政，起用阮大铖，排斥史可法，倾轧东林党人，而不为防御清兵之计。清兵克南京，他逃入太湖吴易军中，兵败被俘杀。

阮大铖(1586—1646)，怀宁(今属安徽)人。天启时，附阉党魏忠贤。崇祯时被废斥，匿居南京，力求起用。马士英执弘光朝政，阮大铖得任兵部尚书，专事报复东林、复社党人。后降清，从攻仙霞岭而死。

目录

前言 /001
孔尚任与《桃花扇》(代序)
(陈杏初) /001
剧情梗概及主要人物 /001

《桃花扇》小引 /001
《桃花扇》小识 /002
《桃花扇》本末 /003
《桃花扇》凡例 /007
《桃花扇》考据 /009
《桃花扇》纲领 /013
试一出 先声 /001
第一出 听稗 /004
第二出 传歌 /010
第三出 哄丁 /014
第四出 侦戏 /018
第五出 访翠 /022
第六出 眠香 /027
第七出 却奁 /031
第八出 闹榭 /035
第九出 抚兵 /039

第 十 出　修札　/042
第十一出　投辕　/045
第十二出　辞院　/049
第十三出　哭主　/053
第十四出　阻奸　/057
第十五出　迎驾　/061
第十六出　设朝　/064
第十七出　拒媒　/067
第十八出　争位　/071
第十九出　和战　/075
第二十出　移防　/077
闰二十出　闲话　/080
加二十一出　孤吟　/083
第二十一出　媚座　/085
第二十二出　守楼　/089
第二十三出　寄扇　/092
第二十四出　骂筵　/096
第二十五出　选优　/101
第二十六出　赚将　/105
第二十七出　逢舟　/108
第二十八出　题画　/111
第二十九出　逮社　/115
第 三 十 出　归山　/119
第三十一出　草檄　/123
第三十二出　拜坛　/128
第三十三出　会狱　/132
第三十四出　截矶　/135
第三十五出　誓师　/138
第三十六出　逃难　/140
第三十七出　劫宝　/144
第三十八出　沉江　/147
第三十九出　栖真　/150
第 四 十 出　入道　/153
续 四 十 出　馀韵　/159

附录

孔尚任年谱简编　/165
《桃花扇》研究主要文献　/166
《桃花扇》名言警句　/168

《桃花扇》小引

传奇虽小道[1]，凡诗赋、词曲、四六[2]、小说家，无体不备。至于摹写须眉[3]，点染景物，乃兼画苑矣。其旨趣实本于三百篇[4]，而义则春秋，用笔行文，又左、国、太史公也[5]。于以警世易俗，赞圣道而辅王化，最近且切。今之乐，犹古之乐，岂不信哉？《桃花扇》一剧，皆南朝新事[6]，父老犹有存者。场上歌舞，局外指点，知三百年之基业，隳于何人？败于何事？消于何年？歇于何地？不独令观者感慨涕零，亦可惩创人心，为末世之一救矣。盖予未仕时，山居多暇[7]，博采遗闻，入之声律，一句一字，抉心呕成[8]。今携游长安，借读者虽多，竟无一句一字着眼看毕之人，每抚胸浩叹，几欲付之一火。转思天下大矣，后世远矣，特识焦桐者，岂无中郎乎[9]？予姑俟之。

康熙己卯三月云亭山人偶笔[10]

注释

[1]小道：旧时认为，与正统文学体裁诗歌、古文等相比，戏曲、小说不重要，所以叫小道。

[2]四六：指用四字、六字句相对成文的骈文。

[3]摹写须眉：指描写刻画人物。须眉，指男子。

[4]三百篇：即《诗经》。

[5]左、国、太史公：分别指《左传》《国语》《太史公书》(《史记》)。

[6]南朝：指南明。

[7]暇：闲暇。

[8]抉心呕成：呕心沥血才完成。

[9]特识焦桐者，岂无中郎乎：东汉蔡邕(曾官左中郎将，人称“蔡中郎”)听见桐木在火中被烧爆之声，断定它是制作琴的好料，于是将桐木抢出来制成琴，琴的尾部尚留有被烧焦之痕，故称焦桐。这两句比喻《桃花扇》总会受到知音的赏识。

[10]云亭山人：孔尚任的别号。

《桃花扇》小识

传奇者，传其事之奇焉者也，事不奇则不传。桃花扇何奇乎？妓女之扇也[1]，荡子之题也[2]，游客之画也[3]，皆事之鄙焉者也；为悦己容[4]，甘剺面以誓志[5]，亦事之细焉者也；伊其相谑[6]，借血点而染花，亦事之轻焉者也；私物表情，密缄寄信，又事之猥亵而不足道者也。桃花扇何奇乎？其不奇而奇者，扇面之桃花也；桃花者，美人之血痕也；血痕者，守贞待字[7]，碎首淋漓不肯辱于权奸者也；权奸者，魏阉之馀孽也[8]；馀孽者，进声色，罗货利，结党复仇，隳三百年之帝基者也。帝基不存，权奸安在？惟美人之血痕，扇面之桃花，啧啧在口[9]，历历在目，此则事之不奇而奇，不必传而可传者也。人面耶？桃花耶？虽历千百春，艳红相映，问种桃之道士，且不知归何处矣[10]。

康熙戊子三月云亭山人漫书

注释

[1]妓女：指本剧的主人公李香君。

[2]荡子：指本剧的主人公侯方域。

[3]游客：指本剧中的杨龙友。

[4]为悦己容：为喜欢自己的人修饰容貌。

[5]剺(lí)面：割破脸面，即毁容。

[6]伊其相谑：《诗经·郑风·溱洧》："维士与女，伊其相谑。"指男女之间互相戏谑。

[7]守贞待字：坚守贞操，等待出嫁。字，嫁。

[8]魏阉之馀孽：指明代宦官魏忠贤的馀党马士英和阮大铖。

[9]啧啧：赞叹之声。

[10]问种桃之道士，且不知归何处矣：唐代刘禹锡《再游玄都观》："百亩庭中半是苔，桃花净尽菜花开。种桃道士归何处？前度刘郎今又来。"这里暗用诗意。

《桃花扇》本末

族兄方训公，崇祯末为南部曹[1]；予舅翁秦光仪先生，其姻娅也[2]。避乱依之，羁栖三载[3]，得弘光遗事甚悉[4]；旋里后数数为予言之。证以诸家稗记[5]，无弗同者，盖实录也。独香姬面血溅扇，杨龙友以画笔点之，此则龙友小史言于方训公者[6]。虽不见诸别籍，其事则新奇可传，《桃花扇》一剧感此而作也。南朝兴亡，遂系之桃花扇底。

予未仕时，每拟作此传奇，恐闻见未广，有乖信史[7]；寤歌之馀[8]，仅画其轮廓，实未饰其藻采也。然独好夸于密友曰："吾有《桃花扇》传奇，尚秘之枕中[9]。"及索米长安[10]，与僚辈饮宴，亦往往及之。又十馀年，兴已阑矣。少司农田纶霞先生来京[11]，每见必握手索览。予不得已，乃挑灯填词，以塞其求；凡三易稿而书成，盖己卯之六月也[12]。

前有《小忽雷》传奇一种，皆顾子天石代予填词。予虽稍谙宫调[13]，恐不谐于歌者之口，及作《桃花扇》时，天石已出都矣。适吴人王寿熙春，丁继之友也，赴红兰主人招[14]，留滞京邸。朝夕过从，示予以曲本套数[15]，时优熟解者，遂依谱填之。每一曲成，必按节而歌，稍有拗字[16]，即为改制，故通本无聱牙之病[17]。

《桃花扇》本成，王公荐绅，莫不借钞，时有纸贵之誉[18]。己卯秋夕，内侍索《桃花扇》本甚急[19]；予之缮本莫知流传何所，乃于张平州中丞家[20]，觅得一本，午夜进之直邸[21]，遂入内府[22]。

己卯除夜，李木庵总宪遣使送岁金[23]，即索《桃花扇》为围炉下酒之物[24]。开岁灯节，已买优扮演矣。其班名"金斗"，出之李相国湘北先生宅[25]，名噪时流，唱《题画》一折，尤得神解也。

庚辰四月[26]，予已解组[27]，木庵先生招观《桃花扇》。一时翰部台垣[28]，群公咸集；让予独居上座，命诸伶更番进觞，邀予品题[29]。座客啧啧指顾[30]，颇有凌云之气。

长安之演《桃花扇》者，岁无虚日，独寄园一席[31]，最为繁盛。名公巨卿，墨客骚人，骈集者座不容膝。张施则锦天绣地，胪列则珠海珍山。选优两部，秀者以充正色，蠢者以供杂脚。凡砌抹诸物[32]，莫不应手裕如。优人感其厚赐，亦极力描写，声情俱妙。盖主人乃高阳相公之文孙[33]，诗酒风流，今时王谢也[34]。故不惜物力，为此豪举。然笙歌靡丽之中，或有掩袂独坐者[35]，则故臣遗老也；灯灺酒阑[36]，唏嘘而散[37]。

楚地之容美[38]，在万山中，阻绝入境，即古桃源也[39]。其洞主田舜年，颇嗜诗书。予友顾天石有刘子骥之愿[40]，竟入洞访之，盘桓数月，甚被崇礼。每宴必命家姬奏《桃花扇》，亦复旖旎可赏，盖不知何人传入。或有鸡林之贾耶[41]？

岁丙戌[42]，予驱车恒山[43]，遇旧寅长刘雨峰[44]，为郡太守。时群僚高宴，留予观演《桃花扇》，凡两日，缠绵尽致。僚友知出予手也，争以杯酒为寿。予意有未惬者，呼其部头[45]，即席指点焉。

顾子天石，读予《桃花扇》，引而申之，改为《南桃花扇》。令生旦当场团圞，以快观者之目；其词华精警，追步临川[46]。虽补予之不逮，未免形予伧父[47]，予敢不避席乎。

读《桃花扇》者，有题辞，有跋语，今已录于前后。又有批评，有诗歌，其每折之句批在顶，总批在尾，忖度予心，百不失一，皆借读者信笔书之，纵横满纸，已不记出自谁手。今皆存之，以重知己之爱。至于投诗赠歌，充盈箧笥，美且不胜收矣，俟录专集。

《桃花扇》钞本久而漫灭，几不可识。津门佟蔗村[48]，诗人也，与粤东屈翁山善[49]。翁山之遗孤，育于其家，佟为谋婚产，无异己子，世多义之。薄游东鲁，过予舍，索钞本读之，才数行，击节叫绝[50]！倾囊橐五十金，付之梓人[51]。计其竣工也，尚难于百里之半，灾梨真非易事也[52]。

云亭山人漫题

注释

[1]崇祯：明思宗朱由检的年号(1628—1644)。　南部曹：指南京的部曹。部曹是过去京师各部司的官员。明代从成祖迁都北京后，以南京为留都，跟北京一样设有各部官员。

[2]姻娅：姻亲。

[3]羁栖三载：滞留他乡三年。

[4]弘光：即明末福王朱由崧，李自成起义军攻陷北京后，他在南京即位，改元弘光。

[5]稗记：野史笔记。

[6]小史：书童。

[7]乖：违背。　信史：真实的历史。

[8]寤歌：睡醒时的歌咏。此处借指吟咏。

[9]尚秘之枕中：尚未公开。相传汉淮南王刘安有《鸿宝苑秘书》，叙述神仙驱使鬼物炼化黄金的法术。他担心泄漏，秘藏于枕中。

[10]索米长安：到京师求官禄。据孔尚任《出山异数记》，他于康熙二十四年(1685)赴京任官。

[11]少司农田纶霞：司农是官名，汉代的九卿之一，掌管钱谷。清代以户部管理漕银田赋，因此称户部尚书为大司农，户部侍郎为少司农。田纶霞即康熙时户部侍郎田雯，德州人，为孔尚任朋友。

[12]己卯：康熙三十八年(1699)。

[13]宫调：指乐曲的音调，向来以它的异同为声调高低的标准。如黄钟宫、大吕宫，大石调、般涉调。

[14]红兰主人：名岳端，是清廷的宗室。吴梅先生《顾曲麈谈·谈曲》："时湖州岳端好客，且喜词曲。南中清客如王寿熙、顾岳亭诸君，皆在岳端幕府。云亭乃与之商订音律，得成此绝世妙文。"

[15]套数：我国歌曲的一种组织形式，取同一宫调中二支以上的曲牌相联而成一套。

[16]拗字：不谐音调的字。

[17]聱牙：读起来不顺口。在此似指听着不顺耳。

[18]纸贵之誉：形容文章写得好，受人欢迎。西晋著名文学家左思，花了十年时间写成《三都赋》，因为人们争着传抄，抢买洛阳之纸，导致纸价变贵。

[19]内侍：即宦官。

[20]张平州中丞：清代一般称巡抚为中丞。张平州，未详。

[21]直邸：供奉于皇家的邸第。直，侍奉。

[22]内府：指宫禁内。

[23]李木庵总宪：李木庵，兴化(今属福建)人，康熙时官至左都御史。都御史是都察院的最高长官，《明史·职官志》二："都察院总宪纲。"因称他为总宪(总持国家法纪的意思)。

[24]下酒之物：用北宋诗人苏舜钦的故事。苏舜钦住在他岳父杜衍家中时，每晚一面读书，一面饮酒。有一次读到《汉书·张良传》，不断地干杯。杜衍看见后大笑道："有这样的下酒物，饮一斗真不算多。"

[25]李相国湘北：即李天馥(字湘北)，合肥人。康熙时官吏部尚书、武英殿大学士。为孔尚任的朋友。

[26]庚辰：即清康熙三十九年(1700)。

[27]解组：辞去官职。

[28]翰部：指翰林学士。　台垣：指各部大臣。

[29]品题：评定高下。

[30]指顾：手指目看，很重视的样子。

[31]寄园：位于北京下斜街，是清初宰相李霨的别墅。

[32]砌抹：也作砌末，戏剧术语，即道具。

[33]高阳相公：即李霨。李霨，高阳(今属河北)人，顺治四年(1647)进士，累官太子太师、户部尚书、保和殿大学士，卒谥文勤。

[34]王谢：本指晋代望族王、谢，后人每用以指高门贵族。

[35]掩袂：掩袖。袂，衣袖。

[36]灯灺(xiè)：灯尽。灺，蜡烛的馀烬。

[37]唏嘘：伤心叹息。

[38]容美：今湖北鹤峰县。元明两代都于此设置容美宣抚司，到清代改置鹤峰州。

[39]桃源：晋陶渊明著《桃花源记》，叙述一渔人因迷路误入桃花源，见到里面的人们都是秦时避乱者的后代，过着与世隔绝、和平安乐的生活。

[40]刘子骥之愿：据《桃花源记》，渔人出桃花源后想再去找寻，但已迷路。南阳高士刘子骥想亲自去寻找，不久又得病死去。

[41]鸡林之贾(gǔ)：相传唐时鸡林的商人曾收集白居易的诗卖给本国的相国。鸡林，即当时新罗国，在今朝鲜半岛。贾，商人。

[42]丙戌：即康熙四十五年(1706)。

[43]恒山：五岳中的北岳，主峰在山西浑源县，清以前帝王在河北省曲阳县遥祭。

[44]旧寅长刘雨峰：寅是敬畏之意，因此旧时称同官为同寅，旧寅长即过去的上级。刘雨峰，名中柱，字砥澜，江苏宝应人，官至户部郎中，为孔尚任好友。

[45]部头：戏班里的掌班。

[46]临川：地名，在今江西。这里是指明代著名的戏曲家临川人汤显祖。

[47]伧(cāng)父:犹言鄙夫,粗野的人。

[48]津门:即今天津市。　佟蔗村:即佟鋐(字蔗村),以国学生例受别驾,不愿谒选,卜居天津。

[49]粤东屈翁山:即屈大均。清初爱国诗人,广东番禺人。

[50]击节:即打拍子,形容对音乐或诗歌的欣赏。

[51]梓人:本指木工。这里指刻书人。

[52]灾梨:古时刻书多用梨木或枣木。灾梨是说把不成熟的著作刻出来,糟蹋了好木头。

《桃花扇》凡例

一　剧名《桃花扇》，则桃花扇譬则珠也，作《桃花扇》之笔譬则龙也。穿云入雾，或正或侧，而龙睛龙爪，总不离乎珠；观者当用巨眼。

一　朝政得失，文人聚散，皆确考时地，全无假借。至于儿女钟情，宾客解嘲，虽稍有点染，亦非乌有子虚之比[1]。

一　排场有起伏转折[2]，俱独辟境界；突如而来，倏然而去，令观者不能预拟其局面。凡局面可拟者，即厌套也。

一　每出脉络联贯，不可更移，不可减少。非如旧剧，东拽西牵，便凑一出。

一　各本填词，每一长折，例用十曲，短折例用八曲。优人删繁就简，只歌五六曲，往往去留弗当，辜作者之苦心。今于长折，止填八曲，短折或六或四，不令再删故也。

一　曲名不取新奇，其套数皆时流谙习者[3]；无烦探讨，入口成歌。而词必新警，不袭人牙后一字。

一　词曲皆非浪填，凡胸中情不可说，眼前景不能见者，则借词曲以咏之。以一事再述，前已有说白者[4]，此则以词曲代之。若应作说白者，但入词曲，听者不解，而前后间断矣。其已有说白者，又奚必重入词曲哉。

一　制曲必有旨趣，一首成一首之文章，一句成一句之文章。列之案头，歌之场上，可感可兴，令人击节叹赏，所谓歌而善也。若勉强敷衍，全无意味，则唱者听者，皆苦事矣。

一　词曲入宫调，叶平仄[5]，全以词意明亮为主。每见南曲艰涩扭挪，令人不解，虽强合丝竹[6]，止可作工尺字谱[7]，何以谓之填词耶？

一　词中所用典故，信手拈来，不露饾饤堆砌之痕[8]。化腐为新，易板为活。点鬼垛尸[9]，必不取也。

一　说白则抑扬铿锵，语句整练，设科打诨[10]，俱有别趣。宁不通俗，不肯伤雅，颇得风人之旨。

一　旧本说白，止作三分，优人登场，自增七分；俗态恶谑，往往点金成铁[11]，为文笔之累。今说白详备，不容再添一字。篇幅稍长者，职是故耳。

一　设科之嬉笑怒骂，如白描人物[12]，须眉毕现，引人入胜者，全借乎此。今俱细为界出[13]，其面目精神，跳跃纸上，勃勃欲生，况加以优孟摹拟乎[14]？

一　脚色所以分别君子小人，亦有时正色不足，借用丑净者[15]。洁面花面[16]，若人之妍媸然[17]，当赏识于牝牡骊黄之外耳[18]。

一　上下场诗，乃一出之始终条理，倘用旧句、俗句，草草塞责，全出削色矣。时本多尚集唐[19]，亦属滥套。今俱创为新诗，起则有端，收则有绪，著往饰归之义，仿佛可追也。

一　全本四十出，其上本试一出，末闰一出，下本首加一出，末续一出，又全本四十出之始终条理也。有始有卒，气足神完，且脱去离合悲欢之熟径，谓之戏文，不亦可乎？

云亭山人偶拈

注释

[1]“虽稍有点染”二句：意为有些地方虽经过作者的艺术加工，但并不是毫无根据的。汉司马相如有《子虚赋》，借子虚、乌有先生、亡是公三人之辞，表达意思。

[2]排场：指布局。

[3]“曲名不取新奇”二句：明清间传奇作家喜欢借宫犯调，割裂曲名，标新立异。孔尚任在戏曲创作的实践中纠正了这种风气。

[4]说白：又叫宾白，指戏曲里夹在歌唱之间的独白或对白。

[5]叶平仄：叶是古“协”字。平是四声里的平声，仄是上、去、入三声。词曲里的平仄字音，要按照调或曲调的谱式配合，方能谐协，故名叶平仄。

[6]丝竹：指琴、瑟、箫、管之类的管弦乐器。

[7]止可作工尺字谱：意指仅能照顾音律上的要求。工尺是中国过去的音乐符号。

[8]饾饤：本指饼饵累积，后用来形容文辞的因袭堆砌。

[9]点鬼垛尸：指在诗文里滥用典事。

[10]设科打诨：科是戏剧中脚色的动作。打诨是古典戏里净、丑等脚色诙谐滑稽的动作。

[11]点金成铁：传说道家有点铁成金的法术，一般用来比喻将坏的文章修改成好的；这里反其意而用之，表示改坏了好文章。

[12]白描：中国画中只用淡墨勾勒轮廓，不施色彩的画法。

[13]界出：即规定。

[14]优孟：本指春秋时楚国有名的乐人，这里借指戏曲演员。

[15]丑净：都是戏曲的脚色名，丑即小丑，一般扮演滑稽人物。净扮演刚猛、奸险、粗鲁的人物。

[16]洁面花面：洁面指不开脸的生、旦等脚色，花面指开脸的净、丑等脚色。

[17]妍媸：美和丑。

[18]当赏识于牝牡骊黄之外耳：意为我们不应该只从脸谱的区别上看戏中人物。秦穆公使九方皋去买马，回来时说得到一头“牡(雄)而黄”的好马。秦穆公一看，却是“牝(雌)而骊(纯黑色)”的马。秦穆公很不高兴。当时著名的相马家伯乐认为九方皋的眼光是正确的，因为他注意到马本质的特征，而放过了表面的东西。

[19]集唐：指明代传奇每出的下场诗多集唐人的诗句成诗。

《桃花扇》考据

无名氏《樵史》二十四段

甲申年四月十三日，议立福王

四月二十九日，迎驾

五月初一日，谒孝陵设朝拜相

五月初十日，福王监国拜将

五月，内阁史可法开府扬州

六月，黄得功刘良佐发兵夺扬州

六月，高杰叛渡江

六月，高杰调防开洛

乙酉年正月初七日，阮大铖搜旧院妓女入宫

正月初十日，高杰被杀

二月，赐阮大铖蟒玉防江

三月，捕社党

三月十九日，设坛祭崇祯帝

三月二十五日，讯王之明

三月二十七日，讯童氏

三月，督抚袁继咸宁南侯左良玉疏请保全太子

三月，杀周镳、雷缜祚

四月，左良玉发檄兴兵清君侧

四月，调黄得功堵截左兵

四月，礼书钱谦益请选淑女

四月二十三日，大兵渡淮

四月二十四日，史可法誓师

四月二十六日，弘光帝欲迁都

五月初七日，杨文骢升苏松巡抚

五月初十日，弘光帝夜出南京

侯朝宗《壮悔堂集》十三首

为司徒公与宁南侯书

癸未去金陵与阮光禄书

答田中丞书
赠陈郎序
书周仲驭集后
祭吴次尾文
金陵题画扇
寄宁南侯
寄宁南小侯梦庚
燕子矶送吴次尾
秦淮春兴
哀史阁部
哀吴次尾
贾静子《四忆堂诗集》注十二条
九日雨花台
别贺都督
赠张尚书
甲申闻新参相公口号
甲申渡京口
燕子矶送吴次尾
海陵署中
我昔诗
寄扬州贺都督
寄宁南侯
哀史阁部
哀吴次尾
贾静子《侯公子传》
钱牧斋《有学集》十一首
题丁家河房亭子
题金陵丁老画像
寿丁继之七十
题杨龙友画册
赠张燕筑
左宁南画像为柳敬亭题
留题丁家水阁绝句

赠侯商邱
金陵杂题绝句
丁老行送继之
为柳敬亭募葬引
吴骏公《梅村集》七首
听女道士下玉京弹琴歌
赠阳羡陈定生
赠寇白门
楚两生行并序
冒辟疆寿序
柳敬亭传
柳敬亭像赞
吴梅村《绥寇纪略》
杨龙友《洵美堂集》
冒辟疆《同人集》二首
得全堂夜宴记
得全堂夜宴后记
沈眉生《姑山草堂集》四首
劾杨武陵疏
书陈定生遗像
杨维斗稿序
答刘伯宗书
陈其年《湖海楼集》三首
冒辟疆寿序
左宁南与柳敬亭说剑图序
哭侯朝宗
龚孝升《定山堂集》二十一首
张瑶星招集松风阁
沈眉生姑山草堂歌
赠方密之序
怀方密之诗八首
寿张燕筑
题丁继之秦淮水阁

清河道上丁继之送别即席口号
口号四绝赠阮怀宁歌者朱音仙
赠柳叟敬亭同诸子限韵
九日邀诸君听张燕筑丁继之度曲
为赵友沂题杨龙友画册
贺新郎词赠柳叟敬亭
沁园春词赠柳叟敬亭
《石巢传奇》二种
十错认春灯谜
燕子笺

《桃花扇》纲领

左部

正色

侯朝宗生

间色

陈定生末　吴次尾小生

合色

柳敬亭丑　丁继之副净　蔡益所丑

润色

沈公宪外　张燕筑净

右部

正色

李香君旦

间色

杨龙友末　李贞丽小旦

合色

苏昆生净　卞玉京老旦　蓝田叔小生

润色

寇白门小旦　郑妥娘丑

部分左右各四色共十六人

奇部

中气

史道邻外

戾气

弘光帝小生

馀气

高　杰副净

煞气

田　雄副净

偶部

中气

左昆山小生　黄虎山末

戾气

马士英净　阮大铖副净

馀气

袁临侯外　黄仲霖末

煞气

刘良佐净　刘泽清丑

部分奇偶各四气共十二人

经部

经星

张道士外

纬星

老赞礼副末

总部经纬各一星前后共三十人

色者，离合之象也。男有其俦[1]，女有其伍，以左右别之，而两部之锱铢不爽[2]。气者，兴亡之数也。君子为朋，小人为党，以奇偶计之，而两部之毫发无差。张道士，方外人也，总结兴亡之案。老赞礼，无名氏也，细参离合之场。明如鉴，平如衡，名曰传奇，实一阴一阳之为道矣[3]。

云亭山人偶定

注释

[1]俦：伴侣。

[2]锱铢(zīzhū)不爽：锱和铢均为古代极细小的重量单位，二十四铢为一两，六铢为一锱。锱铢不爽意为分毫不差。

[3]一阴一阳之为道：语出《周易·系辞》。一阴一阳指一反一正；道指事物发展变化的规律。

试一出　先　声[1]

康熙甲子八月

【蝶恋花】(副末毡巾[2]、道袍、白须上)古董先生谁似我[3]？非玉非铜，满面包浆裹[4]。剩魄残魂无伴伙，时人指笑何须躲。旧恨填胸一笔抹[5]，遇酒逢歌，随处留皆可。子孝臣忠万事妥，休思更吃人参果[6]。

日丽唐虞世[7]，花开甲子年[8]；山中无寇盗，地上总神仙。老夫原是南京太常寺一个赞礼[9]，爵位不尊，姓名可隐。最喜无祸无灾，活了九十七岁，阅历多少兴亡，又到上元甲子[10]。尧舜临轩[11]，禹皋在位[12]；处处四民安乐，年年五谷丰登。今乃康熙二十三年，见了祥瑞一十二种。(内问介[13])请问那几种祥瑞？(屈指介)河出图[14]，洛出书[15]，景星明[16]，庆云现[17]，甘露降[18]，膏雨零[19]，凤凰集，麒麟游[20]，蓂荚发[21]，芝草生，海无波，黄河清。件件俱全，岂不可贺！老夫欣逢盛世，到处遨游。昨在太平园中，看一本新出传奇，名为《桃花扇》，就是明朝末年南京近事。借离合之情，写兴亡之感，实事实人，有凭有据。老夫不但耳闻，皆曾眼见。更可喜把老夫衰态，也拉上了排场，做了一个副末脚色；惹的俺哭一回，笑一回，怒一回，骂一回。那满座宾客，怎晓得我老夫就是戏中之人！(内)请问这本好戏，是何人著作？(答)列位不知，从来填词名家，不著姓氏[22]。但看他有褒有贬，作春秋必赖祖传[23]；可咏可歌，正雅颂岂无庭训[24]！(内)这等说来，一定是云亭山人了[25]。(答)你道是那个来？(内)今日冠裳雅会[26]，就要演这本传奇。你老既系旧人，又且听过新曲，何不把传奇始末，预先铺叙一番，大家洗耳？(答)有张道士的[满庭芳]词[27]，歌来请教罢：

【满庭芳】公子侯生，秣陵侨寓[28]，恰偕南国佳人；谗言暗害，鸾凤一宵分。又值天翻地覆，据江淮藩镇纷纭。立昏主，征歌选舞，党祸起奸臣。良缘难再续，楼头激烈，狱底沉沦。却赖苏翁柳老，解救殷勤。半夜君逃相走，望烟波谁吊忠魂？桃花扇、斋坛揉碎，我与指迷津。

(内)妙，妙。只是曲调铿锵，一时不能领会，还求总括数句。(答)待我说来：

奸马阮中外伏长剑[29]，巧柳苏往来牵密线；

侯公子断除花月缘，张道士归结兴亡案。

道犹未了，那公子早已登场，列位请看。

注释

[1]出(chū)：明清传奇中的一个大的情节段落。　先声：南戏在演唱整本故事之前，由副末先登场对全

本戏的故事内容作概括介绍。

[2]副末：戏曲角色名，一般扮演次要的年龄稍大的男子。

[3]古董先生：比喻年长而不合时宜的人物。

[4]包浆：玩赏古董的术语。金玉等古物经过人手长久摩挲，润泽而有光彩。

[5]一笔抹：一笔勾销。

[6]人参果：传说中的仙果。人吃一个会长生不老。句意为不敢有更高的奢望。

[7]唐虞世：即唐尧和虞舜的时代，是古传说中的清明时代。

[8]甲子年：这个甲子年是指康熙二十三年，公元1684年。

[9]太常寺：管理宗庙礼仪的机关。　赞礼：祭礼司仪官。

[10]上元甲子：古代以180年为一周，分为上、中、下三元。上元甲子为180周年里的第一个甲子，实指康熙二十三年。

[11]临轩：皇帝不在正座而在殿前平台设朝。

[12]禹皋：夏禹和皋陶(yáo)。皋陶是虞舜时代著名的狱官。

[13]内：指后台不出场的人物。　介：指演员动作表情。

[14]河出图：传说伏羲为帝时，有龙马驮着一张图从黄河出来，伏羲氏根据它画成八卦。

[15]洛出书：传说夏禹治水时，在洛水发现一个神龟，背上有许多文字，夏禹根据它写成《洪范·九畴》。

[16]景星明：景星又称德星，传说它在政治清明的时代出现。

[17]庆云现：庆云也称景云，传说在天下太平时出现。

[18]甘露降：天降甘露，以示天下太平。

[19]膏雨零：膏雨即甘霖，是久旱后下的雨。零，下降。

[20]"凤凰集"二句：凤凰为吉祥鸟，麒麟为祥瑞兽，传说圣人在世，会有祥鸟、瑞兽出现。

[21]蓂(míng)荚：相传为尧时的一种草。

[22]填词名家，不著姓氏：宋元以来正统派文人轻视戏曲，故作家不署真姓名。

[23]作春秋必赖祖传：《春秋》是孔子编的历史著作，孔尚任是孔子第64代孙，他的《桃花扇》反映南明历史，有此联系，故有此说。

[24]正雅颂岂无庭训：雅颂为《诗经》内容，这里比喻戏曲。《论语》里有孔子在庭前教儿子读书事，故后世以庭训指父亲教训儿子。

[25]云亭山人：孔尚任之号。又号东堂、岸堂。

[26]冠裳雅会：士大夫集会。

[27]张道士：剧中人张薇，他的事迹参看第二十出。　满庭芳：这首词概括了《桃花扇》传奇全部情节，这是传奇的一种体例。

[28]秣陵：南京的别称。

[29]奸马阮中外伏长剑：指马士英、阮大铖在朝廷内外互相勾结，暗中施行奸谋。

新评

古戏中，例有副末开场，即由副末先上场介绍剧情，交代背景。本出遵照古例，由一位道士率先出场，实乃孔尚任借道士之口以抒其情。

以作者看来，在康熙执政的中期，清王朝已入盛期，于是，明王朝的遗民们(所谓“旧人”)看到此剧，只有暗泣先朝的份了。这是大形势。故孔尚任作《桃花扇》，意欲“借离合之情，写兴亡之感”，正迎合了这种遗民心态，惹得他们“哭一回，笑一回，怒一回，骂一回”，此乃是作者预期的效果。而“怎晓得我老夫就是戏中人”，又何尝不是作者自道“旧人”的悲痛之语呢？

第一出 听稗[1]

崇祯癸未二月

【恋芳春】(生儒扮上)孙楚楼边[2],莫愁湖上,又添几树垂杨。偏是江山胜处,酒卖斜阳,勾引游人醉赏,学金粉南朝模样[3]。暗思想,那些莺颠燕狂,关甚兴亡[4]!

【鹧鸪天】院静厨寒睡起迟[5],秣陵人老看花时,城连晓雨枯陵树,江带春潮坏殿基[6]。伤往事,写新词,客愁乡梦乱如丝。不知烟水西村舍,燕子今年宿傍谁?小生姓侯,名方域[7],表字朝宗,中州归德人也[8]。夷门谱牒[9],梁苑冠裳[10]。先祖太常,家父司徒,久树东林之帜[11];选诗云间[12],征文白下[13],新登复社之坛。早岁清词,吐出班香宋艳[14];中年浩气,流成苏海韩潮[15]。人邻耀华之宫,偏宜赋酒[16];家近洛阳之县,不愿栽花[17]。自去年壬午[18],南闱下第[19],便侨寓这莫愁湖畔。烽烟未靖,家信难通,不觉又是仲春时候。你看碧草粘天,谁是还乡之伴;黄尘匝地,独为避乱之人。(叹介) 莫愁,莫愁!教俺怎生不愁也!幸喜社友陈定生[20]、吴次尾[21],寓在蔡益所书坊[22],时常往来,颇不寂寞。今日约到冶城道院[23],同看梅花,须索早去。

【懒画眉】乍暖风烟满江乡,花里行厨携着玉缸[24];笛声吹乱客中肠,莫过乌衣巷,是别姓人家新画梁[25]。

(下)(末[26]、小生儒扮上)

【前腔】王气金陵渐凋伤,鼙鼓旌旗何处忙?怕随梅柳渡春江[27]。(末) 小生宜兴陈贞慧是也。(小生)小生贵池吴应箕是也。(末问介)次兄可知流寇消息么[28]?(小生) 昨见邸抄[29],流寇连败官兵,渐逼京师。那宁南侯左良玉[30],还军襄阳。中原无人,大事已不可问,我辈且看春光。(合)无主春飘荡,风雨梨花摧晓妆。

(生上相见介)请了,两位社兄,果然早到。(小生)岂敢爽约!(末)小弟已着人打扫道院,沽酒相待。(副净扮家僮忙上[31]) 节寒嫌酒冷,花好引人多。禀相公,来迟了,请回罢!(末) 怎么来迟了?(副净) 魏府徐公子要请客看花[32],一座大大道院,早已占满了。(生)既是这等,且到秦淮水榭,一访佳丽,倒也有趣!(小生)依我说,不必远去,兄可知道泰州柳敬亭[33],说书最妙,曾见赏于吴桥范大司马[34]、桐城何老相国[35]。闻他在此作寓,何不同往一听,消遣春愁?(末)这也好!(生怒介)那柳麻子新做了阉儿阮胡子的门客[36],这样人说书,不听也罢了!(小生) 兄还不知,阮胡子漏网馀生,不肯退藏,还在这里蓄养声伎,结纳朝绅。小弟做了一篇留都防乱的揭帖[37],公讨其罪。那班门客才晓得他是崔魏逆党,不待曲终,拂衣散尽。

这柳麻子也在其内，岂不可敬！（生惊介）阿呀！竟不知此辈中也有豪杰，该去物色的！（同行介）

【前腔】仙院参差弄笙簧[38]，人住深深丹洞旁[39]，闲将双眼阅沧桑。（副净）此间是了，待我叫门。（叫介）柳麻子在家么？（末喝介）哇！他是江湖名士，称他柳相公才是。（副净又叫介）柳相公开门。（丑小帽、海青[40]、白髯，扮柳敬亭上）门掩青苔长，话旧樵渔来道房。

（见介）原来是陈、吴二位相公，老汉失迎了！（问生介）此位何人？（末）这是敝友河南侯朝宗，当今名士，久慕清谈，特来领教。（丑）不敢不敢！请坐献茶。（坐介）（丑）相公都是读书君子，甚么《史记》《通鉴》，不曾看熟，倒来听老汉的俗谈。（指介）你看：

【前腔】废苑枯松靠着颓墙，春雨如丝宫草香，六朝兴废怕思量。鼓板轻轻放，沾泪说书儿女肠。

（生）不必过谦，就求赐教。（丑）既蒙光降，老汉也不敢推辞；只怕演义盲词[41]，难入尊耳。没奈何，且把相公们读的《论语》说一章罢！（生）这也奇了，《论语》如何说的？（丑笑介）相公说得，老汉就说不得？今日偏要假斯文，说他一回。（上坐敲鼓板说书介）问余何事栖碧山，笑而不答心自闲；桃花流水杳然去，别有天地非人间[42]。（拍醒木说介）敢告列位，今日所说不是别的，是申鲁三家欺君之罪[43]，表孔圣人正乐之功。当时鲁道衰微，人心僭窃[44]，我夫子自卫反鲁，然后乐正[45]。那些乐官恍然大悟，愧悔交集，一个个东奔西走，把那权臣势家闹哄哄的戏场，顷刻冰冷。你说圣人的手段利害呀不利害？神妙呀不神妙？（敲鼓板唱介）

[鼓词一]自古圣人手段能，他会呼风唤雨，撒豆成兵。见一伙乱臣无礼教歌舞，使了个些小方法，弄的他精打精[46]。正排着低品走狗奴才队，都做了高节清风大英雄！

（拍醒木说介）那太师名挚，他第一个先适了齐[47]。他为何适齐？听俺道来！（敲鼓板唱介）

[鼓词二]好一个为头为领的太师挚，他说："咳，俺为甚的替撞三家景阳钟[48]？往常时瞎了眼睛在泥窝里混，到如今抖起身子去个清。大撒脚步正往东北走，合伙了个敬仲老先[49]，才显俺的名。管喜的孔子三月忘肉味[50]，景公擦泪侧着耳听；那贼臣就吃了豹子心肝熊的胆，也不敢到姜太公家里[51]，去拿乐工。"

（拍醒木说介）管亚饭的名干，适了楚；管三饭的名缭，适了蔡；管四饭的名缺，适了秦。这三人为何也去了？听我道来！（敲鼓板唱介）

[鼓词三] 这一班劝膳的乐官不见了领队长，一个个各寻门路奔前程。亚饭说："乱臣堂上掇着碗，俺倒去吹吹打打伏侍着他听；你看咱长官此去齐邦谁敢去找？我也投那熊绎大王[52]，倚仗他的威风。"三饭说："河南蔡国虽然小，那堂堂的中原紧靠着京城。"四饭说："远望西秦有天子气，那强兵营里我去抓响筝[53]。"一齐说："你每日倚着塞门桩子使唤俺[54]，今以后叫你闻着俺的风声脑子疼。"

(拍醒木说介) 击鼓的名方叔，入于河；播鼗的名武[55]，入于汉；少师名阳，击磬的名襄，入于海。这四人另有个去法，听俺道来！(敲鼓板唱介)

[鼓词四] 这击磬擂鼓的三四位，他说："你丢下这乱纷纷的排场俺也干不成。您嫌这里乱鬼当家别处寻主，只怕到那里低三下四还干旧营生。俺们一叶扁舟桃源路，这才是江湖满地，几个渔翁[56]。"

(拍醒木说介) 这四个人，去的好，去的妙，去的有意思。听他说些甚的？(敲鼓板唱介)

[鼓词五] 他说："十丈珊瑚映日红，珍珠捧着水晶宫，龙王留俺宫中宴，那金童玉女不比凡同。凤箫象管龙吟细[57]，可教人家吹打着俺们才听[58]。那贼臣就溜着河边来赶俺，这万里烟波路也不明。莫道山高水远无知己，你看海角天涯都有俺旧弟兄。全要打破纸窗看世界，亏了那位神灵提出俺火坑；凭世上沧海变田田变海，俺那老师父只管瞢瞪着两眼定六经[59]。"

(说完起介) 献丑，献丑！(末) 妙极，妙极！如今应制讲义，那能如此痛快，真绝技也！(小生) 敬亭才出阮家，不肯别投主人，故此现身说法。(生) 俺看敬亭人品高绝，胸襟洒脱，是我辈中人，说书乃其馀技耳。

【解三醒】(生、末、小生) 暗红尘霎时雪亮，热春光一阵冰凉，清白人会算糊涂账。(同笑介) 这笑骂风流跌宕[60]，一声拍板温而厉，三下渔阳慨以慷[61]！(丑) 重来访，但是桃花误处，问俺渔郎[62]。

(生问介) 昨日同出阮衙，是那几位朋友？(丑) 都已散去，只有善讴的苏昆生，还寓比邻。(生) 也要奉访，尚望同来赐教。(丑) 自然奉拜的。

(丑) 歌声歇处已斜阳，(末) 剩有残花隔院香；
(小生) 无数楼台无数草，(生) 清谈霸业两茫茫。

注释

[1] 听稗：指侯方域等去听柳敬亭说书。稗即稗史，指一般的小说野史。

[2]孙楚楼：孙楚楼在南京城西，靠近莫愁湖。孙楚是东晋诗人。

[3]学金粉南朝模样：金粉即铅粉，是女性化妆品。金粉南朝指偏安江南的宋、齐、梁、陈四朝。此时明朝将亡，而南都人物一味地粉饰太平，寻欢作乐。作者借侯方域之口，讽刺南都人物学金粉南朝的亡国作风。

[4]那些莺颠燕狂，关甚兴亡：比喻不顾国家兴亡，只顾寻欢作乐的人物。关甚，管什么的意思。

[5]厨：纱橱，帐子。

[6]"城连晓雨枯陵树"二句：指岁月悠久，南京旧都已经衰败。南京是明代的留都，有明孝陵及明宫殿。陵树、殿基，即指明代的皇陵和宫殿。

[7]侯方域：明末清初著名文人。《桃花扇》中许多人物和情节都有历史根据，但文学不同于历史，所以，不要把历史上的侯方域和戏剧中的侯方域等同起来。

[8]中州归德：古称河南为中州；归德即今商丘。

[9]夷门谱牒：《史记·魏公子列传》记载，著名人物侯嬴曾守大梁夷门，侯方域与他同姓，因此在剧中自称夷门谱牒。谱牒即谱系，用以记录家族世系。

[10]梁苑冠裳：梁苑冠裳本指经常到梁苑做客的士大夫，侯方域借此形容他在中州地位高贵。梁苑指西汉时梁孝王兴建的东苑。

[11]"先祖太常"三句：方域的祖父名执蒲，官至太常寺卿。父名恂，官至户部尚书，其职位与古代司徒相近，因此称他作司徒。东林即东林党。明末万历年间，宦官魏忠贤结成阉党，残暴地掠夺百姓的土地和财产，当时有正义感的士大夫顾宪成、高攀龙等重修宋朝理学家杨时的东林书院，在此院讲学，组成东林党。他们反对代表顽固旧势力的宦官，主张保护东南兼营工商业的地主。侯方域的父亲侯恂参加东林党，所以说"久树东林之帜"。

[12]"选诗云间"以下三句：侯方域自叙少年生活。云间即松江府，复社领袖张溥，几社领袖夏允彝、陈子龙都是云间人。复社是明朝崇祯年间，张溥等人组织起来的文人社团，侯方域是其中重要人物。

[13]白下：南京的别称。

[14]班香宋艳：指具有班固、宋玉那样香艳的文采。

[15]苏海韩潮：指具有苏轼、韩愈那样雄浑的文气。

[16]"人邻耀华之宫"二句：耀华宫，西汉梁孝王造。梁孝王曾在此召集文人作赋，邹阳作《酒赋》。侯方域是商丘人，商丘属梁地，因此引用梁孝王与邹阳的故事来自比。

[17]"家近洛阳之县"二句：洛阳之地牡丹最负盛名，有"洛阳牡丹冠天下"之说，侯方域以此来自比。

[18]壬午：明崇祯十五年，即公元1642年。

[19]南闱：明、清两代科举考试，江南乡试称作南闱。

[20]陈定生：复社名人，南明亡后隐居不出。

[21]吴次尾：复社名人，在池州起兵抗清，战败被俘，不屈而死。

[22]蔡益所：南京有名的书商。

[23]冶城道院：冶城在金陵城西，为三国时东吴冶铸铁器之地。此道院建在冶城旧址。

[24]行厨：外出游玩所带食品、酒水。 玉缸：玉杯。

[25]"莫过乌衣巷"二句：晋代贵族王、谢住在南京乌衣巷。唐代刘禹锡诗"旧时王谢堂前燕，飞入寻常百姓家"被用来作文学典故。

[26]末：角色名，扮年纪较大男子。

[27]梅柳渡春江：唐人杜审言诗句。这里暗指当时北方人士渡江南下避兵。

[28]流寇：对李自成农民起义军的蔑称。

[29]邸抄：邸是地方官府在京师所置公用住所，由此处传抄的皇帝诏令及大臣奏章称为邸报，即邸抄。

[30]左良玉：明末名将，封宁南侯。

[31]副净：角色名，相当于京剧里的二花脸。

[32]魏府徐公子：徐公子即徐青君。青君是中山王徐达的后代，袭封魏国公。

[33]柳敬亭：南明时期著名说书人。

[34]吴桥范大司马：吴桥属河北省。范大司马即范景文，崇祯七年(1634)拜兵部尚书。

[35]何老相国：即何如宠。崇祯二年(1629)以礼部尚书兼东阁大学士，入阁辅政。

[36]阉儿阮胡子：阮胡子即阮大铖。宦官叫作阉，阮大铖曾认宦官魏忠贤作干爹，所以被称作阉儿。

[37]留都防乱的揭帖：是吴应箕写的讨伐阮大铖的公告。下句“崔魏逆党”之“崔”，指阉党之中的崔呈秀。

[38]仙院：即道观。　笙簧：即笙。

[39]丹洞：丹房，道士炼丹的地方。

[40]海青：深蓝色阔袖长袍，像道袍。

[41]盲词：一种民间的说唱文学。

[42]“问余何事栖碧山”四句：这是李白诗《山中问答》，反映诗人隐居山林，不求功名，只求与天地共息的心情。这里引用作说书的开场词。

[43]鲁三家：春秋时代鲁国仲孙、季孙、叔孙三家，是当时鲁国最有权势的公族。柳敬亭说的这一节书是据《论语·微子》“太师挚适齐”全章演说的。太师，乐官。

[44]僭窃：古代社会等级制很严，僭窃是指等级低的家族用等级高的家族礼仪。

[45]“我夫子自卫反鲁”二句：《论语·子罕》记录孔子的话：“吾自卫反鲁，然后乐正，雅颂各得其所。”卫，卫国。反，同“返”。

[46]弄的他精打精：弄得他精光。

[47]适：到。

[48]景阳钟：借指鲁国仲孙、季孙、叔孙三家的乐器。

[49]敬仲老先：敬仲即田敬仲，是战国时齐国国君田氏的祖先。老先是对长辈的尊称。

[50]管喜的孔子三月忘肉味：孔子在齐国听到了韶乐，一连三月忘了肉味。管喜的是保管高兴的意思。

[51]姜太公家里：指齐国。周初封姜太公为齐国之主。

[52]熊绎：楚国开国君主。

[53]抓响筝：意即弹筝。

[54]塞门：屏。上古统治者规定，天子设屏在路门以外，诸侯设屏在门内，大夫只能挂帘，士人只能挂帷。据《论语·八佾》，孔子说管仲不知礼，有“邦君树塞门，管仲亦树塞门”的话。这里借用来讽刺鲁三家的僭窃。

[55]鼗(táo)：一种小鼓。

[56]江湖满地，几个渔翁：本杜甫《秋兴》诗句“江湖满地一渔翁”，借此表达他们追求自由的理想。

[57]龙吟：形容箫管的声音。

[58]可教：却叫。

[59]俺那老师父只管瞢瞪(méngcéng)着两眼定六经：指孔子老眼昏花地删定六经。

[60]跌宕：放荡，不受约束。

［61］三下渔阳慨以慷：汉末，曹操为了羞辱祢衡，叫他做鼓吏。祢衡击渔阳掺挝，声音悲壮，听者甚受感动。后人把它谱成《渔阳三弄曲》。这里借来形容柳敬亭说书的慷慨动人。

［62］“但是桃花误处”二句：借用陶渊明《桃花源记》故事，比喻乱世之时隐居不出。

新评

上一出由一个老道开场，此一出又听“江湖”上的“名士”说书。对戏内人侯方域之类而言，时值“中原无人，大事已不可问”，只剩“且看春光”的心思了；忽然见说书的人里也有“豪杰”，竟引以为知己，大起敬意，于是，引出一篇“孔子正乐之功”的稗词来。对戏外人的孔尚任而言，这些安排，正是讽刺明朝末年无人，故添一个“江湖名士”来增加生气。于是，孔尚任借柳敬亭大讲他祖先在鲁末乱世中的“正乐”之功，并借末角的嘴评价说：“妙极，妙极！如今应制讲义，那能如此痛快，真绝技也！”仔细读来，这似乎在隐述孔尚任作《桃花扇》的目的，以戏正乐，匡正风气。此正是“试一出”中“借离合之情，写兴亡之感”的主旨。

第二出　传　歌

癸未二月

【秋夜月】(小旦倩妆扮鸨妓李贞丽上[1]) 深画眉，不把红楼闭；长板桥头垂杨细[2]，丝丝牵惹游人骑。将筝弦紧系，把笙囊巧制。

梨花似雪草如烟，春在秦淮两岸边；一带妆楼临水盖，家家分影照婵娟[3]。妾身姓李，表字贞丽，烟花妙部，风月名班[4]；生长旧院之中[5]，迎送长桥之上，铅华未谢[6]，丰韵犹存。养成一个假女[7]，温柔纤小，才陪玳瑁之筵[8]；宛转娇羞，未入芙蓉之帐。这里有位罢职县令，叫做杨龙友[9]，乃凤阳督抚马士英的妹夫[10]，原做光禄阮大铖的盟弟，常到院中夸俺孩儿，要替他招客梳栊[11]。今日春光明媚，敢待好来也[12]。(叫介) 丫鬟，卷帘扫地，伺候客来。(内应介) 晓得！(末扮杨文骢上) 三山景色供图画[13]，六代风流入品题[14]。下官杨文骢，表字龙友，乙榜县令[15]，罢职闲居。这秦淮名妓李贞丽，是俺旧好，趁此春光，访他闲话。来此已是，不免竟入。(入介) 贞娘那里？(见介) 好呀！你看梅钱已落[16]，柳线才黄，软软浓浓，一院春色，叫俺如何消遣也。(小旦) 正是。请到小楼焚香煮茗，赏鉴诗篇罢。(末) 极妙了。(登楼介) 帘纹笼架鸟，花影护盆鱼[17]。(看介) 这是令爱妆楼，她往那里去了？(小旦) 晓妆未竟，尚在卧房。(末) 请她出来。(小旦唤介) 孩儿出来，杨老爷在此。(末看四壁上诗篇介) 都是些名公题赠，却也难得。(背手吟哦介)

【前腔】(旦艳妆上) 香梦回，才褪红鸳被。重点檀唇胭脂腻[18]，匆匆挽个抛家髻[19]。这春愁怎替，那新词且记。

(见介) 老爷万福！(末) 几日不见，益发标致了。这些诗篇赞的不差。(又看惊介) 呀呀！张天如、夏彝仲这班大名公[20]，都有题赠，下官也少不的和韵一首。(小旦送笔砚介)(末把笔久吟介) 做他不过，索性藏拙，聊写墨兰数笔，点缀素壁罢。(小旦) 更妙。(末看壁介) 这是蓝田叔画的拳石[21]。呀！就写兰于石旁，借他的衬贴也好。(画介)

【梧桐树】绫纹素壁辉，写出骚人致[22]。嫩叶香苞，雨困烟痕醉[23]。一拳宣石墨花碎，几点苍苔乱染砌[24]。(远看介) 也还将就得去；怎比元人潇洒墨兰意[25]，名姬恰好湘兰佩[26]。

(小旦) 真真名笔，替俺妆楼生色多矣。(末) 见笑。(向旦介) 请教尊号，就此落款。(旦) 年幼无号。(小旦) 就求老爷赏她二字罢。(末思介)《左传》云："兰有国香，人服媚之[27]。" 就叫她香君何如？(小旦) 甚妙！香君过来谢了。(旦拜介) 多谢老爷。(末笑介) 连楼名都有了。(落款介) 崇祯癸未仲春[28]，偶写墨兰于媚香楼，博香君一笑。贵筑杨文骢[29]。(小旦) 写画俱佳,可称双绝。多谢了!(俱坐介)(末) 我看香君国色第一,只不知技艺若何?(小旦)一向娇养惯了,不曾学习。前日才请一位清客[30],传他词曲。(末) 是那个?(小旦) 就叫什么苏昆生[31]。(末) 苏昆生,本姓周,是河南人,寄居无锡。一向相熟的,果然是个名手。(问介) 传的那套词曲?(旦) 就是《玉茗堂四梦》[32]。(末) 学会多少了?(小旦) 才将《牡丹亭》学了半本。(唤介) 孩儿,杨老爷不是外人,取出曲本快快温习。待你师父对过,好上新腔。(旦皱眉介) 有客在坐,只是学歌怎的。(小旦) 好傻话,我们门户人家[33],舞袖歌裙,吃饭庄屯[34]。你不肯学歌,闲着做甚?(旦看曲本介)

【前腔】(小旦) 生来粉黛围,跳入莺花队[35],一串歌喉,是俺金钱地。莫将红豆轻抛弃[36],学就晓风残月坠[37];缓拍红牙,夺了宜春翠[38],门前系住王孙辔[39]。

(净扁巾、褶子[40],扮苏昆生上) 闲来翠馆调鹦鹉[41],懒去朱门看牡丹[42]。在下固始苏昆生是也,自出阮衙,便投妓院,做这美人的教习,不强似做那义子的帮闲么?(竟入见介)杨老爷在此,久违了。(末)昆老恭喜,收了一个绝代的门生。(小旦)苏师父来了,孩儿见礼。(旦拜介)(净)免劳罢。(问介)昨日学的曲子,可曾记熟了?(旦)记熟了。(净)趁着杨老爷在坐,随我对来,好求指示。(末)正要领教。(净、旦对坐唱介)

[皂罗袍[43]] 原来姹紫嫣红开遍,似这般都付与断井颓垣。良辰美景奈何天,(净) 错了错了,美字一板,奈字一板,不可连下去。另来另来! 良辰美景奈何天,赏心乐事谁家院。朝飞暮卷,云霞翠轩;雨丝风片,(净) 又不是了,丝字是务头[44],要在嗓子内唱。雨丝风片,烟波画船,锦屏人忒看得这韶光贱。(净)妙妙! 是的狠了,往下来。

[好姐姐] 遍青山啼红了杜鹃,荼蘼外烟丝醉软。牡丹虽好,他春归怎占得先。(净) 这句略生些,再来一遍。牡丹虽好,他春归怎占得先。闲凝盼,生生燕语明如剪,呖呖莺声溜的圆。

(净) 好好! 又完一折了。(末对小旦介) 可喜令爱聪明的紧,不愁不是一个名妓哩。(向净介) 昨日会着侯司徒的公子侯朝宗,客囊颇富,又有才名,正在这里物色名姝。昆老知道么?(净)他是敝乡世家,果然大才。(末)这段姻缘,不可错过的。

【琐窗寒】破瓜碧玉佳期[45],唱娇歌,细马骑。缠头掷锦[46],携手倾杯;催妆艳句[47],迎婚油壁[48]。配他公子千金体,年年不放阮郎归[49],买宅桃叶春水[50]。

(小旦) 这样公子肯来梳栊,好的紧了。只求杨老爷极力帮衬,成此好事。(末) 自然在心的。

【尾声】(小旦)掌中女好珠难比,学得新莺恰恰啼,春锁重门人未知。如此春光,不可虚度,我们楼下小酌罢。(末)有趣。(同行介)

(末)苏小帘前花满畦[51],(小旦)莺酣燕懒隔春堤;

(旦)红绡裹下樱桃颗[52],(净)好待潘车过巷西[53]。

注释

[1]李贞丽:字淡如,明末秦淮名妓,是李香君的养母。她和复社著名人物陈贞慧最要好。

[2]长板桥:即长桥,在南京旧院墙外,两岸多柳,环境幽雅。

[3]婵娟:本意色态美好,此称美女。

[4]"烟花妙部"二句:宋代以来文学作品中,习惯称艺妓作烟花或风月。部班是她们演出时的组织。这两句为李贞丽自叙身世。

[5]旧院:南京秦淮歌妓聚居之地。

[6]铅华未谢:喻美女尚未年长色衰。

[7]假女:义女、养女。

[8]"温柔纤小"二句:李香君娇小温柔,只出来陪客而不接客。玳瑁筵指名贵的筵席。

[9]杨龙友(文骢):贵州贵阳人。福王时任常、镇二府的巡抚。武装抗清,兵败被杀。

[10]马士英:贵州贵阳人,曾任凤阳督抚。李自成攻陷北京后,他在南京迎立福王,升任东阁大学士,恃宠专权。清兵攻破南京后,他逃亡被杀。

[11]梳栊:娼家处女第一次接客,也叫上头。

[12]敢待好来也:恐怕要来了吧。

[13]三山景色供图画:三山在南京西南。李白《登金陵凤凰台》诗"三山半落青天外,二水中分白鹭洲"描写了这里的景色。杨龙友是当时著名的画家,此借三山点出他这一方面的才能。

[14]六代风流入品题:六代风流指六朝(吴、东晋、宋、齐、梁、陈)的流风馀韵。品题,本是对人物的品评,这里是指诗篇题咏。

[15]乙榜县令:科举考试称进士为甲榜,举人为乙榜。乙榜县令即举人起步做县令。

[16]梅钱:梅花花瓣。

[17]"帘纹笼架鸟"二句:隔着帘纹看见架上的鸟,好像它在笼子里一样。花影遮着盆子里养的鱼,好像保护着它一样。

[18]檀唇:淡红色口唇。

[19]抛家髻:两鬓抱面、状如稚髻的发髻。

[20]张天如:张溥(1602—1641)的字。　夏彝仲:夏允彝的字。

[21]蓝田叔:钱塘人,当时浙派画家。　拳石:陈设用的小块岩石。

[22]"绫纹素壁辉"二句:指绫纹似的白壁发出光辉,因为在它上面写出了骚人的风致。

[23]"嫩叶香苞"二句:形容他画的墨兰,像是在烟雨之中,含苞待放。

[24]"一拳宣石墨花碎"二句:形容蓝田叔画的拳石,点染着苍苔。宣石,指宣州出产的拳石。

[25]怎比元人潇洒墨兰意:哪里比得上元人画的墨兰,有着潇洒的意态。

[26]名姬恰好湘兰佩:美人正好用湘兰来做佩饰。

[27]兰有国香,人服媚之:见《左传·宣公三年》。服媚,受用的意思。

[28]崇祯癸未：公元1643年。

[29]贵筑：即贵阳。

[30]清客：寄食于豪门大户的文人。此剧中指教妓女演唱的艺人。

[31]苏昆生：原名周如松，河南固始人，是明末清初著名的唱曲家。

[32]玉茗堂四梦：明代大戏剧家汤显祖所著四种传奇，《牡丹亭》《邯郸记》《南柯记》《紫钗记》。

[33]门户人家：妓家。

[34]"舞袖歌裙"二句：指靠歌舞演技吃饭。

[35]粉黛围、莺花队：代称美女、妓院。

[36]莫将红豆轻抛弃：红豆象征爱情，不要轻易把爱情许人。

[37]学就晓风残月坠：学会歌唱词曲。"杨柳岸晓风残月"是北宋词人柳永[雨霖铃]词中名句。

[38]缓拍红牙，夺了宜春翠：红牙是乐器拍板。宜春指宜春宫，唐玄宗叫后宫女子学歌舞，住在宜春宫里。这里指李贞丽希望李香君色艺俱佳。

[39]王孙：古代对贵族子弟的通称。

[40]净：戏曲角色名。多扮演性格粗豪或奸猾狡诈的人物，以及相貌突出者。 扁巾：普通人戴的头巾。褶子：戏装里的一种便服。

[41]翠馆：妓院。

[42]朱门：富豪权贵之家。

[43][皂罗袍]、[好姐姐]：此二曲是《牡丹亭·惊梦》一出内的曲文。

[44]务头：曲词演唱中的特别重视处。

[45]破瓜碧玉：碧玉是南朝宋汝南王的爱妾，汝南王为她作了一首碧玉歌，有"碧玉破瓜时"一句。"瓜"字左右拆开来为两个八字，二八十六，称女子十六岁。

[46]缠头掷锦：客人给妓女的赏赐。

[47]催妆艳句：男女成婚晚上，宾客写诗祝贺，这种诗叫催妆诗。

[48]油壁：妇女乘坐的华丽轻便的车。

[49]年年不放阮郎归：传说东汉时代，有刘晨、阮肇二人入天台山采药，被仙女留下成婚。过了半年多，仙女放他俩回去，而家里的第七代子孙已长大了。

[50]桃叶春水：桃叶是晋代王献之爱妾的名字，她曾在秦淮河与青溪的合流处渡河，后人称此渡口为桃叶渡。

[51]苏小：南齐时钱塘名妓。

[52]红绡：红色丝汗巾。在此似指李香君。

[53]潘车：潘安乘坐的车。潘安，晋代美男子。相传每当他乘车外出，即有女子向其车舆中掷果以示好。在此似指侯方域。

简评

此出名"传歌"，引出女主角李香君首次登场。作者写鸨儿李贞丽的美丽善良，乃是衬托李香君的美丽；写杨龙友、苏昆生，乃在衬托李香君的聪慧。在不经意间，引出侯朝宗来，欲成侯李郎才女貌的好姻缘。于是《桃花扇》的悲情剧，在南明王朝浅酌低唱的生涯中悄悄开始了。

第三出　哄　丁[1]

癸未三月

(副净、丑扮二坛户上[2])(副净)俎豆传家铺排户[3],(丑)祖父。(副净)各坛祭器有号簿,(丑)查数。(副净)朔望开门点蜡炬[4],(丑)扫路。(副净)跪迎祭酒早进署[5],(丑)休误。(丑)怎么只说这样没体面的话?(副净)你会说,让你说来。(丑)四季关粮进户部[6],(副净)夸富。(丑)红墙绿瓦阖家住,(副净)娶妇。(丑)干柴只靠一把锯,(副净)偷树。(丑)一年到头不吃素,(副净)腌胙[7]。(丑)啐!你接得不好,到底露出脚色来[8]。(同笑介)咱们南京国子监铺排户,苦熬六个月,今日又是仲春丁期。太常寺早已送到祭品,待俺摆设起来。(排桌介)(副净)栗、枣、芡、菱、榛。(丑)牛、羊、猪、兔、鹿。(副净)鱼、芹、菁、笋、韭。(丑)盐、酒、香、帛、烛。

(副净)一件也不少,仔细看着,不要叫赞礼们偷吃,寻我们的晦气呀。(副末扮老赞礼暗上)啐!你坛户不偷就够了,倒赖我们。(副净拱介)得罪得罪!我说的是那没体面的相公们,老先生是正人君子,岂有偷嘴之理。(副末)闲话少说,天已发亮,是时候了,各处快点香烛。(丑)是。(同混下)

【粉蝶儿】(外冠带执笏[9],扮祭酒上)松柏笼烟,两阶蜡红初剪[10]。排笙歌,堂上宫悬[11]。捧爵帛,供牲醴,香芹早荐[12]。(末冠带执笏,扮司业上[13])列班联,敬陪南雍释奠[14]。

(外)下官南京国子监祭酒是也。(末)下官司业是也。今值文庙丁期,礼当释奠。(分立介)

【四园春】(小生衣巾,扮吴应箕上)楹鼓逢逢将曙天[15],诸生接武杏坛前[16]。(杂扮监生四人上[17])济济礼乐绕三千,万仞门墙瞻圣贤[18]。(副净满髯冠带,扮阮大铖上)净洗含羞面,混入几筵边。

(小生)小生吴应箕,约同杨维斗、刘伯宗、沈昆铜、沈眉生众社兄,同来与祭。(杂四人)次尾社兄到的久了,大家依次排起班来。(副净掩面介)下官阮大铖,闲住南京,来观盛典。(立前列介)(副末上,唱礼介)排班,班齐。鞠躬,俯伏、兴[19],俯伏、兴,俯伏、兴,俯伏、兴。(众依礼各四拜介)

【泣颜回】(合)百尺翠云巅,仰见宸题金匾[20],素王端拱[21],颜曾四座冠冕[22]。迎神乐奏,拜彤墀齐把袍笏展[23]。读诗书不愧胶庠[24],畏先圣洋洋灵显[25]。

(拜完立介)(唱礼介)焚帛,礼毕。(众相见揖介)

【前腔】(外、末)北面并臣肩,共事春丁荣典[26];趋跄环佩[27],鹓班鹭序旋转[28]。(小生等) 司笾执豆[29]，鲁诸生尽是瑚琏选[30]。(副净) 喜留都、散职逍遥，叹投闲[31]、名流谪贬。

(外、末下)(副净拱介)(小生惊看，问介) 你是阮胡子，如何也来与祭？唐突先师，玷辱斯文。(喝介) 快快出去！(副净气介) 我乃堂堂进士，表表名家，有何罪过，不容与祭。(小生) 你的罪过，朝野俱知，蒙面丧心，还敢入庙。难道前日防乱揭帖，不曾说着你病根么！(副净) 我正为暴白心迹，故来与祭。(小生) 你的心迹，待我替你说来：

【千秋岁】魏家干，又是客家干[32]，一处处儿字难免。同气崔田[33]，同气崔田，热兄弟粪争尝，痈同吮[34]。东林里丢飞箭，西厂里牵长线[35]，怎掩旁人眼。(合) 笑冰山消化[36]，铁柱翻掀。

(副净) 诸兄不谅苦衷，横加辱骂，那知俺阮圆海原是赵忠毅先生的门人[37]。魏党暴横之时，我丁艰未起[38]，何曾伤害一人，这些话都从何处说起？

【前腔】飞霜冤，不比黑盆冤[39]，一件件风影敷衍[40]。初识忠贤，初识忠贤，救周魏[41]，把好身名，甘心贬。前辈康对山，为救李空同，曾入刘瑾之门[42]。我前日屈节，也只为着东林诸君子，怎么倒责起我来。《春灯谜》，谁不见，《十错认》，无人辩[43]，个个将咱谴。(指介) 恨轻薄新进，也放屁狂言！

(小生) 好骂好骂！(众) 你这等人，敢在文庙之中公然骂人，真是反了。(副末亦喊介) 反了反了！让我老赞礼，打这个奸党。(打介)(小生) 掌他的嘴，挦他的毛[44]。(众乱采须，指骂介)

【越恁好】阉儿珰子[45]，阉儿珰子，那许你拜文宣[46]？辱人贱行，玷庠序[47]，愧班联。急将吾党鸣鼓传[48]，攻之必远；屏荒服[49]，不与同州县，投豺虎只当闲猪犬。

(副净) 好打好打！(指副末介) 连你这老赞礼，都打起我来了。(副末) 我这老赞礼，才打你个知和而和的[50]。(副净看须介) 把胡须都采落了，如何见人？可恼之极！(急跑介)

【红绣鞋】难当鸡肋拳揸[51]，拳揸。无端臂折腰撕[52]，腰撕。忙躲去，莫流连。(下)(小生)(众) 分邪正，辨奸贤，党人逆案铁同坚。

【尾声】当年势焰掀天转，今日奔逃亦可怜。儒冠打扁，归家应自焚笔砚。

(小生) 今日此举，替东林雪愤，为南监生光，好不爽快。以后大家努力，莫容此辈再出头来。(众) 是是！

(众) 堂堂义举圣门前，(小生) 黑白须争一着先[53]；
(众) 只恐输赢无定局，(小生) 治由人事乱由天。

注释

［1］哄丁：在丁祭日吵闹的意思。古代于农历二、八月的第一个丁日祭祀孔子。

［2］坛户：管理庙产及照料庙宇的人家。

［3］俎豆传家铺排户：指坛户一代一代地从事祭祀活动。俎、豆，祭祀时用来盛祭品的器皿。铺排户即坛户。

［4］朔望开门点蜡炬：农历初一叫朔，十五叫望，旧习这两天烧香敬神。

［5］祭酒：古代国家最高学府负责人。

［6］关粮：官府发放粮饷。关，支发。

［7］胙(zuò)：祭祀用的肉。

［8］脚色：本来面目。

［9］外：戏曲脚色名，扮演年纪较大的正派男子。

［10］蜡红初剪：刚剪去烛中灰烬，烛光明亮。

［11］宫悬：古代钟磬等乐器悬挂于架上，悬挂的形式根据身份地位而不同，帝王悬挂四面，象征宫室四面的墙壁，故名宫悬。

［12］爵帛、牲醴、香芹：都是祭品。

［13］司业：国子监的次要负责人。

［14］南雍：明朝南京国子监也叫南雍。　释奠：用酒菜祭奠孔子。

［15］楹鼓：即建鼓，是用木柱从鼓中穿过，即可以竖立的鼓。　逢逢：鼓声。

［16］诸生：指参加丁祭的儒生。　接武：脚步紧接着脚步，跟着走的意思。　杏坛：在山东曲阜孔庙内，是孔子讲学的遗址，这里借指南京孔庙。

［17］杂：指戏曲中无关紧要的脚色。　监生：国子监求学儒生。

［18］“济济礼乐绕三千”二句：表现丁祭孔子的盛况。济济，人才很多。三千本指孔子众弟子，这里借指参加祭礼的儒生很多。古代八尺为一仞，万仞门墙向来是比喻孔子的道德高尚。

［19］兴：起来。

［20］“百尺翠云巅”二句：形容诸生在阶下祭拜时见到孔庙的崇高。宸题金匾，指孔庙里皇帝题字的金匾。

［21］素王：指有王者之道，但没有得到王者位。齐太史子与见孔子后认定他是素王，于是后人尊称孔子为素王。　端拱：拱手端坐的样子。

［22］颜曾四座：指配祀孔子的颜回、曾子、子思、孟子四人。

［23］彤墀：指殿前的赤色阶石。

［24］胶庠(xiáng)：周代学宫名。

［25］洋洋：广远无涯的样子。

［26］春丁荣典：即仲春丁祭。

［27］趋跄环佩：身佩玉器走得很快，玉器会碰撞出声音。

［28］鹓班鹭序：形容参加祭礼的人的行列。鹓鹭飞行时队列整齐。

［29］司笾执豆：笾、豆都是祭器，笾是竹制器，用来装果品，豆是木制器，用来装酒肉等。

［30］瑚琏：宗庙里珍贵的礼器，这里比喻国家珍贵的人才。

［31］叹投闲：当官的被放置在闲散的地位。这是阮大铖自我感叹。

［32］客家干：斥骂阮大铖是客氏的干儿子。当时客氏与魏忠贤是一党。

［33］崔田：指崔呈秀、田尔耕。他们都是阉党骨干。

[34]粪争尝，痈同吮：尝粪是越王勾践对吴王夫差的故事，吮痈是汉朝幸臣邓通对汉文帝的故事。形容阮大铖的趋炎附势、无耻奉承。

[35]“东林里丢飞箭”二句：丢飞箭指暗中害人。西厂是魏忠贤把持的陷害忠良的特务机构。牵长线比喻阮与魏有紧密联系，陷害东林党人。

[36]冰山：比喻不能持久依傍的权势。

[37]赵忠毅：赵南星，明末人，因得罪魏忠贤，被贬到代州而死，谥号忠毅。

[38]丁艰：即丁忧。古代遇父母丧事，三年内官员停职守制，读书人不能应考，一般还要停止婚嫁筵宴。

[39]“飞霜冤”二句：传说春秋时燕惠王听信左右的谗言，逮捕邹衍下狱。邹衍仰天痛哭，感动天地，六月飞霜。 黑盆冤：把沉冤不得昭雪的人比作被盖在盆下的东西，即使有阳光也照不到的。阮大铖恬不知耻地利用这些典故为自己辩护。

[40]风影敷衍：捕风捉影。

[41]周魏：即周朝瑞、魏大中二人，他们是明天启年间谏官，因为揭发魏忠贤和客氏的罪恶被害死。

[42]“前辈康对山”三句：明朝中叶，康对山为救李空同(即李梦阳)求拜过宦官刘瑾，阮大铖利用这件事为自己狡辩。

[43]《春灯谜》，谁不见，《十错认》，无人辩：《春灯谜》是阮大铖在崇祯末年写的传奇。这个剧的末出有一段平话，名叫《十错认》，有人认为这是阮大铖失势后为了表示愧悔而写的。

[44]挦(xián)：扯拔的意思。

[45]珰(dāng)：宦官的冠饰，这里代称宦官。 子：在此是骂阮大铖拜魏忠贤做义父。

[46]文宣：唐代封孔子为文宣王。

[47]庠序：古代地方学校。

[48]吾党鸣鼓传：春秋时代孔子的门人冉求作鲁卿季氏的家臣，为季氏聚敛财货，孔子号召他的弟子鸣鼓而攻之。这里借来表示他们要号召大众齐心攻击阮大铖。

[49]屏荒服：斥逐到边远地区。

[50]知和而和：《论语·学而》：“知和而和，不以礼节之，亦不可行也。”和谐必须受礼的约束。老赞礼指责阮大铖过去投靠魏忠贤阉党，现在又标榜自己是为了“东林诸君子”的见风使舵的伎俩。

[51]鸡肋拳揎：鸡肋比喻软弱的身体。晋朝人刘伶喝醉酒，和他人争吵。那人捋袖揎拳要打他。刘伶说：“鸡肋哪里顶得住你的尊拳？”那人觉得好笑，便罢手了。

[52]腰攧：跌坏腰。

[53]黑白须争一着先：用下围棋来比喻政治斗争。

新评

这是一出热闹的戏，首先由副净和丑上场，打闹一番，以衬托闹剧气氛。这一手法，乃是自金院本、元杂剧就有的。比如元代刘唐卿《降桑椹》中就有类似情节。之后，便引入国子监众儒生及老赞礼等群殴阮大铖之事。阮大铖人称阮胡子，曾勾结阉人，残害东林党人，故众儒生痛斥他与祭先师，乃是“唐突先师，玷辱斯文”，扯断他的胡子，打扁他的儒冠，使其自惭自羞，真有自焚笔砚，不入儒林之心。本出情节看起来“闹”，又很解气，但明末儒生们在乱世之时能做到的，也仅仅是这一点了。

第四出　侦　戏

癸未三月

【双劝酒】(副净扮阮大铖忧容上) 前局尽翻[1],旧人皆散,飘零鬓斑,牢骚歌懒。又遭时流欺谩[2],怎能得高卧加餐。

下官阮大铖,别号圆海。词章才子,科第名家;正做着光禄吟诗[3],恰合着步兵爱酒[4]。黄金肝胆,指顾中原;白雪声名[5],驱驰上国。可恨身家念重,势利情多;偶投客魏之门,便入儿孙之列。那时权飞烈焰,用着他当道豺狼[6];今日势败寒灰,剩了俺枯林鸮鸟[7]。人人唾骂,处处击攻。细想起来,俺阮大铖也是读破万卷之人[8],什么忠佞贤奸,不能辨别?彼时既无失心之疯,又非汗邪之病[9],怎的主意一错,竟做了一个魏党?(跌足介)才题旧事,愧悔交加。罢了罢了!幸这京城宽广,容的杂人,新在这裤子裆里买了一所大宅[10],巧盖园亭,精教歌舞,但有当事朝绅[11],肯来纳交的,不惜物力,加倍趋迎。倘遇正人君子,怜而收之,也还不失为改过之鬼。(悄语介) 若是天道好还,死灰有复燃之日,我阮胡子呵,也顾不得名节,索性要倒行逆施了。这都不在话下。昨日文庙丁祭,受了复社少年一场痛辱,虽是他们孟浪[12],也是我自己多事。但不知有何法儿,可以结识这般轻薄。(搔首寻思介)

【步步娇】小子翩翩皆狂简[13],结党欺名宦,风波动几番。捋落吟须,捶折书腕。无计雪深怨,叫俺闭户空羞赧。

(丑扮家人持帖上)地僻疏冠盖,门深隔燕莺。禀老爷,有帖借戏。(副净看帖介)通家教弟陈贞慧拜[14]。(惊介) 呵呀!这是宜兴陈定生,声名赫赫,是个了不得的公子,他怎肯向我借戏?(问介) 那来人如何说来?(丑) 来人说,还有两位公子,叫什么方密之、冒辟疆[15],都在鸡鸣埭上吃酒[16],要看老爷新编的《燕子笺》[17],特来相借。(副净吩咐介)速速上楼,发出那一副上好行头[18];吩咐班里人梳头洗脸,随箱快走。你也拿帖跟去,俱要仔细着。(丑应下)(杂抬箱,众戏子绕场下)(副净唤丑介)转来。(悄语介)你到他席上,听他看戏之时,议论什么,速来报我。(丑)是。(下)(副净笑介)哈哈!竟不知他们目中还有下官,有趣有趣!且坐书斋,静听回话。(虚下)(末巾服扮杨文骢上)周郎扇底听新曲[19],米老船中访故人[20]。下官杨文骢,与圆海笔砚至交,彼之曲词,我之书画,两家绝技,一代传人。今日无事,来听他燕子新词,不免竟入。(进介) 这是石巢园[21],你看山石花木,位置不俗,一定是华亭张南垣的手笔了[22]。(指介)

【风入松】花林疏落石斑斓,收入倪黄画眼[23]。(仰看,读介)"咏怀堂[24],孟津王铎书"[25]。(赞介) 写的有力量。(下看介) 一片红毹铺地,此乃顾曲之所。草堂图里乌巾岸[26]，好指点银筝红板。（指介）那边是百花深处了，为甚的萧条闭关，敢是新词改，旧稿删？

（立听介）隐隐有吟哦之声，圆老在内读书。（呼介）圆兄，略歇一歇，性命要紧呀！（副净出见，大笑介）我道是谁，原来是龙友。请坐，请坐！（坐介）（末）如此春光，为何闭户？（副净）只因传奇四种，目下发刻[27]；恐有错字，在此对阅。（末）正是，闻得《燕子笺》已授梨园[28]，特来领略。（副净）恰好今日全班不在。（末）那里去了？（副净）有几位公子借去游山。（末）且把钞本赐教，权当《汉书》下酒罢[29]。（副净唤介）叫家僮安排酒酌，我要和杨老爷在此小饮。（内）晓得。（杂上排酒果介）（末、副净同饮，看书介）

【前腔】（末）新词细写乌丝阑[30]，都是金淘沙拣[31]。簪花美女心情慢[32]，又逗出烟慵云懒[33]。看到此处，令人一往情深。这燕子衔春未残[34]，怕的杨花白，人鬓斑。

（副净）芜词俚曲，见笑大方。（让介）请干一杯。（同饮介）（丑急上）传将随口话，报与有心人。禀老爷，小人到鸡鸣埭上，看着酒斟十巡，戏演三折，忙来回话。（副净）那公子们怎么样来？（丑）那公子们看老爷新戏，大加称赞。

【急三枪】点头听，击节赏，停杯看。（副净喜介）妙妙！他竟知道赏鉴哩。（问介）可曾说些什么？（丑）他说真才子，笔不凡。（副净惊介）阿呀呀！这样倾倒，却也难得。（问介）再说什么来？（丑）论文采，天仙吏，谪人间。好教执牛耳，主骚坛[35]。

（副净佯恐介）太过誉了，叫我难当，越往后看，还不知怎么样哩。（吩咐介）再去打听，速来回话。（丑急下）（副净大笑介）不料这班公子，倒是知己。（让介）请干一杯。

【风入松】俺呵！南朝看足古江山，翻阅风流旧案。花楼雨榭灯窗晚，呕吐了心血无限。每日价琴对墙弹[36]，知音赏，这一番。

（末）请问借戏的是那班公子？（副净）宜兴陈定生、桐城方密之、如皋冒辟疆，都是了不得学问，他竟服了小弟。（末）他们是不轻许可人的，这本《燕子笺》词曲原好，有什么说处。（丑急上）去如走兔，来似飞乌。禀老爷，小的又到鸡鸣埭，看着戏演半本，酒席将完，忙来回话。（副净）那公子又讲些什么？（丑）他说老爷呵！

【急三枪】是南国秀，东林彦，玉堂班[37]。（副净佯惊介）句句是赞俺，益发惶恐。（问介）还说些什么？（丑）他说为何投崔魏，自摧残。（副净皱眉，拍案恼介）只有这点点不才，如今也不必说了。（问介）还讲些什么？（丑）话多着哩，小人也不敢说了。（副净）但说无妨。（丑）他说老爷呼亲父，称干子，忝羞颜，也不过仗人势，狗一般。

(副净怒介)阿呀呀！了不得，竟骂起来了。气死我也！

【风入松】平章风月有何关[38]，助你看花对盏，新声一部空劳赞。不把俺心情剖辩，偏加些恶谑毒讪[39]，这欺侮受应难。

(末)请问这是为何骂起？(副净)连小弟也不解，前日好好拜庙，受了五个秀才一顿狠打。今日好好借戏，又受这三个公子一顿狠骂。此后若不设个法子，如何出门？(愁介)(末)长兄不必吃恼，小弟倒有个法儿，未知肯依否？(副净喜介)这等绝妙了，怎肯不依。(末)兄可知道，吴次尾是秀才领袖，陈定生是公子班头，两将罢兵，千军解甲矣。(副净拍案介)是呀！(问介)但不知谁可解劝？(末)别个没用，只有河南侯朝宗，与两君文酒至交，言无不听。昨闻侯生闲居无聊，欲寻一秦淮佳丽。小弟已替他物色一人，名唤香君，色艺皆精，料中其意。长兄肯为出梳栊之资，结其欢心，然后托他两处分解，包管一举双擒。(副净拍手，笑介)妙妙！好个计策。(想介)这侯朝宗原是敝年侄[40]，应该料理的。(问介)但不知应用若干？(末)妆奁酒席，约费二百馀金，也就丰盛了。(副净)这不难，就送三百金到尊府，凭君区处便了。(末)那消许多。

(末)白门弱柳许谁攀[41]？(副净)文酒笙歌俱等闲[42]；
(末)惟有美人称妙计，(副净)凭君买黛画春山[43]。

注释

[1]前局：指阉党当权时的政治局面。

[2]时流：指当时名士。　欺谩：欺负、谩骂。

[3]光禄吟诗：光禄是管理皇帝膳食的官员。南朝诗人颜延之，也曾做过光禄大夫，阮大铖做过光禄卿，他以此来自比。

[4]步兵爱酒：三国魏末诗人阮籍曾任步兵校尉，他不满当世，借酒消愁。阮大铖与他同姓，用来自比。

[5]白雪声名：白雪指高雅乐曲阳春白雪，阮大铖擅长词曲而以此自夸。

[6]当道豺狼：比喻凶狠残暴的执政者。

[7]鸮(xiāo)鸟：猛恶的鸟，传说它是吃母鸟的，通常用它来比喻凶恶忘恩的人。

[8]读破万卷：简化杜甫“读书破万卷”诗句，表示知识渊博、学问深厚。

[9]汗邪：病人不能正常思维而胡言乱语，医学不发达时认为是病人中了邪气。

[10]裤子裆：南京街巷名。

[11]当事：当权。

[12]孟浪：鲁莽。

[13]狂简：勇于进取而不切实际的人。

[14]通家：世代有交情的朋友。

[15]方密之、冒辟疆：明末清初人，与侯方域、陈贞慧同被称为四公子。

[16]鸡鸣埭(dài)：南京名胜古迹鸡鸣寺。

[17]《燕子笺》：阮大铖所著传奇。

[18]行头：演戏所用的衣物。

[19]周郎：周瑜，他精通音律。每有阙误，必然顾问。杨文骢用周瑜类比精通音律的阮大铖。

[20]米老船：米是北宋名画家米芾，他带书画于船中而游览。杨文骢用米芾来类比自己是名画家。

[21]石巢园：阮大铖的园子。

[22]张南垣：明末园林设计名师。

[23]倪黄：倪瓒、黄公望，元代画家。

[24]咏怀堂：阮大铖书斋名。

[25]孟津王铎：河南孟津人王铎，明末清初书法家。

[26]草堂图里乌巾岸：草堂指隐士居所，乌巾是隐士的帽子，岸是高的意思。杨文骢说阮大铖头戴高高的乌巾帽隐居起来。

[27]发刻：付印。

[28]梨园：戏班。

[29]《汉书》下酒：引用北宋诗人苏舜钦的典故。苏在其岳父杜衍家，一面读书，一面饮酒，一次读到《汉书·张良传》，不断地干杯。杜衍笑着说："有这样的下酒物，饮一斗真不算多。"杨龙友引用这个文学典故，与自己一边读剧本一边饮酒的情景相似。

[30]乌丝阑：有黑条格的笺纸。

[31]金淘沙拣：沙里淘金，用以赞美阮大铖词曲。

[32]簪花美女：比喻书法娟秀。

[33]烟慵云懒：比喻男女恋情。

[34]燕子衔春：《燕子笺》中有燕子衔诗笺情节。

[35]执牛耳，主骚坛：作诗坛领袖的意思。古代结盟时要割牛耳取血来涂受盟者的口旁，而由主盟人执牛耳。后来把主持某件事情的人叫作执牛耳。骚坛即诗坛。

[36]每日价琴对墙弹：指没有知音。价，语助词。

[37]东林彦，玉堂班：彦是优秀人才。玉堂即翰林院。阮大铖早年曾靠拢左光斗，又有才名，所以称他为东林彦、玉堂班。

[38]平章风月有何关：平章意为品评，品评风月，不该牵连那些政治问题。

[39]讪：讥讽。

[40]年侄：同榜考取进士为同年，彼此以年兄相称呼，年兄的儿子被称作年侄。

[41]白门：白门是南朝建康城门名，建康即南京，后人也称南京作白门。古典文学习惯用花、柳比喻妓女，白门弱柳即指李香君。

[42]文酒笙歌俱等闲：文酒笙歌都不起作用。等闲，轻易、无关紧要之意。

[43]春山：喻女子双眉。

新评

《桃花扇》是一部文人戏，其写南明衰亡，着眼点却在文人的心态上。本出着重写阮大铖的心态。此人自称也属"词章才子，科举名家"，应是文人之列，他所作的《燕子笺》等传奇，至今为人称道，只是他一入魏党之流，即不辨忠佞贤奸，故而被士林唾弃。阮大铖心知肚明，故在那南京裤子裆里头一所大宅里龟缩起来。这一安排着实巧妙，具有象征意义，旨在讽刺挖苦阮大铖自绝士林，处境尴尬。

本出戏在情节上属过渡，重点却在引出侯方域与李香君的故事来，而这一桩才子佳人的相配，却由奸党阮大铖暗中撮合，埋下了悲凄不已的线索。

第五出　访　翠

癸未三月

【缑山月】(生丽服上) 金粉未消亡，闻得六朝香[1]，满天涯烟草断人肠。怕催花信紧[2]，风风雨雨，误了春光。

小生侯方域，书剑飘零，归家无日。对三月艳阳之节，住六朝佳丽之场，虽是客况不堪，却也春情难按。昨日会着杨龙友，盛夸李香君妙龄绝色，平康第一[3]。现在苏昆生教他吹歌，也来劝俺梳栊；争奈萧索奚囊[4]，难成好事。今日清明佳节，独坐无聊，不免借步踏青，竟到旧院一访，有何不可。(行介)

【锦缠道】望平康，凤城东[5]，千门绿杨。一路紫丝缰，引游郎，谁家乳燕双双。(丑扮柳敬亭上) 黄莺惊晓梦，白发动春愁。(唤介) 侯相公何处闲游？(生回头见介) 原来是敬亭，来的好也；俺去城东踏青，正苦无伴哩。(丑) 老汉无事，便好奉陪。(同行介) (丑指介) 那是秦淮水榭。(生) 隔春波，碧烟染窗；倚晴天，红杏窥墙[6]。(丑指介) 这是长桥，我们慢慢的走。(生) 一带板桥长，闲指点茶寮酒舫。(丑) 不觉来到旧院了。(生) 听声声卖花忙，穿过了条条深巷。(丑指介) 这一条巷里，都是有名姊妹家。(生) 果然不同，你看黑漆双门之上，插一枝带露柳娇黄。

(丑指介) 这个高门儿，便是李贞丽家。(生) 我问你，李香君住在那个门里？(丑) 香君就是贞丽的女儿。(生) 妙妙！俺正要访她，恰好到此。(丑) 待我敲门。(敲介) (内问介) 那个？(丑) 常来走动的老柳，陪着贵客来拜。(内) 贞娘、香姐，都不在家。(丑) 那里去了？(内) 在卞姨娘家做盒子会哩。(丑) 正是，我竟忘了，今日是盛会。(生) 为何今日做会？(丑拍腿介) 老腿走乏了，且在这石磴上略歇一歇，从容告你。(同坐介)(丑) 相公不知，这院中名妓，结为手帕姊妹[7]，就像香火兄弟一般[8]，每遇时节，便做盛会。

【朱奴剔银灯】结罗帕，烟花雁行[9]；逢令节，齐斗新妆。(生) 是了，今日清明佳节，故此皆去赴会，但不知怎么叫做盒子会？(丑) 赴会之日，各携一副盒儿，都是鲜物异品，有海错、江瑶、玉液浆[10]。(生) 会期做些什么？(丑) 大家比较技艺，拨琴阮[11]，笙箫嘹亮。(生) 这样有趣，也许子弟入会么[12]？(丑摇手介) 不许不许！最怕的是子弟混闹，深深锁住楼门，只许楼下赏鉴。(生) 赏鉴中意的如何会面？(丑) 若中了意，便把物事抛上楼头，他楼上也便抛下果子来。相当，竟飞来捧觞，密约在芙蓉锦帐。

(生) 既然如此，小生也好走走了。(丑) 走走何妨。(生) 只不知下家住在那厢？(丑) 住在暖翠楼，离此不远，即便同行。(行介)(生) 扫墓家家柳。(丑) 吹饴处处箫[13]。(生) 莺花三里巷。(丑) 烟水两条桥。(指介) 此间便是，相公请进。(同入介)(末扮杨文骢、净扮苏昆生迎上)(末) 闲陪簇簇莺花队，(净) 同望迢迢粉黛围。(见介)(末) 侯世兄怎肯到此，难得难得！(生) 闻杨兄今日去看阮胡子，不想这里遇着。(净) 特为侯相公喜事而来。(丑) 请坐。(俱坐)(生望介) 好个暖翠楼！

【雁过声】端详，窗明院敞，早来到温柔睡乡。(问介) 李香君为何不见？(末) 现在楼头。(净指介) 你看，楼头奏技了。(内吹笙、笛介)(生听介) 鸾笙凤管云中响，(内弹琵琶、筝介)(生听介) 弦悠扬，(内打云锣介[14])(生听介) 玉玎珰，一声声乱我柔肠。(内吹箫介)(生听介) 翱翔双凤凰。(大叫介) 这几声箫，吹的我消魂，小生忍不住要打采了。(取扇坠抛上楼介) 海南异品风飘荡[15]，要打着美人心上痒！

(内将白汗巾包樱桃抛下介)(丑) 有趣有趣！掷下果子来了。(净解汗巾，倾樱桃盘内介) 好奇怪，如今竟有樱桃了。(生) 不知是那个掷来的，若是香君，岂不可喜。(末取汗巾看介) 看这一条冰绡汗巾[16]，有九分是她了。(小旦扮李贞丽捧茶壶，领香君捧花瓶上)(小旦) 香草偏随蝴蝶扇[17]，美人又下凤凰台。(净惊指介) 都看天人下界了。(丑合掌介) 阿弥陀佛。(众起介)(末拉生介) 世兄认认，这是贞丽，这是香君。(生见小旦介) 小生河南侯朝宗，一向渴慕，今才遂愿。(见旦介) 果然妙龄绝色，龙老赏鉴，真是法眼[18]。(坐介)(小旦) 虎邱新茶，泡来奉敬。(斟茶)(众饮介)(旦) 绿杨红杏，点缀新节。(众赞介) 有趣有趣！煮茗看花，可称雅集矣。(末) 如此雅集，不可无酒。(小旦) 酒已备下，玉京主会，不得下楼奉陪，贱妾代东罢[19]。(唤介) 保儿烫酒来[20]！(杂提酒上)(小旦) 何不行个令儿，大家欢饮？(丑) 敬候主人发挥。(小旦) 怎敢僭越。(净) 这是院中旧例。(小旦取骰盆介) 得罪了。(唤介) 香君把盏，待我掷色奉敬[21]。(众) 遵令。(小旦宣令介) 酒要依次流饮，每一杯干，各献所长，便是酒底。幺为樱桃[22]，二为茶，三为柳，四为杏花，五为香扇坠，六为冰绡汗巾。(唤介) 香君敬侯相公酒。(旦斟生饮介)(小旦掷色介) 是香扇坠。(让介) 侯相公速干此杯，请说酒底。(生告干介) 小生做首诗罢。(吟介) 南国佳人佩，休教袖里藏；随郎团扇影，摇动一身香。(末) 好诗，好诗！(丑) 好个香扇坠，只怕摇摆坏了。(小旦) 该奉杨老爷酒了。(旦斟，末饮介)(小旦掷介) 是冰绡汗巾。(末) 我也做诗了。(小旦) 不许雷同。(末) 也罢，下官做个破承题罢[23]。(念介) 睹拭汗之物而春色撩人矣。夫汗之沾巾，必由于春之生面也。伊何人之面，而以冰绡拭之？红素相著之际，不亦深可爱也耶？(生) 绝妙佳章。(丑) 这样好文采，还该中两榜才是[24]。(旦斟，丑酒介）柳师父请酒。（小旦掷色介）是茶。（丑饮酒介）我道恁薄[25]。（小旦笑介）非也，你的酒底是茶。（丑）待我说个张三郎吃茶罢[26]。（小旦）说书太长，说个笑话更好。（丑）就说笑话。（说介）苏东坡同黄山谷访佛印禅师，东坡送了一把定瓷壶[27]，山谷送了一斤阳羡茶[28]。三人松下品茶，佛印说："黄秀才茶癖天下闻名，但不知苏胡子的茶量何如？今日何不斗一斗，分个谁大谁小。"东坡说："如何斗来？"佛印说："你问一机锋[29]，叫黄秀才答。他若答不来，吃你一棒，我便记一笔：胡子打了秀才了。你若答不来，也吃黄秀才一棒，我便记一笔：秀才打了胡子了。末后总算，打一下吃一碗。"东坡说："就依你说。"东坡先问："没鼻针如何穿线？"山谷答："把针尖磨去。"佛印说："答的好。"山谷问："没把葫芦怎生拿？"东坡答："抛在水中。"佛印说："答的也不错。"东坡又问："虱在裤中，有见无见？"山谷未及答，东坡持棒就打。山谷正拿壶子斟茶，失手落地，打个粉碎。东坡大叫道："和尚记着，胡子打了秀才了。"佛印笑道："你听哄啷一声，胡子没打着秀才，秀才倒打了壶子了。"（众笑介）（丑）众位休笑，秀才利害多着哩。（弹壶介）这样硬壶子都打坏，何况软壶子[30]。（生）敬老妙人，随口诙谐，都是机锋。（小旦）香君，敬你师父。（旦斟，净饮介）（小旦掷介）是杏花。（净唱介）"晚妆楼上杏花残，犹自怯衣单[31]。"（旦向小旦介）孩儿敬妈妈酒了。（小旦饮干，掷介）是樱桃。（净）让我代唱罢。（唱介）"樱桃红绽，玉粳白露[32]，半晌恰方言。"（丑）昆生该罚了，唱的唇上樱桃，不是盘中樱桃。（净）领罚。（自斟，饮介）（小旦）香君该自斟自饮了。（生）待小生奉敬。（生斟、旦饮介）（小旦掷介）不消猜，是柳了，香君唱来。（旦羞介）（小旦）孩儿腼腆，请个代笔相公罢。（掷介）三点，是柳师父。（净）好好！今日是他当值之日。（丑）我老汉姓柳，飘零半世，最怕的是"柳"字。今日清明佳节，偏把个柳圈儿套住我老狗头。（众大笑介）（净）算了你的笑话罢。（生）酒已有了，大家别过。（丑）才子佳人，难得聚会。（拉生、旦介）你们一对儿，吃个交心酒何如？（旦羞，遮袖下）（净）香君面嫩，当面不好讲得；前日所订梳栊之事，相公意下允否？（生笑介）秀才中状元，有什么不肯处？（小旦）既蒙不弃，择定吉期，贱妾就要奉攀了。（末）这三月十五日，花月良辰，便好成亲。（生）只是一件，客囊羞涩，恐难备礼。（末）这不须愁，妆奁酒席，待小弟备来。（生）怎好相累？（末）当得效力。（生）多谢了。

【小桃红】误走到巫峰上[33]，添了些行云想，匆匆忘却仙模样。春宵花月休成谎，良缘到手难推让，准备着身赴高唐[34]。

（生作辞介）（小旦）也不再留了。择定十五日，请下清客，邀下姊妹，奏乐迎亲罢。（小旦下）（丑向净介）阿呀！忘了，忘了，咱两个不得奉陪了。（末）为何？（净）黄将军船泊水西门[35]，也是十五日祭旗，约下我们吃酒的。（生）这等怎处？（末）还有丁继之、沈公宪、张燕筑[36]，都是大清客，借重他们陪陪罢。

（净）暖翠楼前粉黛香，（末）六朝风致说平康；

（丑）踏青归去春犹浅，（生）明日重来花满床。

注释

[1]“金粉未消亡”二句：隋唐以来称南朝贵族的豪华生活为六朝金粉。当时的南京，还有南朝君臣追求豪华的习气。

[2]催花信紧：催花风紧。信，花信风。

[3]平康：唐朝长安的一个里巷名，是妓女聚居地。后人借此泛称妓院。

[4]萧索奚囊：手头拮据。

[5]凤城：南京亦称为凤城。

[6]“隔春波”四句：形容秦淮水榭景色。碧烟，水气。

[7]手帕姊妹：结拜姐妹。

[8]香火兄弟：结拜兄弟。

[9]烟花雁行：妓女们如大雁成队飞翔一样结为姐妹。

[10]海错、江瑶、玉液浆：海错是各种海味；江瑶是一种海蚌，其肉是珍贵食品；玉液浆是美酒。

[11]阮：晋代人阮咸创制的一种与琵琶类似的乐器，以其姓称之。

[12]子弟：宋元俗语，指嫖客。

[13]吹饴处处箫：卖饴糖的人吹的箫声到处传扬。

[14]云锣：乐器名。

[15]海南异品：用海南檀香制造的扇坠。

[16]冰绡：洁白的生丝织品。

[17]香草偏随蝴蝶扇：蝴蝶偏随香草扇的倒装。

[18]法眼：法眼是佛家之眼，这里用来表示有高度鉴别能力的眼光。

[19]代东：代为主人。

[20]保儿：妓院男性杂役。

[21]掷色：掷骰子。

[22]幺：指色子和骨牌中的一点。

[23]破承题：八股文开头一节叫破题，下一节叫承题。

[24]两榜：古代科举考试，乡试叫乙榜，会试叫甲榜，合称两榜。

[25]我道恁薄：这是柳敬亭的幽默话，意思是：我的运道这样差，你们饮酒，我只能喝茶。

[26]张三郎吃茶：指《水浒传》第二十回阎婆惜留张三郎吃茶。

[27]定瓷：河北定州所产著名瓷器。

[28]阳羡茶：阳羡（今属江苏）出产的名茶。

[29]机锋：敏捷锐利含意深刻的语句。

[30]软壶子：阮大铖多胡须，这里是“阮胡子”的谐音。

[31]“晚妆楼上杏花残”二句：此为《西厢记》第三本曲文。

[32]“樱桃红绽”二句：樱桃喻嘴唇，玉粳喻牙齿。引自《西厢记》第一本第一折。

[33]巫峰：传说楚襄王梦中与神女合欢，后人用巫山、云雨等表达性爱。

[34]高唐：楚国宋玉著《高唐赋》，写他与楚襄王游高唐之事。高唐也暗寓男女性爱。

[35]黄将军：黄得功，明末将领。

[36]丁继之、沈公宪、张燕筑：明末戏曲演员。

新评

这一出写侯方域清明时节"访翠"，真是春风得意。其中先是赴所谓盒子会，在暖翠楼听李香君吹箫，不由得销魂，抛其扇坠到楼上，楼上那人就势扔下樱桃果来，已然是互为相知了。此后，又是敬酒，又是题诗，又是打哄，众人热闹的就是侯李二人。在侯方域而言，是有意而为，在李香君而言，是由心仪到春心暗动，从"旦羞介"到"旦羞介，遮袖下"两个细节性的剧场提示，已然说得很明白，侯李的情缘已定，那是何等畅快，就如徐缓和畅的春风，令人陶醉。这其中，孔尚任暗将香扇坠作为系情之物，已埋下侯李悲情的线索，可称针线缜密。

第六出　眠　香

癸未三月

【临江仙】(小旦艳妆上) 短短春衫双卷袖，调筝花里迷楼[1]。今朝全把绣帘钩，不教金线柳，遮断木兰舟[2]。

妾身李贞丽，只因孩儿香君，年及破瓜，梳栊无人，日夜放心不下。幸亏杨龙友，替俺招了一位世家公子，就是前日饮酒的侯朝宗，家道才名，皆称第一。今乃上头吉日[3]，大排筵席，广列笙歌，清客俱到，姊妹全来，好不费事。(唤介) 保儿那里。(杂扮保儿搧扇慢上) 席前掺趣话，花里听情声。妈妈唤保儿那处送衾枕么[4]？(小旦怒介) 啐！今日香姐上头，贵人将到，你还做梦哩。快快卷帘扫地，安排桌椅。(杂) 是了。(小旦指点排席介)

【一枝花[5]】(末新服上) 园桃红似绣，艳覆文君酒；屏开金孔雀[6]，围春昼。涤了金瓯[7]，点着喷香兽[8]。这当垆红袖[9]，谁最温柔，拉与相如消受。

下官杨文骢，受圆海嘱托，来送梳栊之物。(唤介) 贞娘那里？(小旦见介) 多谢作伐，喜筵俱已齐备。(问介) 怎么官人还不见到？(末) 想必就来。(笑介) 下官备有箱笼数件，为香君助妆，教人搬来。(杂抬箱笼、首饰、衣物上) (末吩咐介) 抬入洞房，铺陈齐整着！(杂应下) (小旦喜谢介) 如何这般破费，多谢老爷！(末袖出银介) 还有备席银三十两，交与厨房；一应酒肴，俱要丰盛。(小旦) 益发当不起了。(唤介) 香君快来！(旦盛妆上) (小旦) 杨老爷赏了许多东西，上前拜谢。(旦拜谢介) (末) 些须薄意，何敢当谢？请回，请回。(旦即入介) (杂急上报介) 新官人到门了。(生盛服从人上) 虽非科第天边客，也是嫦娥月里人[10]。(末、小旦迎见介) (末) 恭喜世兄，得了平康佳丽；小弟无以为敬，草办妆奁，粗陈筵席，聊助一宵之乐。(生揖介) 过承周旋，何以克当。(小旦) 请坐，献茶。(俱坐) (杂捧茶上，饮介) (末) 一应喜筵，安排齐备了么？(小旦) 托赖老爷，件件完全。(末向生拱介) 今日吉席，小弟不敢搀越，竟此告别，明日早来道喜罢。(生) 同坐何妨。(末) 不便，不便。(别下) (杂) 请新官人更衣。(生更衣介) (小旦) 妾身不得奉陪，替官人打扮新妇，撺掇喜酒罢。(别下) (副净、外、净扮三清客上) 一生花月张三影，五字宫商李二红[11]。(副净) 在下丁继之。(外) 在下沈公宪。(净) 在下张燕筑。(副净) 今日吃侯公子喜酒，只得早到。(净) 不知请那几位贤歌来陪俺哩[12]。(外) 说是旧院几个老在行。(净) 这等都是我梳栊的了。(副净) 你有多大家私，梳栊许多。(净) 各人有帮手，你看今日侯公子，何曾费了分文。(外) 不要多话，侯公子堂上更衣，大家前去作揖。(众与生揖介) (众) 恭喜，恭喜！(生) 今日借光。(小旦、老旦、丑扮三妓女上) 情如芳草连天醉，身似杨花尽日忙。(见介)(净)唤的那一部歌妓,都报名来。(丑)你是教坊司么[13]?叫俺报名。(生笑介)正要请教大号。(老旦)贱妾卞玉京[14]。(生)果然玉京仙子。(小旦)贱妾寇白门。(生)果然白门柳色。(丑)奴家郑妥娘。(生沉吟介)果然妥当不过。(净)不妥,不妥!(外)怎么不妥?(净)好偷汉子。(丑)呸!我不偷汉,你如何吃得恁胖。(众诨笑介)(老旦)官人在此,快请香君出来罢。(小旦、丑扶香君上)(外)我们做乐迎接。(副净、净、外吹打十番介)(生、旦见介)(丑)俺院中规矩,不兴拜堂,就吃喜酒罢。(生、旦上坐)(副净、外、净坐左边介)(小旦、老旦、丑坐右边介)(杂执壶上)(左边奉酒,右边吹弹介)

【梁州序】(生)齐梁词赋,陈隋花柳[15],日日芳情迤逗[16]。青衫偎倚,今番小杜扬州[17]。寻思描黛,指点吹箫,从此春入手。秀才渴病急须救,偏是斜阳迟下楼,刚饮得一杯酒。

(右边奉酒,左边吹弹介)

【前腔】(旦)楼台花颤,帘栊风抖,倚着雄姿英秀。春情无限,金钗肯与梳头[18]。闲花添艳,野草生香,消得夫人做[19]。今宵灯影纱红透,见惯司空也应羞,破题儿真难就[20]。

(副净)你看红日衔山,乌鸦选树,快送新人回房罢。(外)且不要忙,侯官人当今才子,梳栊了绝代佳人,合欢有酒,岂可定情无诗乎?(净)说的有理,待我磨墨拂笺,伺候挥毫。(生)不消诗笺,小生带有宫扇一柄,就题赠香君,永为订盟之物罢。(丑)妙,妙!我来捧砚。(小旦)看你这嘴脸,只好脱靴罢了。(老旦)这个砚儿,倒该借重香君。(众)是呀!(旦捧砚,生书扇介)(众念介)夹道朱楼一径斜,王孙初御富平车。青溪尽是辛夷树,不及东风桃李花。(众)好诗,好诗!香君收了。(旦收扇袖中介)(丑)俺们不及桃李花罢了,怎的便是辛夷树?(净)辛夷树者,枯木逢春也。(丑)如今枯木逢春,也曾鲜花着雨来。(杂持诗笺上)杨老爷送诗来了。(生接读介)生小倾城是李香,怀中婀娜袖中藏;缘何十二巫峰女,梦里偏来见楚王。(生笑介)此老多情,送来一首催妆诗,妙绝,妙绝!(净)"怀中婀娜袖中藏",说的香君一搦身材,竟是个香扇坠儿。(丑)她那香扇坠,能值几文,怎比得我这琥珀猫儿坠。(众笑介)(副净)大家吹弹起来,劝新人多饮几杯。(丑)正是带些酒兴,好入洞房。(左右吹弹,生、旦交让酒介)

【节节高】(生、旦)金樽佐酒筹,劝不休,沉沉玉倒黄昏后[21]。私携手,眉黛愁,香肌瘦。春宵一刻天长久,人前怎解芙蓉扣。盼到灯昏玳筵收,宫壶滴尽莲花漏[22]。

(副净)你听谯楼二鼓,天气太晚,撤了席罢。(净)这样好席,不曾吃净就撤去了,岂不可惜。(丑)我没吃够哩,众位略等一等儿。(老旦)休得胡缠,大家奏乐,送新人入房罢。(众起吹打十番,送生、旦介)

【前腔】(合) 笙箫下画楼，度清讴[23]，迷离灯火如春昼。天台岫，逢阮刘[24]，真佳偶。重重锦帐香熏透，旁人妒得眉头皱。酒态扶人太风流，贪花福分生来有。

(杂执灯，生、旦携手下)(净) 我们都配成对儿，也去睡罢。(丑) 老张休得妄想，我老妥是要现钱的。(净数与十文钱，拉介)(丑接钱再数，换低钱[25]，诨下)

【尾声】(合)秦淮烟月无新旧，脂香粉腻满东流，夜夜春情散不收。

(副净)江南花发水悠悠，(小旦)人到秦淮解尽愁；

(外)不管烽烟家万里，(老旦)五更怀里啭歌喉。

注释

[1]迷楼：隋炀帝所建华丽宫殿，这里借指媚香楼。

[2]“不教金线柳”二句：表示盼望新郎乘木兰舟快来。

[3]上头：即梳栊，指妓女第一次接客。

[4]送衾枕：妓女被客人叫去宿夜，要送衾枕去。

[5]一枝花：这一曲用卓文君当垆卖酒的故事表现侯方域和李香君婚姻的美满。

[6]屏开金孔雀：比喻美满理想的婚姻。

[7]金瓯：黄金之瓯。

[8]喷香兽：兽形香炉。

[9]当垆：卖酒的代称。垆，放酒坛子的土墩。《汉书·司马相如传》：“尽卖车骑，买酒舍，乃令文君当垆。”

[10]虽非科第天边客，也是嫦娥月里人：表达了侯方域科考失意却情场得意的心情。

[11]一生花月张三影，五字宫商李二红：张三影即北宋词人张先；李二红指元曲作家红字李二。宫商是音调宫、商、角、徵、羽的简称。

[12]贤歌：名歌妓。

[13]教坊司：管理乐舞、乐户的机关。

[14]卞玉京、寇白门、郑妥娘：明末清初南京名妓。

[15]“齐梁词赋”二句：用互文修辞指评没落王朝文风靡丽，生活荒淫。

[16]逦逗：撩拨、引诱、勾引。

[17]小杜扬州：杜牧是晚唐名诗人，与杜甫区别，人称小杜，他在扬州生活风流。侯方域在秦淮有似于此。

[18]金钗肯与梳头：李香君自比金钗，金钗不过是为贵族公子梳头发的侍妾。肯，一般有“哪里肯”的语气。

[19]“闲花添艳”三句：香君出身低微，自比闲花野草，盼望做正式夫人。

[20]破题：泛指开始，第一遭。

[21]玉倒：比喻人酒后醉倒。

[22]宫壶滴尽莲花漏：古代用铜壶滴漏计时，此处意指夜深了。

[23]度清讴：唱清歌。

[24]天台岫，逢阮刘：指阮肇、刘晨二人天台山采药遇仙女事。详见第二出注[49]。

[25]换低钱：换掉成色差的钱。

新评

这是一出热闹剧，是侯方域最为得意之一宵，所以孔尚任一逞才情，用诗全是艳词。这类浓艳的词语，在宋词元曲中甚多，也算不得什么新奇。值得欣赏的仍是细节，一是杨龙友"受圆海嘱托，来送梳栊之物"，这已为侯方域名士的不洁铺了灰色基调，二是侯方域"带有宫扇一柄，就题赠香君，永为订盟之好"，正好点了《桃花扇》的题。所以说，此出在庸人们的欢闹里，有冷峻的主题，算是全剧开始后第一个高潮罢。

第七出　却　奁

癸未三月

（杂扮保儿掇马桶上）龟尿龟尿，撒出小龟；鳖血鳖血，变成小鳖。龟尿鳖血，看不分别；鳖血龟尿，说不清白。看不分别，混了亲爹；说不清白，混了亲伯。（笑介）胡闹，胡闹！昨日香姐上头，乱了半夜；今日早起，又要刷马桶，倒溺壶，忙个不了。那些孤老、表子，还不知搂到几时哩。（刷马桶介）

【夜行船】（末）人宿平康深柳巷，惊好梦门外花郎。绣户未开，帘钩才响，春阻十层纱帐。

下官杨文骢，早来与侯兄道喜。你看院门深闭，侍婢无声，想是高眠未起。（唤介）保儿，你到新人窗外，说我早来道喜。（杂）昨夜睡迟了，今日未必起来哩。老爷请回，明日再来罢。（末笑介）胡说！快快去问。（小旦内问介）保儿！来的是那一个？（杂）是杨老爷道喜来了。（小旦忙上）倚枕春宵短，敲门好事多。（见介）多谢老爷，成了孩儿一世姻缘。（末）好说。（问介）新人起来不曾？（小旦）昨晚睡迟，都还未起哩。（让坐介）老爷请坐，待我去催他。（末）不必，不必。（小旦下）

【步步娇】（末）儿女浓情如花酿，美满无他想，黑甜共一乡[1]。可也亏了俺帮衬，珠翠辉煌，罗绮飘荡，件件助新妆，悬出风流榜。

（小旦上）好笑，好笑！两个在那里交扣丁香[2]，并照菱花[3]，梳洗才完，穿戴未毕。请老爷同到洞房，唤他出来，好饮扶头卯酒[4]。（末）惊却好梦，得罪不浅。（同下）（生、旦艳妆上）

【沉醉东风】（生、旦）这云情接着雨况，刚搔了心窝奇痒，谁搅起睡鸳鸯。被翻红浪，喜匆匆满怀欢畅。枕上馀香，帕上馀香，消魂滋味，才从梦里尝。

（末、小旦上）（末）果然起来了，恭喜，恭喜！（一揖，坐介）（末）昨晚催妆拙句，可还说的入情么？（生揖介）多谢！（笑介）妙是妙极了，只有一件。（末）那一件？（生）香君虽小，还该藏之金屋。（看袖介）小生衫袖，如何着得下？（俱笑介）（末）夜来定情，必有佳作。（生）草草塞责，不敢请教。（末）诗在那里？（旦）诗在扇头。（旦向袖中取出扇介）（末接看介）是一柄白纱宫扇。（嗅介）香的有趣。（吟诗介）妙，妙！只有香君不愧此诗。（付旦介）还收好了。（旦收扇介）

【园林好】（末）正芬芳桃香李香，都题在宫纱扇上；怕遇着狂风吹荡，须紧紧袖中藏，须紧紧袖中藏。

（末看旦介）你看香君上头之后，更觉艳丽了。（向生介）世兄有福，消此尤物。（生）香君天姿国色，今日插了几朵珠翠，穿了一套绮罗，十分花貌，又添二分，果然可爱。（小旦）这都亏了杨老爷帮衬哩。

【江儿水】送到缠头锦，百宝箱，珠围翠绕流苏帐[5]，银烛笼纱通宵亮，金杯劝酒合席唱。今日又早早来看，恰似亲生自养，赔了妆奁，又早敲门来望。

（旦）俺看杨老爷，虽是马督抚至亲[6]，却也拮据作客，为何轻掷金钱，来填烟花之窟？在奴家受之有愧，在老爷施之无名；今日问个明白，以便图报。（生）香君问得有理，小弟与杨兄萍水相交，昨日承情太厚，也觉不安。（末）既蒙问及，小弟只得实告了。这些妆奁酒席，约费二百馀金，皆出怀宁之手[7]。（生）那个怀宁？（末）曾做过光禄的阮圆海。（生）是那皖人阮大铖么？（末）正是。（生）他为何这样周旋？（末）不过欲纳交足下之意。

【五供养】（末）羡你风流雅望，东洛才名[8]，西汉文章[9]。逢迎随处有，争看坐车郎[10]。秦淮妙处，暂寻个佳人相傍，也要些鸳鸯被、芙蓉妆；你道是谁的，是那南邻大阮嫁衣全忙[11]。

（生）阮圆老原是敝年伯，小弟鄙其为人，绝之已久。他今日无故用情，令人不解。（末）圆老有一段苦衷，欲见白于足下。（生）请教。（末）圆老当日曾游赵梦白之门，原是吾辈。后来结交魏党，只为救护东林，不料魏党一败，东林反与之水火。近日复社诸生，倡论攻击，大肆殴辱，岂非操同室之戈乎？圆老故交虽多，因其形迹可疑，亦无人代为分辩。每日向天大哭，说道："同类相残，伤心惨目，非河南侯君，不能救我。"所以今日谆谆纳交。（生）原来如此，俺看圆海情辞迫切，亦觉可怜。就便真是魏党，悔过来归，亦不可绝之太甚，况罪有可原乎？定生、次尾，皆我至交，明日相见，即为分解。（末）果然如此，吾党之幸也。（旦怒介）官人是何说话？阮大铖趋附权奸，廉耻丧尽；妇人女子，无不唾骂。他人攻之，官人救之，官人自处于何等也？

【川拨棹】不思想，把话儿轻易讲。要与他消释灾殃，要与他消释灾殃，也提防旁人短长[12]。官人之意，不过因他助俺妆奁，便要徇私废公；那知道这几件钗钏衣裙，原放不到我香君眼里。（拔簪脱衣介）脱裙衫，穷不妨；布荆人，名自香。

（末）阿呀！香君气性，忒也刚烈。（小旦）把好好东西，都丢一地，可惜，可惜！（拾介）（生）好，好，好！这等见识，我倒不如，真乃侯生畏友也[13]。（向末介）老兄休怪，弟非不领教，但恐为女子所笑耳。

【前腔】（生）平康巷，他能将名节讲；偏是咱学校朝堂，偏是咱学校朝堂，混贤奸不问青黄[14]。那些社友平日重俺侯生者，也只为这点义气；我若依附奸邪，那时群起来攻，自救不暇，焉能救人乎？节和名，非泛常[15]；重和轻，须审详。

（末）圆老一段好意，也还不可激烈。（生）我虽至愚，亦不肯从井救人[16]。（末）既然如此，小弟告辞了。（生）这些箱笼，原是阮家之物，香君不用，留之无益，还求取去罢。（末）正是"多情反被无情恼，乘兴而来兴尽还"。（下）（旦恼介）（生看旦介）俺看香君天姿国色，摘了几朵珠翠，脱去一套绮罗，十分容貌，又添十分，更觉可爱。（小旦）虽如此说，舍了许多东西，倒底可惜。

【尾声】金珠到手轻轻放，惯成了娇痴模样，辜负俺辛勤做老娘。

（生）些须东西，何足挂念，小生照样赔来。（小旦）这等才好。

（小旦）花钱粉钞费商量，（旦）裙布钗荆也不妨；

（生）只有湘君能解佩[17]，（旦）风标不学世时妆[18]。

注释

[1]黑甜共一乡：熟睡中的境界。

[2]丁香：丁香结是丁香花蕾，形状与扣结相似，这里指纽扣。

[3]菱花：古代铜镜背后刻有菱花，故代指铜镜。

[4]扶头卯酒：早晨喝的醒脑酒。

[5]流苏：装饰品。

[6]马督抚：当时安徽凤阳督抚马士英。

[7]怀宁：用地名称阮大铖，阮为怀宁人。

[8]东洛才名：用晋代左思写《三都赋》的故事比侯方域有文采。

[9]西汉文章：用西汉贾谊、司马迁、司马相如的作品比喻侯方域文章好。

[10]坐车郎：晋代美男子潘安乘车，妇女争观。详见第二出注[53]。

[11]南邻大阮：晋代阮姓名人有南北之别，如阮籍属南邻，这里借指阮大铖。

[12]短长：说短论长，评论的意思。

[13]畏友：正直而敢于直言不讳的朋友。

[14]青黄：是非黑白。

[15]泛常：平常。

[16]从井救人：比喻冒险救人。

[17]湘君解佩：出自屈原《湘君》"遗余佩兮醴浦"，写湘夫人丢弃湘君所赠玉佩。这里用来比喻香君却奁。

[18]风标：风度、仪态。

新评

春梦乍醒，侯方域才发觉已着了阮圆海的圈套。或许是旧情难却——侯方域原与阮家是两代之交，或许是吃了人的嘴短，在是非面前犹豫了。此时，李香君站出来说话，批评他“不思想，把话儿轻讲”；又说：“官人之意，不过因他助俺妆奁，便要徇私废公；那知道这几件钗钏衣裙，原放不到我香君眼里。”批的是侯的因循，显的是李的骨气。如此一来，方点醒侯方域，悟道：“那些社友平日重俺侯生者，也只为这点义气；若我依附奸邪，那时群起来攻，自救不暇，焉能救人乎？”如此，李、侯人格上的分歧已然显现出来，这样，在前一次热闹中埋下的暗线，于此生出一番波澜，正应了第十出《修札》中柳敬亭对侯方域说的：“那热闹局就是冷淡的根芽，爽快事就是牵缠的枝叶。”

第八出　闹　榭

癸未五月

【金鸡叫】(末、小生扮陈贞慧、吴应箕上)(末)贡院秦淮近[1]，赛青衿[2]，剩金零粉[3]。(小生)节闹端阳只一瞬，满眼繁华，王谢少人问[4]。

(末唤小生介)次尾兄，我和你旅邸抑郁，特到秦淮赏节，怎的不见同社一人？(小生)想都在灯船之上。(指介)这是丁继之水榭，正好登眺。(场上搭河房一座，悬灯垂帘)(同登介)(末唤介)丁继老在家么？(杂扮小僮上)榴花红似火，艾叶碧如烟。(见介)原来是陈、吴二位相公，我家主人赴灯船会去了。家中备下酒席，但有客来，随便留坐的。(末)这样有趣，(小生)可称主人好事矣。(末)我们在此雅集，恐有俗子阑入[5]，不免设法拒绝他。(唤介)童子取个灯笼来。(杂应下)(取灯笼上)(末写介)"复社会文，闲人免进。"(杂挂灯笼介)(小生)若同社朋友到此，便该请他入会了。(末)正是。(杂指介)你听鼓吹之声，灯船早已来了。(末、小生凭栏望介)(生、旦雅妆同丑扮柳敬亭、净扮苏昆生，吹弹鼓板坐船上)

【八声甘州】(末)丝竹隐隐，载将来一队乌帽红裙。天然风韵，映着柳陌斜曛[6]。名姝也须名士衬，画舫偏宜画阁邻。(小生)消魂，趁晚凉仙侣同群。

(末指介)那灯船上，好似侯朝宗。(小生)侯朝宗是我们同社，该请入会的。(末指介)那个女客便是李香君，也好请他么？(小生)李香君不受阮胡子妆奁，竟是复社的朋友，请来何妨。(末)这等说来，(指介)那两个吹歌的柳敬亭、苏昆生，不肯做阮胡子门客，都是复社朋友了。请上楼来，更是有趣。(小生)待我唤他。(唤介)侯社兄，侯社兄！(生望见介)那水榭之上，高声唤我的，是陈定生、吴次尾。(拱介)请了。(末招手介)这是丁继之水榭，备有酒席，侯兄同香君、敬亭、昆生都上楼来，大家赏节罢。(生)最妙了。(向丑、净、旦介)我们同上楼去。(吹弹上介)

【排歌】(生、旦)龙舟并，画桨分，葵花蒲叶泛金樽。朱楼密，紫障匀[7]，吹箫打鼓入层云。

(见介)(末)四位到来，果然成了个"复社文会"了。(生)如何是"复社文会"？(小生指灯介)请看。(生看灯笼介)不知今日会文，小弟来的恰好。(丑)"闲人免进"，我们未免唐突了。(小生)你们不肯做阮家门客的，那个不是复社朋友？(生)难道香君也是复社朋友么？(小生)香君却奁一事，只怕复社朋友还让一筹哩。(末)已后竟该称她老社嫂了。(旦笑介)岂敢。(末唤介)童子把酒来斟，我们赏节。(末、小生、生坐一边，丑、净、旦坐一边。饮酒介)

【八声甘州】(末、小生)相亲，风流俊品，满座上都是语笑春温[8]。(丑、净)梁愁隋恨，凭他燕恼莺嗔[9]。(生、旦)榴花照楼如火喷，暑汗难沾白玉人[10]。(杂报介)灯船来了，灯船来了。(指介)你看人山人海，围着一条烛龙，快快看来！(众起凭栏看介)(扮出灯船，悬五色角灯，大鼓大吹绕场数回下)(丑)你看这般富丽，都是公侯勋卫之家[11]。(又扮灯船悬五色纱灯，打粗十番，绕场数回下)(净)这是些富商大贾，衙门书办，却也闹热。(又扮灯船悬五色纸灯，打细十番，绕场数回下)(末)你看船上吃酒的，都是些翰林部院老先生们。(小生)我辈的施为，到底有些"郊寒岛瘦[12]"。(众笑介)(合)纷纭，望金波天汉迷津[13]。

(生)夜阑更深，灯船过尽了，我们做篇诗赋，也不负会文之约。(末)是，是，但不知做何题目？(小生)做一篇哀湘赋，倒有意思的。(生)依小弟愚见，不如即景联句，更觉畅怀。(末)妙，妙！(问介)我三人谁起谁结？(生)自然让定生兄起结了。(丑问介)三位相公联句消夜，我们三个陪着打盹么？(末)也有个借重之处。(净)有何使唤？(末)俺们每成四韵，饮酒一杯，你们便吹弹一回。(生)有趣，有趣！真是文酒笙歌之会。(末拱介)小弟竟僭了。(吟介)赏节秦淮榭，论心剧孟家[14]。(小生)黄开金裹叶，红绽火烧花[15]。(生)蒲剑何须试，葵心未肯差[16]。(末)辟兵逢彩缕，却鬼得丹砂[17]。(末、小生、生饮酒，丑击云锣，净弹月琴，旦吹箫一回介)(小生)蜃市楼缥缈[18]，虹桥洞曲斜。(生)灯疑羲氏驭[19]，舟是豢龙拿[20]。(末)星宿才离海[21]，玻璃更炼娲[22]。(小生)光流银汉水，影动赤城霞[23]。(照前介)(生)玉树难谐拍，渔阳不辨挝[24]。(末)龟年喧笛管[25]，中散闹筝琶[26]。(小生)系缆千条锦，连窗万眼纱。(生)楸枰停斗子[27]，瓷注屡呼茶[28]。(照前介)(末)焰比焚椒列，声同对垒哗。(小生)电雷争此夜，珠翠剩谁家。(生)萤照无人苑[29]，乌啼有树衙。(末)凭栏人散后，作赋吊长沙[30]。(照前介)(众起介)(末)有趣，有趣！竟联成一十六韵，明日可以发刻了。(小生)我们倡和得许多感慨，他们吹弹出无限凄凉，楼下船中，料无解人也。(净向丑介)闲话且休讲，自古道良宵苦短，胜事难逢。我两个一边唱曲，陈、吴二位相公一边劝酒，让他名士、美人，另做一个风流佳会何如。(丑)使得，这是我们帮闲本等也。(末)我与次兄原有主道[31]，正该少申敬意。(小生)就请依次坐来。(生、旦正坐，末、小生坐左，丑、净坐右介)(生向旦介)承众位雅意，让我两个并坐牙床，又吃一回合卺双杯[32]，倒也有趣。(旦微笑介)(末、小生劝酒，净、丑唱介)

【排歌】歌才发，灯未昏，佳人重抖玉精神。诗题壁，酒沾唇，才郎偏会语温存。

(杂报介)灯船又来了。(末)夜已三更，怎的还有灯船？(俱起凭栏看介)(副净扮阮大铖，坐灯船。杂扮优人，细吹细唱缓缓上)(净)这船上像些老白相[33]，大家洗耳，细细领略。(副净立船头自语介)我阮大铖买舟载歌，原要早出游赏；只恐遇着轻薄厮闹，故此半夜才来，好恼人也！（指介）那丁家河房，尚有灯火。（唤介）小厮，看有何人在上？（杂上岸看，回报介）灯笼上写着“复社会文，闲人免进”。（副净惊介）了不得，了不得！（摇袖介）快歇笙歌，快灭灯火。（灭灯、止吹，悄悄撑船下）（末）好好一只灯船，为何歇了笙歌，灭了灯火，悄然而去？（小生）这也奇怪，快着人看来。（丑）不必去看，我老眼虽昏，早已看真了。那个胡子，便是阮圆海。（净）我道吹歌那样不同。（末怒介）好大胆老奴才，这贡院之前，也许他来游耍么！（小生）待我走去，采掉他胡子。（欲下介）（生拦介）罢，罢！他既回避，我们也不必为已甚之行[34]。（末）侯兄，不知我不已甚，他便已甚了。（丑）船已去远，丢开手罢。（小生）便益了这胡子[35]，（旦）夜色已深，大家散罢。（丑）香姐想妈妈了，我们送她回去。（末、小生）我二人不回寓，就下榻此间了。（生）两兄既不回寓，我们过船的，就此作别罢。请了。（末、小生）请了。（先下）（生、旦、丑、净下船，杂摇船行介）

【馀文】下楼台，游人尽；小舟留得一家春，只怕花底难敲深夜门。

（生）月落烟浓路不真，（旦）小楼红处是东邻；
（丑）秦淮一里盈盈水，（净）夜半春帆送美人。

注释

［1］贡院：明代科举考试之地。

［2］青衿：一种服装，在此借代青年士子。

［3］剩金零粉：借喻秦淮歌妓。

［4］王谢：东晋大家族王、谢二家曾在秦淮河畔乌衣巷有豪宅。唐刘禹锡作《乌衣巷》诗，咏叹王谢旧宅已不存。在此借指明王朝衰落。

［5］阑人：擅自闯人。

［6］曛：日落时的馀光。

［7］障：屏障。

［8］语笑春温：谈笑和融，如春天般温暖。

［9］梁愁隋恨，凭他燕恼莺嗔：梁、隋灭亡带来了忧愁怨恨，任由那些美女恼恨嗔怒。燕、莺借喻美女。

［10］暑汗难沾白玉人：白玉形容年轻美女，她们的肌肤冰清玉洁，似有清凉之感。

［11］勋卫：宫廷侍卫人员。

［12］郊寒岛瘦：苏轼评孟郊和贾岛两位唐代诗人以清刻瘦硬闻名于世。这是吴应箕感叹他们这些人的境况比不上留都的翰林官员。

［13］望金波天汉迷津：金波，灯光。天汉，银河。津，渡口。秦淮河的赏灯船活动气氛非凡。

［14］赏节秦淮榭，论心剧孟家：剧孟，汉朝洛阳人，史称他喜拯人急难，为人所称道。全句意思是，在秦淮的水榭过节，就像在剧孟家里谈心畅叙一样。

［15］黄开金裹叶，红绽火烧花：端午节前后，黄色的金针花（萱草）开了，火红的石榴花也盛开了。

［16］蒲剑何须试，葵心未肯差：蒲剑，菖蒲叶。旧俗农历五月端午，悬蒲剑于门上，谓可以治邪，故端午节也称为蒲节。葵心比喻倾慕向往之心。

［17］辟兵逢彩缕，却鬼得丹砂：指五彩线系在臂上，可避免兵祸，用朱砂画符贴在门上可以驱鬼。

[18]蜃市：海市蜃楼。

[19]灯疑羲氏驭：古代神话传说羲和为太阳御神，每日以龙驾车载太阳在天上巡行。这里比喻秦淮河上的灯船也像羲和在天上驾车载太阳巡行一样。

[20]舟是豢龙拿：古俗端午节赛龙舟，豢龙是传说中的养龙人，意即秦淮河上的龙舟也是由豢龙在操持的。

[21]星宿才离海：指黄河发源地浅湖群布列如星宿。这里比喻秦淮河上灯火随船移动的情景。

[22]玻璃更炼娲：秦淮河上灯火灿烂，就像古神话女娲炼五色玻璃补天一样。

[23]赤城霞：赤城，道教传说中山名。山上有朱砂，故曰赤城霞。

[24]玉树难谐拍，渔阳不辨挝：玉树为[玉树后庭花]，南朝陈后主主持作曲填词，歌词绮艳，其音甚哀。渔阳为《渔阳掺挝》，鼓曲名。挝，掺挝，击鼓。形容秦淮河上歌曲和器乐声音嘈杂喧闹。

[25]龟年：唐代名乐师李龟年。

[26]中散：官名，即中散大夫。三国时魏嵇康任此职。他爱音乐，弹琴有名。

[27]楸枰停斗子：楸枰是指围棋盘，子是棋子。

[28]瓷注：瓷茶壶。

[29]萤照无人苑：指灯尽人散后情景凄凉。

[30]作赋吊长沙：指汉初贾谊在长沙作《吊屈原赋》。

[31]原有主道：本该作为主人来请客。

[32]卺(jǐn)：古代一种酒器，结婚时用。

[33]老白相：惯于嬉戏的人。

[34]已甚：太过分。

[35]便益：便宜。

新评

瞬间，已由清明转到端阳节。秦淮河上顿时热闹起来，虽是南明偏安一隅，朝不保夕，却忘不了暂作一乐。这使人忽然想起东晋时所谓“新亭对泣”的故事来：古时的文士固然软弱，但犹能一泣，到明末清初，南明的那一群文士，只能做作清高了。这就是端午夜的“复社会文”。

“复社会文”一节，孔尚任重写的，只在一个“趣”字。先是陈贞慧自称，“我们在此雅集，恐有俗子阑入”，故挂起了“复社会文，闲人免进”的灯笼。想来，这灯笼挂在秦淮河的丁家水榭上，真是十分地扎眼，而复社的文人们自认为是清高有趣了。以后，请上柳苏二位，“更是有趣”；再作“文酒笙歌之会”，引以为同道，是“有趣有趣”，如此沉溺于诗酒之“趣”之中，亡国之恨不知从何谈起，复社一党的所谓士林之气不知该如何论之了。

第九出　抚　兵

癸未七月

【点绛唇】（副净、末扮二将官，杂扮四小卒上）旗卷军牙[1]，射潮弩发鲸鲵怕[2]。操弓试马，鼓角斜阳下。

俺们镇守武昌兵马大元帅宁南侯麾下将士是也[3]。今日点卯日期[4]，元帅升帐，只得在此伺候。（吹打开门介）

【粉蝶儿】（小生戎装，扮左良玉上）七尺昂藏[5]，虎头燕颔如画[6]，莽男儿走遍天涯。活骑人，飞食肉，风云叱咤。报国恩，一腔热血挥洒。

建牙吹角不闻喧[7]，三十登坛众所尊[8]；家散万金酬士死，身留一剑答君恩。咱家左良玉，表字昆山，家住辽阳，世为都司[9]，只因得罪罢职，补粮昌平[10]。幸遇军门侯恂[11]，拔于走卒，命为战将，不到一年，又拜总兵之官。北讨南征，功加侯伯；强兵劲马，列镇荆襄。（作势介）看俺左良玉，自幼习学武艺，能挽五石之弓，善为左右之射；那李自成、张献忠几个毛贼，何难剿灭。只可恨督师无人，机宜错过，熊文灿、杨嗣昌既以偏私而败绩，丁启睿、吕大器又因怠玩而无功。只有俺恩帅侯公，智勇兼全，尽能经理中原；不意奸人忌功，才用即休[12]，叫俺一腔热血，报主无期，好不恨也！（顿足介）罢，罢，罢！这湖南、湖北，也还可战可守，且观成败，再定行藏[13]。（坐介）（内作众兵喊叫，小生惊问介）辕门之外，何人喧哗？（副净、末禀介）禀上元帅，辕门肃静，谁敢喧哗。（小生怒介）现在喧哗，怎报没有！（副净、末）那是饥兵讨饷，并非喧哗。（小生）哇！前自湖南借粮三十船，不到一月，难道支完了？（副净、末）禀元帅，本镇人马已足三十万了，些须粮草，那够支销？（小生拍案介）呵呀！这等却也难处哩。（立起，唱介）

【北石榴花】你看中原豺虎乱如麻，都窥伺龙楼凤阙帝王家；有何人勤王报主[14]，肯把义旗拿。那督师无老将，选士皆娇娃；却教俺自撑达[15]，却教俺自撑达。正腾腾杀气，这军粮又早缺乏。一阵阵拍手喧哗，一阵阵拍手喧哗，百忙中教我如何答话，好一似薨薨白昼闹蜂衙[16]。

（坐介）（内又喊介）（小生）你听外边将士，益发鼓噪，好像要反的光景。左右听俺吩咐。（立起，唱介）

【上小楼】您不要错怨咱家，您不要错怨咱家。谁不是天朝犬马，他三百年养士不差，三百年养士不差。都要把良心拍打，为甚么击鼓敲门闹转加[17]，敢则要劫库抢官衙。俺这里望眼巴巴，俺这里望眼巴巴，候江州军粮飞下[18]。

（坐介）（抽令箭掷地介）（副净、末拾箭，向内吩咐介）元帅有令，三军听者：目下军饷缺乏，乃人马归附之多，非粮草屯积之少。朝廷深恩，不可不报；将军严令，不可不遵。况江西助饷，指日到辕[19]，各宜静听，勿得喧哗。（副净、末回话介）奉元帅军令，俱已晓谕三军了。（内又喊叫介）（小生）怎么鼓噪之声，渐入辕门，你再去吩咐。（立起，唱介）

【黄龙犯】您且忍枵腹这一宵[20]，盼江西那几艖[21]。俺待要飞檄金陵，俺待要飞檄金陵，告兵曹转达车驾[22]，许咱们迁镇移家，许咱们迁镇移家。就粮东去，安营歇马，驾楼船到燕子矶边耍[23]。

（副净、末持令箭向内吩咐介）元帅有令，三军听者：粮船一到，即便支发。仍恐转运维艰，枵腹难待；不日撤兵汉口，就食南京；永无缺乏之虞，同享饱腾之乐[24]。各宜静听，勿再喧哗！（内欢呼介）好，好，好！大家收拾行装，预备东去呀。（副净、末回生介）禀上元帅，三军闻令，俱各欢呼散去了。（小生）事已如此，无可奈何，只得择期移镇，暂慰军心。（想介）且住，未奉明旨，辄自前行，虽圣恩宽大，未必加诛；只恐形迹之间，难免天下之议。事非小可，再作商量。

【尾声】慰三军没别法，许就粮喧声才罢，谁知俺一片葵倾向日花[25]。

（下）（内作吹打掩门、四卒下）（副净向末）老哥，咱弟兄们商量，天下强兵勇将，让俺武昌。明日顺流东下，料知没人抵当。大家拥着元帅爷，一直抢了南京，就扯起黄旗，往北京进取，有何不可？（末摇手介）我们左爷爷忠义之人，这样风话，且不要题。依着我说，还是移家就粮，且吃饱饭为妙。（副净）你还不知，一移南京，人心惊慌，就不取北京，这个恶名也免不得了。

（末）纷纷将士愿移家，（副净）细柳营中起暮笳[26]；
（末）千古英雄须打算，（副净）楼船东下一生差。

注释

[1]旗卷军牙：军中大旗在风中翻卷。牙，军前大旗。

[2]射潮弩发鲸鲵怕：借用五代吴越王钱镠命五百壮士强弩射海潮的典故来比喻左良玉军队的威风。

[3]麾下：部下。

[4]点卯：点名报到。

[5]昂藏：气宇轩昂的样子。

[6]虎头燕颔：《后汉书·班超传》："燕颔虎头，飞而食肉，此万里侯相也。"相面者以为汉班超长有贵相。

[7]建牙：指古代出兵，在军前树立大旗。后来也称兴兵建幕府或武将出镇为建牙。

[8]登坛：登坛即拜师。左良玉32岁官拜总兵。明代总兵掌一省军权或作主将。

[9]都司：官名，掌握一省军政大权。

[10]补粮：投军吃粮。 昌平：地名。今属北京市。

[11]军门：对统兵官的尊称。

[12]奸人忌功，才用即休：有人忌妒，从中作梗，而被罢免。

[13]再定行藏：再决定去处。

[14]勤王：用兵援救王室。

[15]撑达：支撑危局。

[16]薨薨：群虫鸣叫声。　蜂衙：蜂房。

[17]闹转加：闹得更凶。

[18]江州：古地名，今江西九江市。

[19]辕：军营大门。

[20]枵(xiāo)腹：空腹，饿肚子。

[21]艖(chā)：小船。

[22]兵曹：兵部。　车驾：指代皇帝。

[23]"就粮东去"三句：意思是移师南京。　燕子矶：位于南京市幕府山东北角观音门外。在长江岸边。

[24]饱腾：将士饱食、战马奔腾。

[25]葵倾向日花：葵花向日比喻忠于国君。

[26]细柳营：汉代周亚夫之军驻扎细柳，纪律严明。细柳，古地名，在今陕西咸阳西南渭河北岸。

新评

南明的江山真到了不可挽救的地步。这一出写左良玉驻兵武昌，本为明廷剩馀的一支重兵，却不料军中乏饷，难以支持，不得已，出移兵东下、就近南京、以充军粮之下策。左氏这样做，明知是冒险的，弄不好，未遭清兵攻击，已被论罪。但是，在江河日下的形势下，明白人不一定就能做得明白事，徒唤奈何。

此一出离开了南京这个中心写，但又伏了一笔，左良玉的恩师乃侯恂，正是侯方域之父，这就引出下回的侯方域出面修书。这样一来，仍然以侯方域为中心。

第十出　修　札

癸未八月

（丑扮柳敬亭上）老子江湖漫自夸，收今贩古是生涯。年来怕作朱门客，闲坐街坊吃冷茶。（笑介）在下柳敬亭，自幼无藉，流落江湖，虽则为谈词之辈，却不是饮食之人。（拱介）列位看我像个甚的，好像一位阎罗王，掌着这本大账簿，点了没数的鬼魂名姓；又像一尊弥勒佛，腆着这副大肚皮，装了无限的世态炎凉。鼓板轻敲，便有风雷雨露；舌唇才动，也成月旦春秋。这些含冤的孝子忠臣，少不得还他个扬眉吐气；那班得意的奸雄邪党，免不了加他些人祸天诛；此乃补救之微权，亦是褒讥之妙用。（笑介）俺柳麻子信口胡谈，却也燥脾[1]。昨日河南侯公子，送到茶资，约定今日午后来听平话，且把鼓板取出，打个招客的利市。（取出鼓板敲唱介）无事消闲扯淡，就中滋味酸甜；古来十万八千年，一霎飞鸿去远。几阵狂风暴雨，各家虎帐龙船，争名夺利片时喧，让他陈抟睡扁[2]。（生上）芳草烟中寻粉黛，斜阳影里说英雄。今日来听老柳平话，里面鼓板铿锵，早已有人领教。（相见大笑介）看官俱未到，独自在此，说与谁听？（丑）这说书是老汉的本业，譬如相公闲坐书斋，弹琴吟诗，都要人听么？（生笑介）讲的有理。（丑）请问今日要听那一朝故事？（生）不拘何朝，你只拣着热闹爽快的说一回罢。（丑）相公不知，那热闹局就是冷淡的根芽，爽快事就是牵缠的枝叶；倒不如把些剩水残山，孤臣孽子，讲他几句，大家滴些眼泪罢。（生叹介）咳！不料敬老你也看到这个田地，真可虑也！（末扮杨文骢急上）休教铁锁沉江底，怕有降旗出石头[3]。下官杨文骢，有紧急大事，要寻侯兄计议；一路问来，知在此处，不免竟入。（见介）（生）来的正好，大家听敬老平话。（末急介）目下何等时候，还听平话。（生）龙老为何这样惊慌？（末）兄还不知么？左良玉领兵东下，要抢南京，且有窥伺北京之意。本兵熊明遇束手无策。故此托弟前来，恳求妙计。（生）小弟有何计策？（末）久闻尊翁老先生乃宁南之恩帅，若肯发一手谕，必能退却。不知足下主意若何？（生）这样好事，怎肯不做？但家父罢政林居[4]，纵肯发书，未必有济。且往返三千里，何以解目前之危？（末）吾兄素称豪侠，当此国家大事，岂忍坐视？何不代写一书，且救目前；另日禀明尊翁，料不见责也。（生）应急权变，倒也可行；待我回寓起稿，大家商量！（末）事不宜迟，即刻发书，还恐无及，那里等的商量。（生）既是如此，就此修书便了。（写书介）

【一封书】老夫愚不揣[5]，劝将军自忖裁，旌旗且慢来，兵出无名道路猜。高帝留都陵树在，谁敢轻将马足蹴[6]；乏粮柴，善安排，一片忠心穷莫改。

（写完，末看介）妙妙！写的激切婉转，有情有理，叫他不好不依，又不敢不依，足见世兄经济[7]。（生）虽如此说，还该送与熊大司马，细加改正，方为万妥。（末）

不必烦扰，待小弟说与他便了。(愁介) 只是一件，书虽有了，须差一的当家人早寄为妙。(生) 小弟轻装薄游，只带两个童子，那能下的书来？(末) 这样密书，岂是生人可以去得。(生) 这却没法了。(丑) 不必着忙，让我老柳走一遭何如？(末) 敬老肯去，妙的狠了；只是一路盘诘[8]，也不是当要的。(丑) 不瞒老爷说，我柳麻子本姓曹，虽则身长九尺，却不肯食粟而已[9]。那些随机应变的口头，左冲右挡的膂力，都还有些儿。(生) 闻得左良玉军门严肃，山人游客，一概不容擅入。你这般老态，如何去的？(丑) 相公又来激俺了，这是俺说书的熟套子。我老汉要去就行，不去就止，那在乎一激之力。(起问介)

【北斗鹌鹑】你那里笔下诌文[10]，我这里胸中画策。舌战群雄[11]，让俺不才；柳毅传书[12]，何妨下海。丢却俺的痴騃[13]，用着俺的诙谐，悄去明来，万人喝采。

(末) 果然好个本领，只是书中意思，还要你明白解说，才能有济。

【紫花儿序】(丑) 书中意不须细解，何用明白，费俺唇腮。一双空手，也去当差，也会捎乖[14]。凭着俺舌尖儿把他的人马骂开，仍倒回八百里外。(生) 你怎的骂他？(丑) 则问他防贼自作贼，该也不该。

(生) 好，好，好！比俺的书字还说得明白。(末) 你快进去收拾行李，俺替你送盘缠来，今夜务必出城才好。(丑) 晓得，晓得！(拱手介) 不得奉陪了。(竟下) (末) 竟不知柳敬亭是个有用之才。(生) 我常夸他是我辈中人，说书乃其馀技耳。

【尾声】一封书信权宜代，仗柳生舌尖口快，阻回那莽元帅万马晨霜，保住这好江城三山暮霭[15]。

(末) 一纸贤于汗马才[16]，(生) 荆州无复战船开；
(末) 从来名士夸江左[17]，(生) 挥麈今登拜将台[18]。

注释

[1] 燥脾：爽快。

[2] 陈抟(tuán)：五代至宋初道士，道教中被当作神仙崇拜的一个偶像。

[3] 休教铁锁沉江底，怕有降旗出石头：化自唐代诗人刘禹锡《西塞山怀古》诗句："千寻铁锁沉江底，一片降幡出石头。"

[4] 林居：隐居。

[5] 揣：忖度。

[6] 躧(xǐ)：同"屣"，即鞋，引申为践踏。

[7] 经济：经国济民。

[8] 盘诘：盘查。

[9] 不肯食粟：不愿白吃饭。

[10] 你那里笔下诌文：你侯方域代父写信。

[11]舌战群雄:《三国演义》有诸葛亮舌战群儒的故事。柳借此说自己辩才高超。

[12]柳毅传书:唐代传奇,柳敬亭用此故事说明自己会把信成功送到目的地。

[13]痴騃(ái):痴傻。

[14]挝(zhuā)乖:抓住机巧。

[15]三山:代指南京。

[16]一纸贤于汗马才:这封信的力量胜过战场上有汗马功劳的将才。

[17]江左:长江下游南京一带。

[18]挥麈(zhǔ):古代名士喜挥麈以显风流得意。麈,鹿尾。

新评

侯方域不仅是文士,是复社的中坚,他还与手握重兵的左良玉有深切的关系。此出述侯生急切之下修书,一为南国安全,二为左良玉免遭谤议,可称义举,在当时看来,真有折冲于樽俎之间的功劳。这大概是古代文士看重的、崇尚的,故虽写其弱点,也是怜惜其才的。另一方面,此出努力写柳敬亭赴义的勇敢,或许正是对侯先生的文人弱点的补充罢,只是作者不肯明白说出来,让人意会。

第十一出　投　辕

癸未九月

（净、副净扮二卒上）（净）杀贼拾贼囊，救民占民房，当官领官仓，一兵吃三粮。（副净）如今不是这样唱了。（净）你唱来！（副净）贼凶少弃囊，民逃剩空房，官穷不开仓，千兵无一粮。（净）这等说，我们这穷兵当真要饿死了。（副净）也差不多哩。（净）前日鼓噪之时，元帅着忙，许俺们就粮南京，这几日不见动静，想又变卦了。（副净）他变了卦，俺们依旧鼓噪，有何难哉。（净）闲话少说，且到辕门点卯，再作商量。正是"不怕饿杀，谁肯犯法"。（俱下）

【北新水令】（丑扮柳敬亭，背包裹上）走出了空林落叶响萧萧，一丛丛芦花红蓼。倒戴着接䍦帽[1]，横跨着湛卢刀[2]，白髯儿飘飘，谁认的诙谐玩世东方老[3]。

俺柳敬亭冲风冒雨，沿江行来，并不见乱兵抢粮，想是讹传了。且喜已到武昌城外，不免在这草地下打开包裹，换了靴帽，好去投书。（坐地换靴帽介）

【南步步娇】（副净、净上）晓雨城边饥乌叫，来往荒烟道，军营半里遥。（指介）风卷旌旗，鼓角缥缈，前面是辕门了，大家趱行几步[4]。饿腹好难熬，还点三八卯[5]。

（丑起拱介）两位将爷，借问一声，那是将军辕门？（净向副净私语介）这个老儿是江北语音，不是逃兵，就是流贼。（副净）何不收拾起来，诈他几文，且买饭吃。（净）妙！（副净问介）你寻将军衙门么？（丑）正是。（净）待我送你去。（丢绳套住丑介）（丑）呵呀！怎么拿起我来了？（副净）俺们是武昌营专管巡逻的弓兵，不拿你，拿谁呀？（丑推二净倒地，指笑介）两个没眼色的花子，怪不得饿的东倒西歪的。（净）你怎晓得我们挨饿。（丑）不为你们挨饿，我为何到此？（副净）这等说来，你敢是解粮来的么？（丑）不是解粮的，是做甚的？（净）啐！我们瞎眼了，快搬行李，送老哥辕门去。（副净、净同丑行介）

【北折桂令】（丑）你看城枕着江水滔滔，鹦鹉洲阔，黄鹤楼高。鸡犬寂寥，人烟惨淡，市井萧条。都只把豺狼喂饱，好江城画破图抛。满耳呼号，鼙鼓声雄，铁马嘶骄。

（副净指介）这是帅府辕门了。（唤介）老哥在此等候，待我传鼓。（击鼓介）（末扮中军官上[6]）封拜惟知元帅大，征诛不让帝王尊。（问介）门外击鼓，有何军情，速速报来。（净）适在汛地捉了一个面生可疑之人，口称解粮到此，未知真假，拿赴辕门，听候发落。（末问丑介）你称解粮到此，有何公文？（丑）没有公文，只有书函。

(末)这就可疑了。

【南江儿水】你的北来意费推敲，一封书信无名号，荒唐言语多虚冒，凭空何处军粮到。无端左支右调，看他神情，大抵非逃即盗。

(丑)此话差矣，若是逃、盗，为何自寻辕门?(末)说的也是。既有书函，待我替你传进。(丑)这是一封密书，要当面交与元帅的。(末)这话益发可疑了。你且外边伺候，待我禀过元帅，传你进见。(净、副净、丑俱下)(内吹打开门，杂扮军卒六人各执械对立介)(小生扮左良玉戎服上)荆襄雄镇大江滨，四海安危七尺身。日日军储劳计画，那能谈笑净烟尘[7]。(升坐，吩咐介)昨因饥兵鼓噪，本帅许他就粮南京；后来细想：兵去就粮，何如粮来就兵?闻得九江助饷，不日就到，今日暂免点卯，各回汛地，静候关粮。(末)得令。(虚下，即上)奉元帅军令，挂牌免卯，三军各回汛地了。(小生)有甚军情，早早报来。(末)别无军情，只有差役一名，口称解粮到此，要见元帅。(小生喜介)果然粮船到了，可喜，可喜!(问介)所赍文书，系何衙门?(末)并无文书，只有私书，要当堂投递。(小生)这话就奇了，或是流贼细作，亦未可定。(吩咐介)左右军牢，小心防备，着他膝行而进。(众)是!(末唤丑进介)(左右交执器械，丑钻入见介)(揖介)元帅在上，晚生拜揖了。(小生)唗!你是何等样人，敢到此处放肆。(丑)晚生一介平民，怎敢放肆。

【北雁儿落带得胜令】俺是个不出山老渔樵，那晓得王侯大宾客小。看这长枪大剑列门旗，只当深林密树穿荒草。尽着狐狸纵横虎咆哮[8]，这威风何须要。偏吓俺孤身客无门跑，便作个长揖儿不是骄。(拱介)求饶，军中礼原不晓。(笑介)气也么消，有书函将军仔细瞧。

(小生问介)有谁的书函?(丑)归德侯老先生寄来奉候的。(小生)侯司徒是俺的恩帅，你如何认得?(丑)晚生现在侯府。(小生拱介)这等失敬了。(问介)书在那里?(丑送上书介)(小生)吩咐掩门。(内吹打掩门，众下)(小生)尊客请坐。(丑傍坐介)(小生看书介)

【南侥侥令】看他谆谆情意好，不啻教儿曹[9]。这书中文理，一时也看不透彻，无非劝俺镇守边防，不可移兵内地。(叹介)恩帅，恩帅!那知俺左良玉，一片忠心天可告，怎肯背深恩，辱荐保。

(问丑介)足下尊姓大号?(丑)不敢，晚生姓柳，草号敬亭。(杂捧茶上)(小生)敬亭请茶。(丑接茶介)(小生)你可知这座武昌城，自经张献忠一番焚掠，十室九空。俺虽镇守在此，缺草乏粮，日日鼓噪，连俺也做不得主了。(丑气介)元帅说那里话，自古道“兵随将转”，再没个将逐兵移的。

【北收江南】你坐在细柳营，手握着虎龙韬，管千军山可动，令不摇。饥兵鼓噪犯天朝，将军无计，从他去自逍遥。这恶名怎逃，这恶名怎逃。

说不起三军权柄帅难操。

（摔茶钟于地下介）（小生怒介）呵呀！这等无礼，竟把茶杯掷地。（丑笑介）晚生怎敢无礼，一时说的高兴，顺手摔去了。（小生）顺手摔去，难道你的心做不得主么。（丑）心若做得主呵，也不叫手下乱动了。（小生笑介）敬亭讲的有理。只因兵丁饿的急了，许他就粮内里。亦是无可奈何之一着。（丑）晚生远来，也饿急了，元帅竟不问一声儿。（小生）我倒忘了，叫左右快摆饭来。（丑摩腹介）好饿，好饿！（小生催介）可恶奴才，还不快摆！（丑起介）等不得了，竟往内里吃去罢。（向内行介）（小生怒介）如何进我内里？（丑回顾介）饿的急了。（小生）饿的急了，就许你进内里么？（丑笑介）饿的急了，也不许进内里，元帅竟也晓得哩。（小生大笑介）句句讥诮俺的错处，好个舌辩之士。俺这帐下倒少不得你这个人哩。

【南园林好】俺虽是江湖泛交，认得出滑稽曼老[10]；这胸次包罗不少，能直谏，会旁嘲。

（丑）那里，那里！只不过游戏江湖，图餔啜耳[11]。（小生问介）俺看敬亭，既与缙绅往来[12]，必有绝技，正要请教。（丑）晚生自幼失学，有何技艺。偶读几句野史，信口演说，曾蒙吴桥范大司马、桐城何老相国谬加赏赞，因而得交缙绅，实堪惭愧。

【北沽美酒带太平令】俺读些稗官词，寄牢骚，稗官词，寄牢骚，对江山吃一斗苦松醪[13]。小鼓儿颤杖轻敲[14]，寸板儿软手频摇；一字字臣忠子孝，一声声龙吟虎啸；快舌尖钢刀出鞘，响喉咙轰雷烈炮。呀！似这般冷嘲、热挑，用不着笔抄，墨描。劝英豪，一盘错账速勾了。

（小生）说的爽快，竟不知敬亭有此绝技，就留下榻衙斋，早晚领教罢。

【清江引】从此谈今论古日倾倒，风雨开怀抱。你那苏张舌辩高[15]，我的巧射惊羿奡[16]，只愁那匝地烟尘何日扫[17]。

（丑）闲话多时，到底不知元帅向内移兵，有何主见？（小生）耿耿臣心，惟天可表，不须口劝，何用书责。

（小生）臣心如水照清霄，（丑）咫尺天颜路不遥；
（小生）要与西南撑半壁，（丑）不须东看海门潮[18]。

注释

[1]接䍦(lí)帽：古代一种头巾。

[2]湛卢刀：古代一种名剑。

[3]东方老：东方朔，汉武帝朝中滑稽人物。

[4]趱(zǎn)行：快快赶路。

[5]三八卯：每月逢三、八之日军营点名。

[6]中军官：军营中管理事务的官员。

[7]烟尘：比喻战乱。

[8]尽着：任由。

[9]不啻：不仅；何止。

[10]曼老：东方朔字曼倩。

[11]餔啜：吃喝。

[12]缙绅：代称官员。

[13]松醪(láo)：酒名。

[14]颤杖：抖动小鼓槌。

[15]苏张：战国时苏秦、张仪，善于游说之人。

[16]羿奡(ào)：古代神话传说中羿善射箭，奡善陆地操舟。

[17]匝地烟尘：遍地战乱。

[18]不须东看海门潮：指不须引兵东下。

新评

这一出写柳敬亭的机智，其说服左良玉用嘴，也用手，恰如战国时善辩之士，不由左帅不心折。但此出的妙处，似乎更在曲词豪放，音节急促，有元曲之风，恰合军营处境，如[北沽美酒带太平令]一曲，堪称典型。

第十二出　辞　院

癸未十月

【西地锦】（末扮杨文骢冠带上）锦绣东南列郡，英雄割据纷纷；而今还起周郎恨，江水向东奔[1]。

下官杨文骢，昨奉熊司马之命[2]，托侯兄发书宁南，阻其北上，已遣柳敬亭连夜寄去。还怕投书未稳，一面奏闻朝廷，加他官爵，荫他子侄；又一面知会各处督抚，及在城大小文武，齐集清议堂[3]，公同计议，助他粮饷，这也是不得已调停之法。下官与阮圆海虽罢闲流寓，都有传单，只得早到。（副净扮阮大铖冠带上）黑白看成棋里事，须眉扮作戏中人。（见介）龙友请了，今日会议军情，既传我们到此，也不可默默无言。（末）事体重大，我们废员闲宦，立不得主意，身到就是了。（副净）说那里话。

【啄木儿】朝廷事，须认真，太祖神京今未稳，莫漫愁铁锁船开[4]，只怕有萧墙人引[5]。角声鼓音城楼震，帆扬帜飞江风顺，明取金陵，有人私启门。

（末）这话未确，且莫轻言。（副净）小弟实有所闻，岂可不说。（丑扮长班上）处处军情紧，朝朝会议多。禀老爷，淮安漕抚史可法老爷[6]，凤阳督抚马士英老爷俱到了。（末、副净出候介）（外白须扮史可法，净秃须扮马士英，各冠带上）（外）天下军储一线漕[7]，无能空佩吕虔刀[8]。（净）长陵抔土关龙脉，愁绝烽烟搔二毛[9]。（末、副净见各揖介）（外问介）本兵熊老先生为何不到？（丑禀介）今日有旨，往江上点兵去了。（净）这等又会议不成，如何是好？

【前腔】（外）黄尘起，王气昏，羽扇难挥建业军[10]；幕府山蜡檄星驰[11]，五马渡[12]，楼船飞滚。江东应须夷吾镇[13]，清谈怎消南朝恨[14]，少不得努力同捐衰病身。

（末）老先生不必深忧，左良玉系侯司徒旧卒，昨已发书劝止，料无不从者。（外）学生亦闻此举虽出熊司马之意，实皆年兄之功也。（副净）这倒不知；只闻左兵之来，实有暗里勾之者。（外）是那个？（副净）就是敝同年侯恂之子侯方域。（外）他也是敝世兄，在复社中铮铮有声，岂肯为此？（副净）老公祖不知[15]，他与左良玉相交最密，常有私书往来；若不早除此人，将来必为内应。（净）说的有理，何惜一人，致陷满城之命乎？（外）这也是莫须有之事，况阮老先生罢闲之人，国家大事也不可乱讲。（别介）请了，正是"邪人无正论，公议总私情"。（下）（副净指恨介）（向净介）怎么史道邻就拂衣而去，小弟之言凿凿有据；闻得前日还托柳麻子去下私书的。（末）

这太屈他了，敬亭之去，小弟所使，写书之时，小弟在旁；倒亏他写的恳切，怎反疑起他来？（副净）龙友不知，那书中都有字眼暗号，人那里晓得？（净点头介）是呀，这样人该杀的，小弟回去，即着人访拿。（向末介）老妹丈，就此同行罢。（末）请舅翁先行一步，小弟随后就来。（副净向净介）小弟与令妹丈不啻同胞，常道及老公祖垂念，难得今日会着。小弟有许多心事，要为竟夕之谈。不知可否？（净）久荷高雅[16]，正要请教。（同下）（末）这是那里说起！侯兄之素行虽未深知，只论写书一事呵，

【三段子】这冤怎伸，硬叠成曾参杀人[17]；这恨怎吞，强书为陈恒弑君[18]。不免报他一信，叫他趁早躲避。（行介）眠香占花风流阵，今宵正倚薰笼困，那知打散鸳鸯金弹狠。

来此是李家别院，不免叫门。（敲门介）（内吹唱介）（净扮苏昆生上）是那个？（末）快快开门！（净开门见介）原来是杨老爷，天色已晚，还来闲游。（末认介）你是苏昆老？（问介）侯兄在那里？（净）今日香君学完一套新曲，都在楼上听他演腔。（末）快请下楼！（净入唤介）（小旦、生、旦出介）（生）浓情人带酒，寒夜帐笼花。杨兄高兴，也来消夜。（末）兄还不知，有天大祸事来寻你了。（生）有何祸事，如此相吓？（末）今日清议堂议事，阮圆海对着大众，说你与宁南有旧，常通私书，将为内应。那些当事诸公，俱有拿你之意。（生惊介）我与阮圆海素无深仇，为何下这毒手？（末）想因却奁一事，太激烈了，故此老羞变怒耳。（小旦）事不宜迟，趁早高飞远遁，不要连累别人。（生）说的有理。（愁介）只是燕尔新婚，如何舍得？（旦正色介）官人素以豪杰自命，为何学儿女子态？（生）是，是，但不知那里去好？

【滴溜子】双亲在，双亲在，信音未准；烽烟起，烽烟起，梓桑半损[19]。欲归，归途难问。天涯到处迷，将身怎隐？歧路穷途，天暗地昏。

（末）不必着慌，小弟倒有个算计。（生）请教！（末）会议之时，漕抚史可法、凤抚马舍舅俱在坐。舍舅语言甚不相为[20]，全亏史公一力分豁[21]，且说与尊府原有世谊的。（生想介）是，是，史道邻是家父门生。（末）这等何不随他到淮，再候家信。（生）妙，妙！多谢指引了。（旦）待奴家收拾行装。（旦束装介）

【前腔】欢娱事，欢娱事，两心自忖；生离苦，生离苦，且将恨忍，结成眉峰一寸。香沾翠被池，重重束紧。药裹巾箱[22]，都带泪痕。

（丑上挑行李介）（生别旦介）暂此分别，后会不远。（旦弹泪介）满地烟尘，重来亦未可必也。

【哭相思】离合悲欢分一瞬，后会期无凭准。（小旦）怕有巡兵踪迹，快行一步罢。（生）吹散俺西风太紧，停一刻无人肯。

（生）但不知史漕抚寓在那厢？（净）闻他来京公干，常寓市隐园，待我送官人去。（生）这等多谢。（生、净、丑急下）（小旦）这桩祸事，都从杨老爷起的，也还求杨

老爷归结。明日果来拿人，作何计较？（末）贞娘放心，侯郎既去，都与你无干了。

（末）人生聚散事难论，（旦）酒尽歌终被尚温；
（小旦）独照花枝眠不稳，（末）来朝风雨掩重门。

注释

［1］"而今还起周郎恨"二句：周郎恨指周瑜赤壁迎战曹操，后句指左良玉军顺江东下。

［2］熊司马：兵部尚书熊明遇。

［3］清议堂：朝臣议事厅。

［4］铁锁船开：东吴用铁索锁江，但被火烧而破，西晋战船驶入金陵。

［5］只怕有萧墙人引：只怕内部有人联结左良玉军队打来。萧墙借代内部。

［6］史可法：字宪之，号道邻，崇祯时进士，曾任南京兵部尚书，南明福王即位，加东阁大学士，驻守扬州。清兵南下，坚守扬州，壮烈殉国。

［7］天下军储一线漕：天下军需靠一线水路运输。

［8］吕虔刀：三国魏人吕虔有宝刀，相传"位登三公的人才可佩带它"。史可法用这个典故表示他才德不称官位。

［9］"长陵抔（póu）土关龙脉"二句：汉高祖坟墓称作长陵，这里借用来指朱元璋先世在凤阳的祖坟。当时马士英任凤阳总督，遇清兵南下，事关重大，愁白了头发。二毛，指黑白相间的头发。

［10］羽扇：诸葛亮及东吴名臣顾荣等喜执羽扇指挥军队。　建业：南京的别称。

［11］蜡檄：蜡封小丸内的机密军事情报。　幕府山：位于南京西北。

［12］五马渡：位于南京郊区的渡口。

［13］江东应须夷吾镇：江东应由管仲（夷吾）这样的名臣来镇守。

［14］清谈怎消南朝恨：清谈务虚是南朝士大夫的坏风气，因而导致南朝四代国力不振。

［15］老公祖：对地方官的敬称。

［16］荷：担当，承当。

［17］曾参杀人：曾参是孔子的学生，以孝著称。有个与他姓名相同的人杀了人，误传是他杀人。他母亲开始不信，但禁不住人们再三传告，终于信以为真，吓得逃跑了。比喻流言可畏。

［18］陈恒弑君：相传春秋时齐国执政大臣陈恒被迫杀国君齐简公。

［19］梓桑：桑梓，即故乡。

［20］不相为：指意见相左。

［21］分豁：开脱。

［22］巾箱：放头巾的箱子。

新评

古往今来，奸人罗织罪名，陷害忠良，那是他们拿手本事，宋代有秦桧，明末就有阮大铖、马士英。马阮二人嫉恨侯方域，实为嫉恨复社一党，算来，还是魏党与东林党斗争的馀绪。从阮大铖的心理看，前番欲拉拢侯方域，反被李香君当场拒绝，以致仇上加仇；所以，一俟有机会报复，便不遗馀力，欲置之死地而后快。这倒令人想到第四出阮大铖上场时自言自语的几句话来:“若是天道好还,死灰有复燃之日,我阮胡子呵,也顾不得名节,索性要倒行逆施了。”于是,阮大铖在这一出开始“倒行逆施”,一出手便恶毒无比,令人不寒而栗。

侯方域情急之下走脱了,但李香君的灾难即将到来,《桃花扇》四十出,每一出都是环环相扣的。

第十三出　哭　主

甲申三月

(副净扮旗牌官上) 汉阳烟树隔江滨，影里青山画里人，可惜城西佳绝处，朝朝遮断马头尘。在下宁南帅府一个旗牌官的便是，俺元帅收复武昌，功封侯爵。昨日又奉新恩，加了太傅之衔；小爷左梦庚，亦挂总兵之印，特差巡按御史黄澍老爷到府宣旨。今日九江督抚袁继咸老爷，又解粮三十船，亲来给发。元帅大喜，命俺设宴黄鹤楼，请两位老爷饮酒看江。(望介) 遥见晴川树底，芳草洲边，万姓欢歌，三军嬉笑，好一段太平景象也。远远喝道之声，元帅将到，不免设起席来。(台上挂黄鹤楼匾)(副净设席安座介)(杂扮军校旗仗鼓吹引导)(小生扮左良玉戎装上)

【声声慢】逐人春色，入眼晴光，连江芳草青青。百尺楼高，吹笛落梅风景[1]。领着花间小乘，载行厨，带缓衣轻；便笑咱将军好武，也爱儒生。

咱家左良玉，今日设宴黄鹤楼，请袁、黄两公饮酒看江，只得早候。(吩咐介) 大小军卒楼下伺候。(众应下)(作登楼介) 三春云物归胸次，万里风烟到眼中。(望介) 你看浩浩洞庭，苍苍云梦，控西南之险，当江汉之冲；俺左良玉镇此名邦，好不壮哉！(坐呼介) 旗牌官何在？(副净跪介) 有。(小生) 酒席齐备不曾？(副净) 齐备多时了。(小生) 怎么两位老爷还不见到？(副净) 连请数次，袁老爷正在江岸盘粮，黄老爷又往龙华寺拜客，大约傍晚才来。(小生) 在此久候，岂不困倦。叫左右速接柳相公上楼，闲谈拨闷。(杂跪禀介) 柳相公现在楼下。(小生) 快请。(杂请介)(丑扮柳敬亭上) 气吞云梦泽，声撼岳阳楼[2]。(见介)(小生) 敬亭为何早来了？(丑) 晚生知道元帅闷坐，特来奉陪的。(小生) 这也奇了，你如何晓得？(丑) 常言"秀才会课，点灯告坐[3]"。天生文官，再不能爽快的。(小生笑介) 说的有理。(指介) 你看天才午转，几时等到点灯也？(丑) 若不嫌聒噪呵，把昨晚说的"秦叔宝见姑娘[4]"，再接上一回罢。(小生) 极妙了。(问介) 带有鼓板么？(丑) 自古"官不离印，货不离身"，老汉管着做甚的？(取出鼓板介)(小生) 叫左右泡开岕片[5]，安下胡床。咱要纱帽隐囊[6]，清谈消遣哩。(杂设床、泡茶，小生更衣坐，杂捶背搔痒介)(丑旁坐敲鼓板说书介) 大江滚滚浪东流，淘尽兴亡古渡头；屈指英雄无半个，从来遗恨是荆州。按下新诗，还提旧话。且说人生最难得的是乱离之后，骨肉重逢。总是地北天南，时移物换，经几番凶荒战斗，怎免得梗泛萍漂。可喜秦叔宝解到罗公帅府，枷锁连身，正在候审；遇着嫡亲姑娘，卷帘下阶，抱头大哭。当时换了新衣，设席款待，一个候死的囚徒，登时上了青天。这叫做"运去黄金减价，时来顽铁生光"。(拍醒木介)(小生掩泪介) 咱家也都经过了。(丑) 再说那罗公问及叔宝的武艺，满心欢喜，特地要夸其本领，即日放炮传操。下了教场，雄兵十万，雁翅排开。罗公独坐当中，一呼百诺，掌着生杀之权。秦叔宝站在旁边，点头赞叹，口里不言，心中暗道：大丈夫定当如此！（拍醒木介）（小生作骄态，笑介）俺左良玉也不枉为人一世矣。（丑）那罗公眼看叔宝，高声问道："秦琼，看你身材高大，可曾学些武艺么？"叔宝慌忙跪下，应答如流："小人会使双锏。"罗公即命家人，将自己用的两条银锏，抬将下来。那两条银锏，共重六十八斤，比叔宝所用铁锏，轻了一半。叔宝是用过重锏的人，接在手中，如同无物。跳下阶来，使尽身法，左轮右舞，恰似玉蟒缠身，银龙护体。玉蟒缠身，万道毫光台下落；银龙护体，一轮月影面前悬。罗公在中军帐里，大声喝采道："好呀！"那十万雄兵，一齐答应。（作喊介）如同山崩雷响，十里皆闻。（拍醒木介）（小生照镜镊鬓介）俺左良玉立功边塞，万夫不当，也是天下一个好健儿。如今白发渐生，杀贼未尽，好不恨也。（副净上）禀元帅爷：两位老爷俱到楼了。（丑暗下）（小生换冠带、杂撤床排席介）（外扮袁继咸[7]；末扮黄澍[8]，冠带喝道上）（外）长湖落日气苍茫，黄鹤楼高望故乡。（末）吹笛仙人称地主[9]，临风把酒喜洋洋。（小生迎揖介）二位老先生俯临敝镇，曷胜光荣；聊设杯酒，同看春江。（外、末）久钦威望，喜近节麾；高楼盛设，大快生平。（安席坐，斟酒欲饮介）（净扮塘报人急上[10]）忙将覆地翻天事，报与勤王救主人。禀元帅爷：不好了，不好了！（众惊起介）有甚么紧急军情，这等喊叫？（净急白介）禀元帅爷：大伙流贼北犯，层层围住神京；三天不见救援兵，暗把城门开禁。放火焚烧宫阙，持刀杀害生灵。（拍地介）可怜圣主好崇祯，（哭说介）缢死煤山树顶。（众惊问介）有这等事，是那一日来？（净喘介）就是这、这、这三月十九日。（众望北叩头，大哭介）（小生起，搓手跳哭介）我的圣上呀！我的崇祯主子呀！我的大行皇帝呀[11]！孤臣左良玉，远在边方，不能一旅勤王，罪该万死了。

【胜如花】高皇帝在九京[12]，不管亡家破鼎，那知他圣子神孙，反不如飘蓬断梗。十七年忧国如病，呼不应天灵祖灵，调不来亲兵救兵；白练无情，送君王一命。伤心煞煤山私幸，独殉了社稷苍生，独殉了社稷苍生！

（众又大哭介）（外摇手喊介）且莫举哀，还有大事相商。（小生）有何大事？（外）既失北京，江山无主，将军若不早建义旗，顷刻乱生，如何安抚。（末）正是。（指介）这江汉荆襄，亦是西南半壁，万一失守，恢复无及矣。（小生）小弟滥握兵权，实难辞责，也须两公努力，共保边疆。（外、末）敢不从事。（小生）既然如此，大家换了白衣，对着大行皇帝在天之灵，恸哭拜盟一番。（唤介）左右可曾备下缞衣么？（副净）一时不能备及，暂借附近民家素衣三领，白布三条。（小生）也罢，且穿戴起来。（吩咐介）大小三军，亦各随拜。（小生、外、末穿衣裹布介）（领众齐拜，举哀介）我那先帝呀！

【前腔】（合）宫车出[13]，庙社倾，破碎中原费整。养文臣帷幄无谋，豢武夫疆场不猛；到今日山残水剩，对大江月明浪明，满楼头呼声哭声。（又哭介）这恨怎平，有皇天作证：从今后戮力奔命[14]，报国仇早复神京，报国仇早复神京。

（小生）我等拜盟之后，义同兄弟；临侯督师，仲霖监军，我左昆山操兵练马，死守边方。倘有太子诸王，中兴定鼎，那时勤王北上，恢复中原，也不负今日一番义举。（外、末）领教了。（副净禀介）禀元帅：满城喧哗，似有变动之意，快请下楼，安抚民心。（俱下楼介）（小生）二位要向那里去？（外）小弟还回九江。（末）小弟要到襄阳。（小生）这等且各分手，请了。（别介）（小生呼介）转来，若有国家要事，还望到此公议。（外、末）但寄片纸，无不奔赴。请了。（外、末下）（小生）呵呀呀！不料今日天翻地覆，吓死俺也！

飞花送酒不曾擎，片语传来满座惊。
黄鹤楼中人哭罢，江昏月暗夜三更。

注释

［1］落梅风景：黄鹤楼风景美好。

［2］“气吞云梦泽”二句：化自唐诗人孟浩然诗句“气蒸云梦泽，波撼岳阳城”。

［3］“秀才会课”二句：秀才们约会作功课，往往要到点灯时才到齐。

［4］秦叔宝见姑娘：此为《隋唐演义》故事。

［5］岕(jiè)片：一种茶。

［6］隐囊：靠褥。

［7］袁继咸：明末人，皇帝派出监督军队的官员，曾任兵部侍郎。左良玉之子左梦庚降清后，他被执，不屈而死。

［8］黄澍：明末巡按御史，监督地方官吏。他和左梦庚一起降清。

［9］吹笛仙人：黄鹤楼的传说，有个神仙在某家饮酒，在壁上画鹤，使主家售酒致富，后仙人吹笛乘鹤而去。

［10］塘报：京城对地方发出的情报。

［11］大行皇帝：刚死而未有谥号的皇帝。

［12］九京：坟墓，在此指地下黄泉。

［13］宫车出：皇帝去世的忌讳语。

［14］奔命：奔走应命。剧中意犹为使命而奔走。

新评

崇祯皇帝是晚明悲剧性人物，虽然他呕心沥血，力图保祖宗江山不失，最终还是落得吊死煤山。当时左良玉这样的将军拥有重兵，却难以有用武之地，已自心中不平；又听闻主子自杀，半壁江山落入清军之手，更是痛惜，故所谓的哭主，也是哭江山社稷，哭自己命运不济。与左良玉一起的袁继咸，是明末一位不屈的英雄。

他在山西的时候，有弟子傅山，后来也从事抗清活动，而且坚决不仕清廷，极有骨气。另一位黄澍就不行。此人虽然此时与左、袁二人同哭“大行皇帝”，但最终与左良玉之子左梦庚一起降清。可见，此一出出场的人，是缩影了在江山断送、社稷倒塌时明王朝之臣的众生相，也是南明朝与清廷隔江对峙的起点，因而是情节上、时间上乃至人格演化上重要的一出。

第十四出　阻　奸

甲申四月

【绕地游】(生上) 飘摇家舍，怎把平安写，哭苍天满喉新血。国仇未雪，乡心难说，把闲情丢开后些。

小生侯方域，自去冬仓皇避祸，夜投史公，随到淮安漕署[1]，不觉半载。昨因南大司马熊公内召[2]，史公即补其缺，小生又随渡江。亏他重俺才学，待同骨肉。正思移家金陵，不料南北隔绝。目今议立纷纷，尚无定局，好生愁闷。且候史公回衙，一问消息。(暂下)

【三台令】(外扮史可法忧容，丑扮长班随上) 山河今日崩竭，白面谈兵掉舌[3]；弈局事堪嗟[4]，望长安谁家传舍[5]。

下官史可法，表字道邻，本贯河南，寄籍燕京。自崇祯辛未，叨中进士，便值中原多故，内为曹郎，外作监司，扬历十年[6]，不曾一日安枕。今由淮安漕抚升补南京兵部尚书。那知到任一月，遭此大变；万死无裨，一筹莫展。幸亏长江天险，护此留都。但一月无君，人心皇皇，每日议立议迎，全无成说。今早操兵江上，探得北信，不免请出侯兄，大家快谈。(丑) 侯爷，有请。(生上见介) 请问老先生，北信若何？(外) 今日得一喜信，说北京虽失，圣上无恙，早已航海而南；太子亦间道东奔[7]，未知果否？(生) 果然如此，苍生之福也。(小生扮差役上) 朝廷无诏旨，将相有传闻。(到门介) 门上有人么？(丑问介) 那里来的？(小生) 是凤抚衙门来的，有马老爷候札[8]，即讨回书。(丑) 待我传上去。(入见介) 禀老爷：凤抚马老爷差人投书。(外拆看，皱眉介) 这个马瑶草，又讲甚么迎立之事了。

【高阳台】清议堂中，三番公会，攒眉仰屋蹴靴；相对长吁，低头不语如呆。堪嗟！军国大事非轻举，俺纵有庙谟难说[9]。这来书谋迎议立，邀功情切。

(向生介) 看他书中意思，属意福王。又说圣上确确缢死煤山，太子奔逃无踪。若果如此，俺纵不依，他也竟自举行了。况且昭穆伦次[10]，立福王亦无大差。罢，罢，罢！答他回书，明日会稿，一同列名便了。(生) 老先生所言差矣。福王分藩敝乡[11]，晚生知之最详，断断立不得。(外) 如何立不得？(生) 他有三大罪，人人俱知。(外) 那三大罪？(生) 待晚生数来：

【前腔】福邸藩王，神宗骄子，母妃郑氏淫邪。当日谋害太子，欲行自立，若无调护良臣，几将神器夺窃[12]。(外) 此一罪却也不小。(问介) 还有哪一罪？(生) 骄奢，盈装满载分封去[13]，把内府金钱偷竭。昨日寇逼河南，竟不舍一文助饷；以致国破身亡，满宫财宝，徒饱贼囊。（外）这也算的一大罪。（问介）那第三大罪呢？（生）这一大罪，就是现今世子德昌王[14]，父死贼手，暴尸未葬，竟忍心远避。还乘离乱之时，纳民妻女。这君德全亏尽丧，怎图皇业。

（外）说的一些不差，果然是三大罪。（生）不特此也，还有五不可立。（外）怎么又有五不可立？

【前腔】（生）第一件，车驾存亡，传闻不一，天无二日同协[15]。第二件，圣上果殉社稷，尚有太子监国，为何明弃储君[16]，翻寻枝叶旁牒[17]。第三件，这中兴之主，原不必拘定伦次的分别，中兴定霸如光武[18]，要访取出群英杰。第四件，怕强藩乘机保立。第五件，又恐小人呵，将拥戴功挟。

（外）是，是，世兄高见，虑的深远。前日见副使雷缜祚、礼部周镳[19]，都有此论，但不及这番透彻耳。就烦世兄把这三大罪、五不可立之论，写书回他便了。（生）遵命。（点烛写书介）（副净扮阮大铖，杂扮家僮提灯上）须将奇货归吾手[20]，莫把新功让别人。下官阮大铖，潜往江浦，寻着福王，连夜回来，与马士英倡议迎立。只怕兵部史可法临时掣肘。今日修书相商，还恐不妥，故此昏夜叩门，与他细讲。（见小生介）你早来下书，如何还不回去？（小生）等候回书，不见发出。（喜介）阮老爷来的正好，替小人催一催。（杂）门上大叔那里？（丑）是那个？（副净见，作足恭介）烦位下通报一声[21]，说裤子裆里阮，求见老爷。（丑诨介）裤子裆里软，这可未必。常言"十个胡子九个骚"，待我摸一摸，果然软不软。（副净）休得取笑，快些方便罢。（丑）天色已晚，老爷安歇了，怎敢乱传？（副净）有要话商议，定求一见的。（丑）待我传上去。（进禀介）禀老爷：有裤子裆里阮，到门求见。（外）是那个姓阮的？（生）在裤子裆里住，自然是阮胡子了。（外）如此昏夜，他来何干？（生）不消说，又是讲迎立之事了。（外）去年在清议堂诬害世兄的便是他。这人原是魏党，真正小人，不必理他，叫长班回他罢了。（丑出，怒介）我说夜晚了，不便相会，果然惹个没趣。请回罢！（副净拍丑肩介）位下是极在行的，怎不晓得。夜晚来会，才说的是极有趣的话哩；那青天白日，都是些扫帐儿[22]。（丑）你老说的有理，事成之后，随封都要双分的[23]。（副净）不消说，还要加厚些。（丑）既是这等，待我再传。（进禀介）禀老爷：姓阮的定求一见，要说极有趣的话。（外）哇，放屁！国破家亡之时，还有甚么趣话说！快快赶出，闭上宅门。（丑）凤抚回书尚未打发哩。（生）书已写就，求老先生过目。（外读介）

【前腔】二祖列宗[24]，经营垂创，吾皇辛苦力竭。一旦倾移，谁能重续灭绝。详列：福藩罪案三桩大，五不可，势局当歇。再寻求贤宗雅望，去留先决。

（外）写的明白，料他也不敢妄动了。（吩咐介）就交与凤抚家人，早闭宅门，不许再来啰唣。（起介）正是江上孤臣生白发，（生）灯前旅客罢冰弦[25]。（外、生下）（丑出呼介）马老爷差人呢？（小生）有。（丑）领了回书，快快出去，我要闭门哩。（小生接书介）还有阮老爷要见，怎么就闭门？（副净向丑介）正是，我方才央过求见老爷的，难道忘了？（丑佯问介）你是谁呀？（副净）我便是裤子裆里阮哪。（丑）啐！半夜三更，只管软里硬里，奈何的人不得睡。（推介）好好的去罢。（竟闭门入介）（小生）得了回书，我先去了。（下）（副净恼介）好可恶也，竟自闭门不纳了。（呆介）罢了！俺老阮十年之前，这样气儿也不知受过多少，且自耐他。（搓手介）只是当前机会，不可错过。这史可法现掌着本兵之印，如此执拗起来，目下迎立之事，便行不去了，这怎么处？（想介）呸！我到呆气了，如今皇帝玉玺且无下落，你那一颗部印有何用处。（指介）老史，老史，一盘好肉包掇上门来，你不会吃，反去让了别人，日后不要见怪。正是：

穷途才解阮生嗟[26]，无主江山信手拿；
奇货居来随处赠，不知福分在谁家。

注释

[1]漕署：管理水路运输的官府。

[2]内召：召回朝中任职。

[3]白面谈兵掉舌：书生对军事轻发议论。

[4]弈局：棋局，比喻政治形势。

[5]传舍：古时供来往行人休止的处所。

[6]扬历：做官时间长，经历多。

[7]间(jiàn)道：走偏僻的捷径。

[8]候札：等待要带的回信。

[9]庙谟：即庙谋，指朝廷为国家的计谋。

[10]昭穆伦次：古代宗庙制度依序排列，父为昭，子为穆，这里指辈分排列。

[11]分藩敝乡：福王分封侯方域家乡河南。

[12]“福邸藩王”七句：福邸藩王是明神宗朱翊钧的儿子，其母亲郑贵妃深得明神宗宠幸。郑贵妃为使生子朱常洵继承帝位，大搞阴谋诡计，东林党人对此进行过坚决有效的斗争。神器，皇位。

[13]“盈装满载分封去”二句：明神宗宠爱朱常洵，将其分封去河南，并赐田数万顷。其税收数额巨大，超过国库。

[14]现今世子德昌王：德昌王朱由崧是福王朱常洵的儿子。李自成攻陷洛阳，朱常洵被杀，朱由崧逃跑，后来继承了福王的封爵。

[15]天无二日同协：一国不得有二君。

[16]储君：太子。

[17]枝叶旁牒：比喻福王朱由崧不是嫡系子孙。

[18]光武：东汉光武帝刘秀。

[19]雷缜祚、周镳：都是东林党核心人物，后被马、阮势力杀害。

[20]奇货：战国秦商吕不韦以在赵国作人质的秦公子为奇货。这里是指福王也是奇货。

[21]位下：对门下人的敬称。

[22]扫帐儿：扫兴的事。

[23]随封：赏钱。

[24]二祖列宗：明太祖、明成祖为二祖，后来的皇帝为列宗。

[25]冰弦：音调凄凉的音乐。

[26]穷途才解阮生嗟：三国魏末阮籍不满司马氏专政，驾车而出，无路可走时，痛哭而返。

新评

崇祯自杀，明廷无主，半壁江山，亦岌岌可危，此乃大势；旧明留都南京，虽是“议立纷纷”，却“尚无定局”，此乃南方小形势。像史可法这样一心忠于明室的，既无私心，故能从大局考虑。当他与侯方域谈到迎立福王时，尚能从江山社稷出发。然而，并不是所有的人都作如此想，比如阮大铖之类，“邀功情切”，一心“谋迎议立”，“属意福王”，乃是不顾天下安危之徒。于是，围绕立谁为明廷继位者，忠奸斗争又起烽烟。

第十五出　迎　驾

甲申四月

【番卜算】(净扮马士英冠带上) 一旦神京失守,看中原逐鹿交走[1]。捷足争先,拜相与封侯,凭着这拥立功大权归手。

下官马士英,别字瑶草,贵州贵阳卫人也,起家万历己未进士[2],现任凤阳督抚。幸遇国家多故,正我辈得意之秋。前日发书约会史可法,同迎福王。他回书中有"三大罪、五不可立"之言。阮大铖走去面商,他又闭门不纳,看来是不肯行的了。但他现握着兵权,一倡此论,那九卿班里[3],如高弘图、姜曰广、吕大器、张国维等,谁敢竟行。这迎立之事,便有几分不妥了。没奈何,又托阮大铖约会四镇武臣,及勋戚内侍,未知如何,好生焦躁。(副净扮阮大铖急上) 胸有已成之竹,山无难劈之柴。此是马公书房,不免竟入。(净见问介) 圆老回来了,大事如何? (副净) 四镇武臣见了书函,欣然许诺,约定四月念八,全备仪仗,齐赴江浦矣。(净) 妙,妙! 那高黄二刘,如何说来? (坐介)

【催拍】(副净) 他说受君恩爵封列侯,镇江淮千里借筹[4];神京未收,神京未收,似我辈滥功糜饷,建牙堪羞。江浦迎銮,愿领貔貅[5],扶新主持节复仇[6]。临大事,敢夷犹[7]。

(净) 此外还有何人肯去? (副净) 还有魏国公徐鸿基,司礼监韩赞周,吏科给事李沾,监察御史朱国昌。(净) 勋、卫、科、道,都有个把,也就好了。他们都怎么说来?

【前腔】(副净) 他说马中丞当先出头,众公卿谁肯逗留。职名早投[8],职名早投,大家去上书陈表,拥入皇州。新主中兴,拜舞龙楼,将今日劳苦功酬,迁旧秩[9],壮新猷[10]。

(净) 果然如此,妙的狠了。只是一件,我是一个外吏,那几个武臣勋卫,也算不得部院卿僚,目下写表如何列名? (副净) 这有甚么考证,取本缙绅便览来[11],从头抄写便了。(净) 虽如此说,万一驾到,没有百官迎接,我们三五个官,如何引进朝去? (副净) 我看满朝诸公,那个是有定见的。乘舆一到,只怕递职名的还挨挤不上哩。(净) 是,是! 表已写就,只空衔名,取本缙绅来,快快开列。(外扮书办取缙绅上) 西河沿洪家高头便览在此[12]。(下) (副净) 待我抄起来。(偏头远视介) 表上字体,俱要细楷的,目昏难写,这怎么处? (想介) 有了。(腰内取出眼镜戴,抄介) "吏部尚书臣高弘图"。(作手颤介) 这手又颤起来了,目下等着起身。一时写不出,急杀人也。(净) 还叫书办写去罢。(副净) 这姓名里面都有去取,他如何写得? (净) 你指示明白,自然不错了。(叫介) 书办快来! (外上) (副净照缙绅指点向外介) (外下)

(净) 自古道："中原逐鹿，捷足先得"，我们不可落他人之后。快整衣冠，收拾箱包，今日务要出城。(丑扮长班收拾介)(副净问介) 请问老公祖，小弟怎生打扮？(净) 迎驾大典，比不得寻常私谒，俱要冠带才是。(副净) 小弟原是废员[13]，如何冠带？(净) 正是。(想介) 没奈何，你且权充个赍表官罢，只是屈尊些儿。(副净) 说那里话，大丈夫要立功业，何所不可，到这时候还讲刚方么？(净笑介) 妙，妙，才是个软圆老。(副净换差吏服色介)

【前腔】拼馀生寒灰已休，喜今朝涸海更流；金鳌上钩，金鳌上钩，好似太公一钓，享国千秋[14]。牛马风尘[15]，暂屈何忧，刀笔吏丞相根由[16]；人笑骂，我不羞。

(外上) 表已列名，老爷过目。(副净看介) 果然一些不差，就包裹好了，装入箱中。(外包裹装箱内介)(副净) 下官只得背起来了。(外、丑与副净绑箱背上介)(净看，笑介) 圆老这件功劳却也不小哩。(副净正色介) 不要取笑，日后画在凌烟阁上[17]，倒有些神气的。(丑牵马介) 天色将晚，请老爷上马。(净吩咐介) 这迎驾大事，带不的多人，只你两个跟去罢。(副净) 便益你们，后日都要议叙的。(俱上马，急走绕场介)

【前腔】(合) 趁斜阳南山雨收，控青骢烟驿水邮，金鞭急抽，金鞭急抽，早见浦江云气[18]，楚尾吴头[19]。应运英雄，虎赴龙投，恨不的双翅飕飕，银烛下，拜冕旒[20]。

(净) 叫左右早去寻下店房。(副净) 阿呀！我们做的何事，今日还想安歇，快跑快跑！(加鞭跑介)

(净)江云山气晚悠悠，(副净)马走平川似水流。
(净)莫学防风随后到[21]，(副净)涂山明日会诸侯[22]。

注释

[1]中原逐鹿：鹿比喻政权，中原指中国，意即在中国争夺政权。

[2]万历己未：万历是明神宗年号，己未年为公元1619年。

[3]九卿：中央政府的九个高级官职，明代以六部(吏、户、礼、兵、刑、工)尚书、都察院都御史、通政使、大理寺卿九个官职为九卿。

[4]借筹：替人谋划。

[5]貔貅(píxiū)：猛兽的一种，这里借喻军队。

[6]持节：奉命出使，持节为证。这里指奉命。

[7]夷犹：迟疑不决。

[8]职名：官员姓名。

[9]秩：官员级别。

[10]新猷(yóu)：新的谋划，在此指治国方略。

[11]缙绅便览：职官花名册。后两个缙绅是“缙绅便览”的简称。

[12]西河沿洪家：一书店名称。　高头便览：每页的上方有详细说明的缙绅便览。

[13]废员：被罢黜的官员。

[14]太公一钓，享国千秋：姜太公吕尚助周灭商受封齐国，传国近千年。

[15]牛马风尘：比喻人不得志。

[16]刀笔吏丞相根由：西汉初年，萧何任丞相。他原来只是秦国的一个文书官员。

[17]凌烟阁：表彰功臣的阁名。唐太宗为纪念开国功臣，为他们画像于此。

[18]浦江：福王避难被四镇接到浦口。

[19]楚尾吴头：泛指长江中下游一带。

[20]冕旒(liú)：皇冠，这里借指福王。

[21]防风：古部落酋长名。《国语·鲁语》：“昔禹致群神于会稽之山，防风氏后至，禹杀而戮之，其骨节专车。”

[22]涂山：古籍记载，涂山是禹会盟诸侯的地方。地方说法不一，一说在今浙江会稽，一说在今安徽蚌埠。

新评

“迎驾”一出，标志着马士英、阮大铖之流的胜利。追求其原因，一为时势所迫，国不可一日无主；二为史可法、侯方域等人从理论上有立帝之论，而无可行之法；三为阮大铖所言：“我看满朝诸公，那个是有定见的。”如此一来，便给发了狠要复出朝中的阮大铖以可乘之机了。

第十六出　设　朝

甲申五月

【念奴娇】(小生扮弘光衮冕[1],小旦、老旦扮二监引上) 高皇旧宇[2],看宫门殿阁,重重初敞。满目飞腾新紫气,倚着钟山千丈[3]。祖德重光,民心合仰,迎俺青天上。云消帘卷,东南烟景雄壮。

一朵黄云捧御床,醒来魂梦自彷徨;中兴不用亲征战,才洗尘颜着衮裳。寡人乃神宗皇帝之孙,福邸亲王之子,自幼封为德昌郡王。去年贼陷河南,父王殉国,寡人逃避江浦,九死馀生;不料北京失守,先帝升遐[4],南京臣民推俺为监国之主。今乃甲申年五月初一日,早谒孝陵回宫[5],暂御偏殿,看百官有何章奏。(外扮史可法,净扮马士英,末扮黄得功,丑扮刘泽清,文武袍笏上) 再见冠裳盛,重瞻殿阁高;金瓯仍未缺[6],玉烛又新调。我等文武百官,昨日迎銮江浦,今早陪位孝陵;虽投职名,未称朝贺[7],礼当恭上表文,请登大宝[8]。(众前跪上表介) 南京吏部尚书臣高弘图等,恭请陛下早正大位,改元听政[9],以慰臣民之望。恭惟陛下呵,

【本序】潜龙福邸,望扬扬,貌似神宗,嫡派天潢[10]。久著仁贤声誉重,中外推戴陶唐[11]。瞻仰,牒出金枝,系连花萼[12],宜承大统诸宗长。臣伏愿登庸御宇[13],早继高皇。

(四拜介)(小生) 寡人外藩衰宗,才德凉薄,俯顺臣民之请,来守高帝之宫。君父含冤,大仇未报,有何面颜,忝然正位[14]。今暂以藩王监国,仍称崇祯十七年,一切政务,照常办理。诸卿勿得谆请,以重寡人之罪。

【前腔】休强,中原板荡[15],叹王孙乞食江头,栖止榛莽。回首尘沙何处去,洛下名园花放。盼望,兵燹难消[16],松楸多恙[17],鼎湖弓剑无人葬[18];吾怎忍垂旒正冕[19],受贺当阳[20]。

(众跪呼介)万岁,万万岁!真仁君圣主之言,臣等敢不遵旨。但大仇不当迟报,中原不可久失,将相不宜缓设,谨具题本,伏候裁决。(上本介)

【前腔】开朗,中兴气象,见罘罳瑞霭祥云[21],王业重创。不共天仇,从此后尝胆眠薪休忘。参想,收复中原,调爕黄阁[22],急须封拜卜忠亮[23];还缺少百官庶士,乞选才良。

(小生)览卿题本,汲汲以报仇复国为请,俱见忠悃[24]。至于设立将相,寡人已有成议,众卿听着:

【前腔】职掌,先设将相,论麒麟画阁功劳[25],迎立为上。捧表江头,星

夜去拥着乘舆仪仗。寻访，加体黄袍[26]，嵩呼拜舞，百忙难把玺符让。今日里论功叙赏，文武谁当。

众卿且退，午门候旨。(小生、内官随下)(外、净、末、丑退班立介)(外) 若论迎立之功，今日大拜，自然让马老先生了。(净) 下官风尘外吏，焉能越次而升。若论国家用武之际，史老先生现居本兵，理当大拜。(向末、丑介) 四镇实有护驾之劳，加封公侯，只在目下。(末、丑) 皆赖恩帅提拔。(老旦扮内监捧旨上) 圣旨下：凤阳督抚马士英，倡议迎立，功居第一，即升补内阁大学士，兼兵部尚书，入阁办事。吏部尚书高弘图、礼部尚书姜曰广、兵部尚书史可法，亦皆升补大学士，各兼本衔。高弘图、姜曰广入阁办事，史可法着督师江北。其馀部院大小官员，现任者，各加三级；缺员者，将迎驾人员，论功选补。又四镇武臣，靖南伯黄得功，兴平伯高杰，东平伯刘泽清，广昌伯刘良佐，俱进封侯爵，各归汛地。谢恩！(众谢恩介)万岁，万万岁！(起介)(外向末、丑介) 老夫职居本兵，每以不能克复中原为耻，圣上命俺督师江北，正好戮力报效。今与列侯约定，于五月初十日，齐集扬州，共商复仇之事。各须努力，勿得迟延。(末，丑)是。(外)老夫走马到任去也。正是：重兴东汉逢明主，收复中原任老臣。(别众下)(末、丑欲下介)(净唤介)将军转来。(拉手话介)圣上录咱迎立之功，拜相封侯。我等皆系勋旧大臣，比不得别个。此后内外消息，须要两相照应，千秋富贵，可以常保矣。(末、丑)蒙恩携带，得有今日，敢不遵谕。(末、丑急下)(净笑介)不料今日做了堂堂首相，好快活也！(副净扮阮大铖探头瞧介)(净欲下介) 且住，立国之初，诸事未定，不要叫高、姜二相夺了俺的大权。且慢回家，竟自入阁办事便了。(欲入介)(副净悄上作揖介)恭喜老公祖，果然大拜了。(净惊问介)你从那里来？(副净)晚生在朝房藏着，打听新闻来。(净)此系禁地，今日立法之始，你青衣小帽，在此不便，请出去罢。(副净) 晚生有要紧话说。(附耳介) 老师相叙迎立之功，获此大位；晚生赍表前往，亦有微劳，如何不见提起？(净)方才宣旨，各部院缺员，许将迎驾之人叙功选补矣。(副净喜介)好，好！还求老师相荐拔。(净)你的事何待谆嘱。(欲入介)(副净)事不宜迟，晚生权当班役，跟进内阁，看看机会何如。(净)学生初入内阁，未谙机务；你来帮一帮，也不妨事，只要小心着。(副净)晓得。(替净拿笏板随行介)

【赛观音】(净)旧黄扉[27]，新丞相，喜一旦趾高气扬，廿四考中书模样[28]。(副净)莫忘辛勤老陪堂[29]。

(净)殿阁东偏晓雾黄，(副净)新参知政气昂昂[30]；
(净)过江同是从龙彦[31]，(副净)也步金阶抱笏囊。

注释

[1]弘光：福王朱由崧在南京即位，改元弘光。　　衮(gǔn)冕：皇帝的衮衣和冠冕。

[2]高皇旧宇：南京明朝宫殿系明太祖朱元璋所建，故称高皇旧宇。

[3]钟山：在南京城东，又叫紫金山。

[4]升遐：升到高远的地方，喻帝王之死。

[5]孝陵：明太祖的陵墓。

[6]金瓯(ōu)：黄金之瓯，用以喻疆土。

[7]未称：没有举行、进行。

[8]大宝：皇帝的宝座。

[9]改元：新君登基，使用新的年号。

[10]天潢：皇族。

[11]陶唐：唐尧。

[12]“牒出金枝”二句：指朱由崧出自明皇室。

[13]登庸：皇帝登位。庸，用。

[14]忝(tiǎn)然：惭愧。

[15]板荡：形容乱世。

[16]兵燹(xiǎn)：兵灾、战乱。

[17]松楸：这两种树常植于坟地，这里借代陵墓。

[18]鼎湖弓剑无人葬：鼎湖，古代传说，黄帝铸鼎于荆山下，鼎成，有龙垂胡髯迎黄帝上天。后世因名其处曰鼎湖。后人因以鼎湖为皇帝死亡之典。全句是说，崇祯皇帝自杀后，没有人去埋葬他。

[19]垂旒：垂在皇冠前后的玉饰。

[20]当阳：皇帝坐北向南，登上皇帝宝座。

[21]罘罳(fúsī)：宫门外屏障，罘罳延伸为复思之意，即大臣入宫议事，在宫门要重复思考。

[22]调燮(xiè)：指宰相之职。　黄阁：汉代宰相办公处涂为黄色，故称宰相办公地为黄阁。

[23]卜：选择。

[24]忠悃：忠诚。悃，诚恳，诚实。

[25]麒麟画阁：汉宣帝为功臣画像挂在麒麟阁上。

[26]加体黄袍：指皇帝身穿皇袍，登上皇位。

[27]黄扉：黄阁，宰相办事的地方。

[28]廿四考中书：指唐代郭子仪，郭子仪是中兴唐朝功臣。马士英以之自比。

[29]老陪堂：陪伴宰相的官员。阮大铖以此自称。

[30]新参知政：马士英由凤阳督府入阁为相。

[31]过江同是从龙彦：东晋元帝在江南建国，中原人才纷纷过江辅佐，马士英借此历史典故类比他与阮大铖都是拥戴新皇帝弘光的人才。

新评

本出是设朝封赏的喜剧，气氛轻松得很，但仔细品味，却是各有滋味。朱由崧系“外藩衰宗”，因有马士英等一力扶持，竟登大位，虽嘴上照古例说了几句客套的话，却将迎立作为封赏标准，已然做起南明的小皇帝来。马士英有大功于朱由崧，故得拜首辅，大权在握，背地里高兴得合不拢嘴，不由说：“不料今日做了堂堂首相，好快活也！”一副小人丑态毕露。史可法于政治原本糊涂，此时自以为有了新主，便可图恢复大事，却不料已埋下身死疆场的伏线。至于阮大铖，原有劣迹，再摇尾乞怜，也没他封赏的份，故而只在末尾予以交代。

第十七出　拒　媒

甲申五月

【燕归梁】（末扮杨文骢冠带上）南朝领略风流尽，新立个妙龄君；清江隔断浊烟尘[1]，兰署里买香熏[2]。

下官杨文骢，因叙迎驾之功，补了礼部主事。盟兄阮大铖，仍以光禄起用。又有同乡越其杰、田仰等，亦皆补官，同日命下，可称一时之盛。目下漕抚缺人，该推升田仰。适才送到聘金三百，托俺寻一美妓，要带往任所。我想青楼色艺之精，无过香君，不免替他去问。（唤介）长班走来。（杂扮长班上）胸中一部缙绅，脚下千条胡同。（见介）老爷有何使唤？（末）你快请清客丁继之，女客卞玉京，到我书房说话。（杂）禀老爷：小人是长班，只认的各位官府，那些串客[3]、表子，没处寻觅。（末）听我吩咐：

【渔灯儿】闹端阳，正纷纭，水阁含春，便有那乌衣子弟伴红裙[4]，难道是织女牵牛天汉津[5]。（杂）就在那秦淮河房么？小人晓得了。（末指介）你望着枣花帘影杏纱纹，那壁厢款问殷勤[6]。

（副净扮丁继之，外扮沈公宪，净扮张燕筑上）院里常留老白相，朝中新聘大陪堂。（副净）来此是杨老爷私宅，待我叫门。（叫介）位下那里？（杂出见介）众位何来？（副净）老汉是丁继之，同这沈、张两敝友，求见杨老爷；烦位下通报一声。（杂喜介）正要去请，来的凑巧，待我通报。（欲入介）（老旦扮卞玉京，小旦扮寇白门，丑扮郑妥娘上）紫燕来何早，黄莺到已迟。（小旦叫介）三位略等一等，同进去罢。（副净）原来是你姊妹们。（净）你们来此何干？（丑）大家是一样病根，你们怕做师父，我们怕做徒弟的。（俱入介）（末喜介）如何来的恰好。（众）无事不敢轻造[7]，今日特来恳恩，尚容拜见。（俱叩介）（末拉起介）请坐，有何见教？（副净问介）新补光禄阮老爷是杨老爷至交么？（末）正是。（副净）闻得新主登极，阮老爷献了四种传奇，圣心大悦，把《燕子笺》钞发总纲[8]，要选我们入内教演，有这话么？（末）果然有此盛举。（净）不瞒老爷说，我们两片唇，养着八张嘴。这一入内庭[9]，岂不"灭门绝户了一家儿"？（丑）我们也是八张嘴，靠着两片皮哩。（末笑介）不必着忙，当差承应[10]，自有一班教坊男女；你们都算名士数里的，谁好拿你。（众）只求老爷护庇则个。（末）明日开列姓名，送与阮圆海，叫他一概免拿便了。（众）多谢老爷。

【前腔】看一片秣陵春，烟水消魂，借着些笙歌裙屐醉斜曛[11]。若把俺尽数选入呵，从此后江潮暮雨掩柴门，再休想白舫青帘载酒樽。老爷果肯见怜，这功德不小，保秦淮水软山温。

（末）下官也有一事借重。（副净）老爷有何见教？（末）舍亲田仰，不日就升漕抚，适才送到聘金三百，托俺寻一小宠。（丑）让我去罢。（净）你去不得，你去了，这院中便散了板儿了。（丑）怎的便散了板儿？（净）没人和我打钉了。（丑）啐！（副净）老爷意中可有一个人儿么？（末）人是有一个在这里，只要你去作伐。（老旦）是那个？（末）便是李家的香君。（副净摇头介）这使不得。（末）如何使不得？（副净）他是侯公子梳栊过的。

【锦渔灯】现有个秦楼上吹箫旧人[12]，何处去觅封侯柳老三春[13]。留着他燕子楼中昼闭门[14]，怎教学改嫁的卓文君。

（末）侯公子一时高兴，如今避祸远去，那里还想着香君哩。但去无妨。（老旦）香君自侯郎去后，立志守节，不肯下楼，岂有嫁人之理，去也无益。

【锦上花】似一只雁失群，单宿水，独叫云，每夜里月明楼上度黄昏。洗粉黛，抛扇裙，罢笛管，歇喉唇，竟是长斋绣佛女尼身，怕落了风尘。

（末）虽如此说，但有强如侯郎的，他自然肯嫁。（副净）香君之母，原是老爷厚人，倒是老爷面讲更好。（末）你是知道的，侯郎梳栊香君，原是下官作伐。今日睹面，如何讲说，还烦二位走走，自有重谢。（净、外）这等我们也去走走。（小旦、丑）呸！皮肉行里经纪，只许你们做么？俺也同去。（末）不必争闹，待他二位说不来时，你们再去。（众）是，是！辞过老爷罢。（末）也不远送了。狎客满堂消我闷，嫁衣终日与人忙[15]。（下）（副净、老旦）杨老爷免了咱们差事，莫大的恩典哩。（外、净）正是。（副净）你四位先回，俺要到香君那边，替杨老爷说事去了。（丑）赚了钱不可偏背，大家八刀才好[16]。（众诨下）（副净、老旦同行介）（副净）记得侯公子梳栊香君，也是我们帮衬来。

【锦中拍】想当初华筵盛陈，配才子佳人，排列着花林粉阵[17]，逐趁着筝声笛韵。如今又去帮衬别家，好不赧颜，似邮亭马厮[18]，迎官送宾。（老旦）我们不去何如？（副净）俺若不去呵，又怕他新铮铮春官匣印，硬选入秋宫院门[19]。（老旦）这等如之奈何？（副净）俺自有个两全之法，到那边款语商量[20]，柔情索问，做一个闲蜂蝶花里混[21]。

（老旦）妙，妙！（副净）来此已是，不免竟进。（唤介）贞娘出来。（旦上）空楼寂寂含愁坐，长日恹恹带病眠。（问介）楼下那个？（老旦）丁相公来了。（旦望介）原来是卞姨娘同丁大爷光降，请上楼来。（副净、老旦见介）令堂怎的不见？（旦）往盒子会里去了。（让介）请坐，献茶。（同坐介）（老旦）香君闲坐楼窗，和那个玩耍？（旦）姨娘不知：

【锦后拍】俺独自守空楼，望残春，白头吟罢泪沾巾[22]。

（老旦）何不招一新婿？（旦）奴家已嫁侯郎，岂肯改志。（副净）我们晓你苦心。

今日礼部杨老爷说，有一位大老田仰，肯输三百金，娶你作妾，托俺来问一声。(旦)这题目错认，这题目错认，可知定情诗红丝拴紧[23]，抵过他万两雪花银。(老旦)这事凭你裁酌，你既不肯，另问别家。(旦)卖笑哂[24]，有勾栏艳品[25]。奴是薄福人，不愿入朱门。

(老旦)既如此说，回他便了。(副净)令堂回家，不要见钱眼开。(旦)妈妈疼奴，亦不肯相强的。(副净)如此甚好，可敬，可敬！(起介)别过了。(外、净、小旦、丑急上)两处红丝千里系，一条黑路六人忙。(净)快去，快去！他二人说成，便偏背我们了。(丑)我就不依他，饶他吃到口里，还倒出脏来。(进介)(净)香君恭喜了。(旦)喜从何来？(小旦)双双媒人来你家，还不喜哩。(旦)敢也说田仰的事么？(净)便是。(旦)方才奴已拒绝了。(外)杨老爷的好意，如何拒得？

【北骂玉郎带上小楼】他为你生小绿珠花月身，寻一个金谷绮罗里石季伦[26]。(旦)奴家不图富贵，这话休和我讲。(副净、老旦)我二人在此劝了半日，他决不肯嫁人的。(小旦)他不嫁人，明日拿去学戏，要见个男子的面，也不能够哩。歌残舞罢锁长门[27]，卧氍毹夜夜伤神[28]。(旦)奴便终身守寡，有何难哉，只不嫁人。(丑)难道三百两花银，买不去你这黄毛丫头么？(旦)你要银子，你便嫁他，不要管人家闲事。(丑怒介)好丫头，抢白起姨娘来了，我就死在你家。(撒泼介)小私窠贱根[29]，小私窠贱根，掉巧舌讪谤尊亲。(净发威介)好大胆奴才！杨老爷新做了礼部，连你们官儿都管的着[30]，明日拿去拶掉你指头[31]。管烟花要津，管烟花要津；触恼他风狂雨迅，准备着桃伤柳损。(旦)尽你吓唬，奴的主意已定了。(老旦)看他小小年纪，倒有志气。(副净)吓她不动，走罢，走罢。(丑)我这里撒泼，没个人来拉拉，气死我也。他不嫁人，我扭也扭他下楼。硬推来门外双轮，硬推来门外双轮；兜折宝钏，扯断湘裙。(副净)自古有钱难买不卖货，撒了赖当不的，大家散罢。(外、小旦)我两个原要不来，吃亏老燕、老妥强拉到此，惹了这场没趣。走，走，走！快出门，掩羞面，气忍声吞。(净、丑)我们也走罢，干发虚，没钞分，遗臊撒粪。

(外、净、小旦、丑俱诨下)(副净、老旦)香君放心，我们回绝杨老爷，再不来缠你便了。(旦拜介)这等多谢二位。(作别介)

(副净)蜂媒蝶使闹纷纷，(旦)阑入红窗搅梦魂，
(老旦)一点芳心采不去，(旦)朝朝楼上望夫君。

注释

[1]清江：清澈的长江。

[2]兰署：官署。这里是指杨文骢就任主事职衔的礼部。

[3]串客：串戏的清客。

[4]乌衣子弟：住在乌衣巷的富家子弟。

[5]难道是织女牵牛天汉津：那些清客妓女又不是天河中的牛郎织女，难道还不好找么？

[6]那壁厢：那边儿。　款：真诚、恳挚。

[7]轻造：轻易前往拜访。

[8]总纲：曲本提纲。

[9]内庭：皇宫。

[10]当差承应：官员有什么喜庆事，妓女听从调遣去助兴。

[11]笙歌裙屐：擅长音乐歌舞的妓女和清客。

[12]秦楼上吹箫旧人：传说春秋时代有个善吹箫的人叫萧史，秦穆公把女儿弄玉嫁给了他。这里借指侯方域。

[13]何处去觅封侯柳老三春：唐王昌龄《闺怨》诗："忽见陌头杨柳色，悔教夫婿觅封侯。"这里借诗意表达侯方域已外出多日。

[14]燕子楼：江苏徐州楼名。唐张愔为爱妾关盼盼修建，张死后，盼盼不嫁，守楼十馀年。

[15]嫁衣终日与人忙：改造唐诗人秦韬玉诗句"为他人作嫁衣裳"而来，即为他人辛苦。

[16]八刀："分"的分写。

[17]花林粉阵：成群结队的歌妓。

[18]马厮：厮是对下层劳动者的蔑视称呼，马厮指管马的人。

[19]"又怕他"二句：春官即礼部，杨文骢新任礼部主事，明朝礼部管辖教坊司，因此怕杨文骢把歌妓们送到宫廷去。

[20]款语：绵绵软话。

[21]闲蜂蝶：比喻拉拢男女关系的中间人。

[22]白头吟：汉代司马相如娶卓文君后另觅新欢，卓文君写诗《白头吟》，怨恨司马相如。

[23]定情诗红丝拴紧：指侯方域的爱情诗像红丝样紧紧拴住侯、李的姻缘。

[24]卖笑哂(shěn)：妓女卖笑，出卖色相。

[25]勾栏：妓院。

[26]"他为你"二句：晋代富豪石崇在洛阳为爱妾绿珠修筑奢华园林金谷园，在此指杨文骢为李香君找到富贵人家。

[27]长门：汉武帝时陈皇后失宠后居长门宫。

[28]氍毹(qúshū)：毛织的地毯，旧时演戏多用来铺在地上，因此过去用氍毹代表舞台。

[29]私窠：私人妓馆。

[30]连你们官儿都管的着：指礼部管教坊司，教坊司管旧院。

[31]拶(zǎn)：用拶子夹手指的刑罚。

新评

南明小朝廷刚刚建立，便添了许多新贵。此时，清兵南下的马蹄声暂且听不到，这些新贵们忙的不是备战北上，而是寻欢作乐，这一出田仰托杨文骢寻美妓作妾，即是一例。杨文骢当年为侯方域找到李香君，今番又来，认为解铃还得系铃人。其实，那是他看错了眼，所以，他派一班帮闲的人来，讨了一场没趣，演了一场闹剧，草草收场。孔尚任要在这里表现的是李香君的坚贞，一句"奴是薄福人，不愿入朱门"，说得何其决绝，然而，李香君的苦难命运却开始了。

第十八出　争　位

甲申五月

（生上）无定输赢似弈棋，书空殷浩欲何为[1]？长江不限天南北，击楫中流看誓师。小生侯方域，前日替史公修书，一时激烈，有"三大罪、五不可立"之议。不料福王今已登极，马士英竟入阁办事，把那些迎驾之臣，皆录功补用。史公虽亦入阁，又令督师江北，这分明有外之之意了。史公却全不介意，反以操兵剿贼为喜，如此忠肝义胆，人所难能也。现在开府扬州[2]，命俺参其军事；约定今日齐集四镇，共商防河之计，不免上前一问。（作至书房介）管家那里？（小生扮书童上）侯爷来了，待我通报。（小生请外介）

【北点绛唇】（外上）持节江皋[3]，龙骧虎啸[4]，忧国事，不顾残躯，双鬓苍白了。

（见生介）世兄可知今日四镇齐集，共商大事；不日整师誓旅，雪君父之仇了。（生）如此甚妙。只有一件，高杰镇守扬、通，兵骄将傲，那黄、刘三镇，每发不平之恨。今日相见，大费调停，万一兄弟不和，岂不为敌人之利乎？（外）所说极是。今日相见，俺自有一番劝慰之言。（小生报介）辕门传鼓，说四镇到齐，伺候参谒。（生下）（外升帐吹打开门，杂排左右仪卫介）（副净扮高杰，末扮黄得功，丑扮刘泽清，净扮刘良佐，俱介胄上[5]）只恨燕京无乐毅[6]，谁知江左有夷吾[7]。（入见，禀介）四镇小将，叩谒阁部大元帅。（拜介）（外拱手立介）列侯请起。（副净等俱排立介）听候元帅将令。（外）本帅以阁部督师，君命隆重，大小将士俱在指挥之下。（众）是。（外）四镇乃堂堂列侯，不比寻常武弁。（举手介）屈尊侍坐，共议军情。（众）岂敢。（外）本帅命坐，便如军令一般，不可推辞。（众）是。（揖介）告坐了。（副净首坐，末、丑、净依次坐介）（末怒视副净介）

【混江龙】（外）淮南险要，江河保障势滔滔，一带奇云结阵，满目细柳垂条。铁马嘶风先突塞，犀军放弩早惊潮[8]。说甚么徐、常、沐、邓[9]，比得上绛、灌、萧、曹[10]。同心共把乾坤造，看古来功臣阁丹青图画，似今日列侯会剑佩弓刀。

（末怒介）元帅在上，小将本不该争论。（指介）这高杰乃投诚草寇[11]，有何战功，今日公然坐俺三镇之上？（副净）我投诚最早，年齿又尊，岂肯居尔等之下。（丑）此处是你汛地，我们都是客兵，连一个宾主之礼不晓得，还要统兵。（净）他在扬州享受繁华，尊大惯了；今日也该让咱们来享享。（副净）你们敢来，我就奉让。（末）那个是不敢来的。（起介）两位刘兄同我出来，即刻见个强弱。（怒下）（外向副净介）他讲的有理，你还该谦逊才是。(副净)小将宁死不在他们之下。(外)你这就大错了。

【油葫芦】四镇堂堂气象豪，倚仗着恢复北朝。看您挨肩雁序，恰似好同胞，为甚的争坐位失了同心好，斗齿牙变了协恭貌。一个眼睁睁同室操戈盾，一个怒冲冲平地起波涛。没见阵上逞威风，早已窝里相争闹，笑中兴封了一伙(指介)小儿曹。

不料四镇英雄，可笑如此；老夫一天高兴，却早灰冷一半也。没奈何，且出张告示，晓谕三镇，叫他各回汛地，听候调遣。(向副净介)你既驻扎本境，就在本帅标下做个先锋，各有执掌，他们也不敢来争闹了。(副净)多谢元帅。(外)待老夫写起告示来。(写介)(内呐喊介)(副净不辞，出介)(末、丑、净持刀上)高杰快快出来！(副净出见介)你青天白日，持刀呐喊，竟是反了。(末)我们为甚么反，只要杀你这个无礼贼子。(副净)你们敢在帅府门前如此放肆，难道不是无礼贼子么？(末、丑、净赶杀副净介)(副净入辕门叫介)阁部大老爷救命呀，黄、刘三贼杀入帅府来了。(末、丑、净门外喊骂介)(外惊立介)

【天下乐】俺只道塞马南来把战挑，杀声渐高，却是咱兵自鏖[12]。这时候协力同仇还愁少，怎当的阋墙鼓噪[13]，起了个离间根苗。这才是将难调，北贼易讨。

(吩咐介)快请侯相公出来。(杂向内介)侯爷有请。(生急上)晚生已听的明白了。(外)借重高才，传俺帅令，安抚乱军。(生)如何安抚？(外)老夫有告示一纸，快去晓谕他们便了。(生)遵命。(接告示出见介)列侯请了！小弟乃本府参谋，奉阁部大元帅之命，晓谕三镇知悉：恭逢新主中兴，闯贼未讨，正我辈枕戈待旦、立功报效之时；不宜怀挟小愤，致乱大谋。俟收复中原，太平赐宴，论功叙坐，自有朝仪。目下军容匆遽[14]，凡事权宜，皆当相谅，无失旧好。兴平侯高，原镇扬、通，今即留在本帅标下，委作先锋。靖南侯黄，仍回庐、和。东平侯刘，仍回淮、徐。广昌侯刘，仍回凤、泗。静听调遣，勿得抗违。军法懔然，本帅不能容情也。特谕。(末)我们只要杀无礼贼子，怎敢犯元帅军法。(生)目今辕门截杀，这就是军法难容的了。(丑)既是这等，不要惊着元帅，大家且散。(净)明日杀到高杰家里去罢。正是"国仇犹可恕，私恨最难消"。(下)(生入见介)三镇闻令，暂且散去，明日还要厮杀哩。(外)这却怎处？(指副净介)

【后庭花】高将军，你横将仇衅招，为甚的不谦恭，妄自骄；坐了个首席乡三老[15]，惹动他诸侯五路刀。凭仪秦一番舌战巧[16]，也不过息兵半晌饶[17]。费调停，干焦躁；难消释，空懊恼。这情形何待瞧，那事业全去了。

(副净)元帅不必着急，明日和他见个输赢，把三镇人马并俺一处，随着元帅恢复中原，却亦不难也。(外)你说的是那里话。现今流寇北来，将渡黄河，总兵许定国不能阻当，连夜告急；正要与四镇商议，发兵防河。今日一动争端，偾俺大事[18]，岂不可忧！（副净）他三镇也不为别的，只因扬州繁华，要来夺取，俺怎肯让他。（外）这话益发可笑了。

【煞尾】领着一支兵，和他三家傲，似垒卵泰山压倒。你占住繁华廿四桥，竹西明月夜吹箫[19]；他也想隋堤柳下安营巢[20]，不教你蕃釐观独夸琼花少[21]。谁不羡扬州鹤背飘，妒杀你腰缠十万好[22]，怕明日杀声咽断广陵涛。

罢，罢，罢！老夫已拚一死，更无他法；侯兄长才，只索凭你筹划了。（生）且看局势，再做商量。（外、生下）（吹打掩门，杂俱下）（副净吊场介）俺高杰也是一条好汉，难道坐以待毙不成？明早黄金坝上，点齐人马，排下阵势，等他来时，迎敌便了。正是：

龙争虎斗逞雄豪，杯酒筵边动剑刀；
刘项何须成败论，将军头断不降曹。

注释

[1]书空殷浩：东晋名臣殷浩，都督五州兵马出征战败，被废为庶人，他精神痛苦，每日在空中书写“咄咄怪事”一词。

[2]开府：设置官署。

[3]持节江皋：督军镇守江边。

[4]龙骧虎啸：龙腾虎啸。骧，马昂头奔跑。

[5]介胄：武将的甲胄，甲为衣，胄为头盔。

[6]乐毅：战国时燕国著名军事家，燕昭王时，率军攻打齐国，建赫赫功绩。

[7]夷吾：夷吾是春秋时齐国名相管仲的字。

[8]“铁马嘶风先突塞”二句：淮南一带是兵家必争之古战场，水军要在这里射退狂潮，固守长江。

[9]徐、常、沐、邓：徐达、常遇春、沐英、邓愈，均为明太祖的功臣。

[10]绛、灌、萧、曹：周勃、灌婴、萧何、曹参，均为汉高祖的功臣。

[11]高杰乃投诚草寇：高杰原属李自成部下。草寇是对义军的蔑称。

[12]自鏖(áo)：自相争斗。

[13]阋(xì)墙：内部冲突争斗。

[14]匆遽：匆促、紧迫。

[15]乡三老：秦汉时代，在乡里推选主持一乡教化事务的老年人。

[16]仪秦：战国时游说家张仪、苏秦。

[17]息兵半晌饶：停战半晌多，喻时间短暂。

[18]偾(fèn)：毁坏。

[19]“你占住繁华廿四桥”二句：唐诗人杜牧《寄扬州韩绰判官》诗：“青山隐隐水迢迢，秋尽江南草未凋。二十四桥明月夜，玉人何处教吹箫？”另一首《题扬州禅智寺》有诗句：“谁知竹西路，歌吹是扬州？”

在此借指扬州多美景、多美女，高杰占领扬州，享尽繁华，享尽风流。

[20]他也想隋堤柳下安营巢：隋朝在扬州开河通长江，河旁筑御堤，种植杨柳树。意即三镇将领也想占住扬州。

[21]不教你蕃釐观独夸琼花少：意为不让高杰独占扬州。琼花，叶柔而莹泽，花色微黄而有香。旧扬州后土祠有琼花一株，相传为唐人所植，是稀有珍异植物，古以扬州所产最佳。蕃釐观，寺观名。故址在今江苏省江都城外，因产琼花，故名琼花观，宋代改名蕃釐院。

[22]"谁不羡扬州鹤背飘"二句：南朝梁小说家殷芸(471—529)受梁武帝之命作《小说》十卷，其中有这样一个情节：从前有几个人围在一起谈自己的理想，内中一人希望"腰缠十万贯，骑鹤上扬州"。本曲用这个典故一则表现高杰之贪，二则表现三镇之妒。

新评

前一出"拒媒"，就已叙述田仰新官上任，即要纳妾之事，那是说南明群臣享受"晏安"；这一出说"争位"，帝位是无可争的了，帅位也无可争，就争座次。争位的事是从史可法"屈尊侍坐，共议军情"之命开始的，一俟高杰落于首座，黄得功、刘泽清、刘良佐俱不满意，形成三镇逼迫一镇的局面，而且竟相互杀将起来。要想，这是在主帅史可法面前，四镇就演了一场争位的闹剧，而史可法竟也无法，只能当一时的和事佬。可知南明之初，仍是承续着崇祯时的混乱局面，而那些将佐们，多半是不思建功，但重爵位的。官场如此狼藉，要谈恢复，真是痴想。

第十九出　和　战

甲申五月

（末、净、丑扮黄得功、刘良佐、刘泽清戎装，杂扮军校执旗帜器械呐喊上）（末）兄弟们俱要小心着，闻得高杰点齐人马，在黄金坝上伺候迎敌。我们分作三队，依次而进。（净）我带的人马原少，让我挑战，两兄迎敌便了。（末）我的田雄不曾来[1]，我作第二队，总叫河洲哥哥压哨罢。（丑）就是如此，大家杀向前去。（摇旗呐喊急下）（副净扮高杰戎装，军校执械随上）大小三军排开阵势，伺候迎敌。（杂扮探卒上）报，报，报！三家贼兵摇旗呐喊，将次到营了。（净持大刀上）老高快快出马，今日和你争个谁大谁小。（副净持枪骂上）你花马刘，是咱家小兄弟，那个怕你！（内击鼓，净、副净厮杀介）（副净叫介）三军齐上，活捉了这个刘贼。（杂上乱战介）（净败下）（末持双鞭上）我黄闯子的本领你是晓得的，快快磕头，饶你一死。（副净）我高老爷不稀罕你这活头，要取你那颗死头的。（内击鼓，末、副净厮杀介）（副净叫介）三军再来。（杂上乱战介）（末急介）从来将对将，兵对兵，如何这样混战？到底是个无礼贼子，今日且输与你。（败下）（丑持双刀领众喊上介）高杰，你不要逞强，我刘河洲也带着些人马哩，咱就混战一场，有何不可。（副净）我翻天鹞子不怕人的，凭你竖战也可，横战也可。杀，杀，杀！（两队领众混战介）（生持令箭立高台，小兵持锣敲介）（众止杀，仰看介）（生摇令箭介）阁部大元帅有令：四镇作反，皆督师之过。请先到帅府，杀了元帅，次到南京，抢了宫阙；不必在此混战，骚害平民。（丑）我们并不曾作反，只因高杰无礼，混乱坐次，我们争个明白，日后好参谒元帅。（副净）我高杰乃本标先锋，怎敢作反；他们领兵来杀，只得迎敌。（生）不奉军令，妄行厮杀，都是反贼。明日奏闻朝廷，你们自去分辩罢。（丑）朝廷是我们迎立的，元帅是朝廷差来的，我们违了军令，便是叛了朝廷，如何使得。情愿束身待罪，只求元帅饶恕。（生）高将军，你如何说？（副净）我高杰是元帅犬马，犯了军法，只听元帅处分。（生）既如此说，速传黄、刘二镇，同赴辕门，央求元帅。（丑）二镇败走，各回汛地去了。（生）你淮、扬两镇，唇齿之邦，又无宿嫌，为何听人指使。快快前去，候元帅发落。（众兵下）（生下台）（丑、副净同行，到介）（生）已到辕门了，两位将军在外等候，待俺传进去。（稍迟即出介）元帅有令：四镇擅相争夺，皆当军法从事；但高将军不知礼体，挑嫌起衅，罪有所归，着与三镇服礼。俟解和之日，再行处分。

【香柳娘】劝将军自思，劝将军自思，祸来难救，负荆早向辕门叩。（副净恼介）我高杰乃元帅标下先锋，元帅不加护庇，倒叫与三镇服礼，可不羞死人也。罢，罢，罢！看来元帅也不能用俺了，不免领兵渡江，另做事业去。这屈辱怎当，这屈辱怎当，渡过大江头，事业从新做。（唤介）三军快来，随俺前去。（众兵上，呐喊摇旗随下）（丑望介）呀，呀，呀！高杰竟要过江了，想江南有他的党羽，不日要领来与俺厮闹；俺也早去约会黄、刘二镇，多带人马，到此迎敌。笑力穷远走，笑力穷远走，长江洗羞，防他重来作寇。

（丑下）（生呆介）不料局势如此，叫俺怎生收救。

【前腔】恨山河半倾，恨山河半倾，怎能重构；人心瓦解忘恩旧。（南望介）那高杰竟是反了。看扬扬渡江，看扬扬渡江，旗帜乱中流，直入南徐口[2]。（北望介）那刘泽清也急忙北去，要约会三镇人马，同来迎敌。这烟尘遍有，这烟尘遍有，好叫俺元帅搔头，参谋搓手。

（行介）且去回覆了阁部，再作计较。正是：

堂堂开府辖通侯[3]，江北淮南数上游；
只恐楼船与铁马，一时都羡好扬州。

注释

[1]田雄：明朝总兵，是黄得功的部将。清兵下江南时，田雄缚福王投降。

[2]南徐：江苏镇江。

[3]开府辖通侯：通侯是汉代武将爵位，此指史可法统帅四镇。

新评

所谓和战，犹曰混战、内战，这是叙述南明军队的不争气。而战之和，只是暂时现象，人心离散，已成定局，这是南明不得不亡的根源。而此时史可法独撑危局，连哄带吓地安抚四镇，已注定了他的悲剧结局。

第二十出　移　防

甲申六月

【锦上花】(副净扮高杰领众执械上) 策马欲何之？策马欲何之？江锁坚城，弩射雄师。且收兵，且收兵，占住这扬州市。

俺高杰领兵渡江，要抢苏、杭，不料巡抚郑瑄，操舟架炮，堵住江口，没奈何又回扬州；但不知黄、刘三镇，此时何往。(杂扮报卒上) 报上将军，黄、刘三镇会齐人马，南来迎敌，前哨已到高邮了。(副净) 阿呀！不好了！南下不得，北上又不能，好叫俺进退两难。(想介) 罢，罢！还到史阁部辕门，央他的老体面，替俺解救罢。(行介)

【前腔】速去乞恩慈，速去乞恩慈，空忝羞颜，答对何辞。这才是，这才是，自作孽，天教死。

(内喊介)(副净领众走下)

【捣练子】(外扮史可法从人上) 局已变，势难支，踌躇中夜少眠时。(生上) 自叹经纶空满纸。

(外向生介) 世兄，你看高杰不辞而去，三镇又不遵军法；俺本标人马，为数无几，怎能守得住江北。眼看大事已去，奈何，奈何！(生) 闻得巡抚郑瑄，堵住江口，高杰不能南下，又回扬州来了。(外) 那三镇如何？(生) 三镇知他退回，会齐人马，又来迎敌，前哨已到高邮了。(外愁介) 目前局势更难处矣。

【玉抱肚】三百年事[1]，是何人掀翻到此；只手儿怎擎青天，却莱兵总仗虚词[2]。(合) 烟尘满眼野横尸，只倚扬州兵一枝。

(丑扮中军官传鼓介)(杂问介) 门外击鼓，有何军情？(丑) 将军高杰，领兵到辕，求见元帅。(外) 他果然来了。传他进来，看他有何话说。(外升帐，开门，左右排列介)(副净急跑上介) 小将高杰，擅离汛地，罪该万死。求元帅开恩饶恕！(外) 你原是一介乱民，朝廷许你投诚，加封侯爵，不曾薄待了你。为何一言不合，竟自反去；及至渡江不得，又投辕门。忽而作反，忽而投诚，把个作反投诚，当做儿戏，岂不可恨！本该军法从事，姑念你悔罪之速，暂且饶恕。(副净叩头起介)(外问介) 你还有何说？(副净又跪介) 前日擅离汛地，只为不肯服礼。今三镇知俺回来，又要交战，小将虽强，独力怎支，还望元帅解救。(向生央介) 侯先生替俺美言一句。(生) 你不肯服礼，叫元帅如何处断？(外) 正是，事到今日，本帅也不能偏护了。

【前腔】争论坐次，动干戈不知进止。他三家鼎足称雄，你孤军危命如丝。(合前[3])

（副净）元帅不肯解救，小将宁可碎首辕门，断不拜他下风。（生）你那黄金坝上威风那里去了？（副净）那时他没带人马，俺用全军混战，因而取胜。今日三家卷土齐来，小将不得不临事而惧矣。（生）小生倒有个妙计，只怕你不肯依从。（副净）除了服礼，都依都依。（生）目今流贼南下，将渡黄河，许定国不能阻当，连夜告急。元帅正要发兵防河，你何不奉命前往，坐镇开、洛；既解目前之围，又立将来之功。他三镇知你远去，也不能兴无名之师了。将军以为何如？（副净低头思介）待我商量。（内呐喊介）（外）城外杀声震天，是何处兵马？（丑报介）黄、刘三镇，领兵到城，要与高将军厮杀哩。（副净惧介）这怎么处，只得听元帅调遣了。（外）既然肯去，速传军令，晓谕三镇。（拔令箭丢地介）（丑拾令箭跪介）（外）高杰无礼，本当军法从事，但时值用人之际，又念迎驾之功，暂且饶恕，罚往开、洛防河，将功赎罪，今日已离扬州。三镇各释小嫌，共图大事，速速回汛，听候调遣。（丑）得令。（下）（外指高杰介）高将军，高将军，只怕你的性气，到处不能相安哩。

【前腔】黄河难恃，劝将军谋终虑始。那许定国也不是个安静的。须提防酒前茶后，软刀枪怎斗雄雌。（合前）

（向生介）防河一事，乃国家要着，我看高将军勇多谋少，倘有疏虞，罪坐老夫。仔细想来，河南原是贵乡，吾兄日图归计，路阻难行，何不随营前往；既遂还乡之愿，又好监军防河，且为桑梓造福，岂非一举而三得乎？（生）多谢美意，就此辞过元帅，收拾行装，即刻起程便了。（副净）一同告辞罢。（拜别介）（外向生介）参谋此去，便如老夫亲身防河一般；只恐势局叵测，须要十分小心，老夫专听好音也。正是：人事无常争胜负，天心有定管兴亡。（下）（吹打掩门）（生、副净出介）（副净）侯先生，你听杀声未息，只怕他们前面截杀。（生）无妨也，他们知你移防，怒气已消，自然散去的。况且三镇之兵，俱走东路，我们点齐人马，直出北门，从天长、六合，竟奔河南，有何阻当。（众兵旗仗伺候介）（副净）就此起程。（行介）

【朝元令】（生）乡园系思，久断平安字；乌栖一枝，郁郁难居此。结伴还乡，白云如驶，遂了三年归志。（副净）统着全师，烟城柳驿行参差；莫逞旧雄姿，函关偷度时[4]。（合）扬州倒指，看不见平山萧寺[5]，平山萧寺。

（副净）落日林梢照大旗，（生）从军北去慰乡思，
（副净）黄河曲里防秋将[6]，（生）好似英雄末路时。

注释

[1]三百年事：明建于1368年，亡于1644年，立朝将近三百年。

[2]却莱兵总仗虚词：莱，古齐国地名。孔子曾以言辞劝退劫持鲁侯的莱地军队。

[3]合前：合唱前调里一样的句子。

[4]函关偷度：借用战国时齐国孟尝君偷度函谷关的故事，表示偷越敌人防线。

[5]平山萧寺：平山指平山堂。平山堂是宋欧阳修在江苏扬州所建。萧寺即佛寺，南朝梁武帝萧衍多造佛寺，故后人称佛寺为萧寺。

[6]防秋：古代北方少数民族，往往趁秋高马肥时南侵中原，故中原加强边防称防秋。

新评

移防，是史可法情急之下接受侯方域的不得已之策。他明知"那许定国也不是个安静的"，高杰一介武夫，前往河南，或许就是把内乱引到前线，教清军一触其防线，即崩溃下来。史可法无计可施，于是又垫上一个侯方域。这样安排，在无形中牵动着全剧情节的主线，使侯李相距得更远了。

闰二十出 闲 话

甲申七月

（内鸣金擂鼓呐喊介）（外扮老官人，白巾麻衣背包裹急上）戎马消何日，乾坤剩此身；白头江上客，红泪自沾巾。（立住大哭介）（小生扮山人背行李上）日淡村烟起，江寒雨气来。（丑扮贾客背行李上）年年经过路，离乱使人猜。（小生见丑介）请了，我们都是上南京的，天色将晚，快些趱行。（丑）正是兵荒马乱，江路难行，大家作伴才好。（指外介）那个老者为何立住了脚，只顾啼哭？（小生问外介）老兄想是走错了路，失迷什么亲人了？（外摇手介）不是，不是。俺是从北京下来的，行到河南，遇着高杰兵马，受了无限惊恐。刚得逃生，渡过江来，看见满路都是逃生奔命之人，不觉伤心恸哭几声。（掩泪介）（小生）原来如此，可怜，可叹！（丑）既是北京下来的，俺正要问问近日的消息，何不同宿村店，大家谈谈。（外）甚妙。我老腿无力，也要早歇哩。（小生指介）这座村店稍有墙壁，就此同宿了罢。（让介）请进。（同入介）（外仰看介）好一架豆棚。（小生）大家放下行李，便坐这豆棚之下，促膝闲话也好。（同放行李，坐介）（副净扮店主人上）村店新泥壁，田家老瓦盆。（问介）众位客官，还用晚饭么？（众）不消了。（小生）烦你买壶酒来，削瓜剥豆，我与二位解解困乏罢。（外向小生介）怎好取扰？（丑向外介）四海兄弟，却也无妨；待用完此酒，咱两个再回敬他。（副净取酒、菜上）（三人对饮介）（外问介）方才都是路遇，不曾请教尊姓大号，要到南京有何贵干？（小生）在下姓蓝名瑛，字田叔，是西湖画士，特到南京访友的。（丑）在下是蔡益所，世代南京书客，才从江浦索债回来的。（问外介）老兄是从北京下来的了；敢问高姓大名，有甚急事，这等狼狈？（外）不瞒二位说，下官姓张名薇[1]，原是锦衣卫堂官。（丑惊介）原来是位老爷，失敬了。（小生问介）为何南来？（外）三月十九日，流贼攻破北京，崇祯先帝缢死煤山，周皇后也殉难自尽。下官走下城头，领了些本管校尉，寻着尸骸，抬到东华门外[2]，买棺收殓，独自一个戴孝守灵。（小生）那旧日的文武百官，那里去了？（外）何曾看见一人。那时闯贼搜查朝官，逼索兵饷，将我监禁夹打。我把家财尽数与他，才放我守灵戴孝。别个官儿走的走，藏的藏，或被杀，或下狱，或一身殉难，或阖门死节。（小生）有这样忠臣，可敬，可敬。（外）还有进朝称贺，做闯贼伪官的哩。（丑）有这样狗彘？该杀，该杀。（外掩泪介）可怜皇帝、皇后两位梓宫[3]，丢在路旁，竟没人瞅睬。（小生、丑俱掩泪介）（外）直到四月初三日，礼部奉了伪旨，将梓宫抬送皇陵。我执幡送殡，走到昌平州[4]；亏了一个赵吏目[5]，纠合义民，捐钱三百串，掘开田皇妃旧坟，安葬当中。下官就看守陵旁，早晚上香。谁想五月初旬，大兵进关，杀退流贼，安了百姓，替明朝报了大仇；特差工部查宝泉局内铸的崇祯遗钱[6]，发买工料，从新修造享殿碑亭，门墙桥道，与十二陵一般规模，真是亘古希有的事。下官也没等工完，亲手题了神牌，写了墓碑，连夜走来，报与南京臣民知道，所以这般狼狈。（小生）难得，难得！若非老先生在京，崇祯先帝竟无守灵之人。（丑问介）但不知太子二王，今在何处？（外）定、永两王，并无消息；闻太子渡海南来，恐亦为乱兵所害矣。（掩泪介）（小生问介）闻得北京发书一封与阁部史可法[7]，责备亡国将相，不去奔丧哭主，又不请兵报仇。史公答了回书，特着左懋第披麻扶杖[8]，前去哭临。老先生可晓得么？（外）下官半路相遇，还执手恸哭了一场的。（内作大风雷声介）（副净掌灯急上）大雨来了，快些进房罢。（众起，以袖遮头入房介）好雨，好雨。（外）天色已晚，下官该行香了。（丑问介）替那个行香？（外）大行皇帝未满周年，下官现穿孝服，每早每晚要行香哭拜的。（取包裹出香炉、香盒，设几上介）（洗手介）（望北两拜介）（跪上香介）大行皇帝呀，大行皇帝呀！今日七月十五，孤臣张薇，叩头上香了。（内作大风雷不止介）（外伏地放声大哭介）（小生呼丑介）过来，过来，我两个草莽之臣[9]，也该随拜举哀的。（小生、丑同跪，陪哭介）（哭毕，俱叩头起，又两拜介）（小生）老先生远路疲倦，早早安歇了罢。（外）正是，各人自便了。（各解行李卧倒介）（小生）窗外风雨益发不住，明早如何登程？（外）老天的阴晴，人也料他不定。（丑问介）请问老爷，方才说的那些殉节文武，都有姓名么？（外）问他怎的？（丑）我小铺中要编成唱本，传示四方，叫万人景仰他哩。（外）好，好！下官写有手折，明日取出奉送罢。（丑）多谢！（小生）那些投顺闯贼，不忠不义的姓名，也该流传，叫人唾骂。（外）都有抄本，一总奉上。（丑）更妙。（俱作睡熟介）（内作众鬼号呼介）（外惊听介）奇怪，奇怪！窗外风雨声中，又有哀苦号呼之声，是何物类？（杂扮阵亡厉鬼，跳叫上）（外隔窗看介）怕人，怕人！都是些没头折足阵亡厉鬼，为何到此？（众鬼下）（外睡倒介）（内作细乐警跸声介[10]）（外惊听介）窗外又有人马鼓乐声，待我开门看来。（起看介）（杂扮文武冠带骑马，幡幢细乐引导，扮帝后乘舆上）（外惊出跪迎介）万岁，万岁，万万岁！孤臣张薇恭迎圣驾。（众下）（外起呼介）皇帝，皇后，何处巡游，我孤臣张薇不能随驾了。（又拜哭介）（小生、丑醒问介）天已发亮，老爷怎的又哭起来，想是该上早香了。（外掩泪介）奇事，奇事！方才睡去，听得许多号呼之声，隔窗张看，都是些阵亡厉鬼。（小生）是了，昨夜乃中元赦罪之期[11]，想是赴盂兰会的[12]。（外）这也没相干，还有奇事哩。（丑）还有什么奇事？（外）后来又听的人马鼓吹之声，我便开门出看，明明见崇祯先帝同着周皇后乘舆东行，引导的文武官员，都是殉难忠臣；前面奏着细乐，排着仪仗，像个要升天的光景。我伏俯路旁，送驾过去，不觉失声大哭起来。（小生）有这等异事。先皇帝、先皇后自然是超升天界的，也还是张老爷一片至诚，故此特特显圣。（外）下官今日发一愿心，要到明年七月十五日，在南京胜境，募建水陆道场[13]，修斋追荐，并脱度一切冤魂，二位也肯随喜么？（丑）老爷果能做此好事，俺们情愿搭醮[14]。（外）好人，好人。到南京时，或买书，或求画，不时要相会的。（丑）正是。（小生）大家收

拾行李作别罢。(各背行李下)

雨洗鸡笼翠[15],江行趁晓凉,
乌啼荒冢树,槐落废宫墙;
帝子魂何弱,将军气不扬,
中原垂老别[16],恸哭过沙场。

注释

[1]张薇:明末任锦衣卫千户官,明亡后隐居南京城外栖霞山。

[2]东华门:皇宫紫禁城东门。

[3]梓宫:皇帝、皇后的棺木。

[4]昌平:明代从明成祖以下皇帝陵墓所在地。

[5]赵吏目:当时任昌平吏目,崇祯帝、后死后,赵吏目埋葬了他们。吏目,明代掌文书之类或州事务的官。

[6]宝泉局:明代国家铸币机关。

[7]"北京发书一封与阁部史可法"以下五句:清兵入关后,清摄政王多尔衮写信给史可法,指责南明自立称帝,史可法回信要求双方通好。相传这是侯方域代笔写的。

[8]左懋第:崇祯进士。福王时曾任巡抚。当清兵连破李自成军队时,他被派去跟清兵议和,被清兵扣留,南京失陷后,他不屈而死。

[9]草莽之臣:不在朝内任官的人。

[10]警跸(bì):帝王出行,警卫喝道,禁止他人在附近。

[11]中元:道家以农历七月十五为中元。此日祭祀死者。

[12]盂兰会:即放焰口,佛家为饿鬼焰口施食。后泛指用食物祭死者。

[13]水陆道场:佛家诵经超度水陆一切鬼魂。

[14]搭醮(jiào):随喜参加祭祀。

[15]鸡笼:山名,鸡笼山,在江苏江宁西北。

[16]垂老别:借用杜甫诗名。

新评

此一出名"闲话",却并非寻常之话,乃是南逃官员们的悲怆经历。其初写得极闲静,真有"豆棚闲话"的感觉,待闲话到崇祯自杀,感情便蓄积到即将喷射的时候,以致到夜幕降临后,"孤臣张薇","叩头上香",两位萍水相逢的"草莽之臣"也一同"随拜举哀"。演至此时,蓄积的哀情已不可抑,大概当初《桃花扇》盛演时,晚明的遗民们看了,也禁不住唏嘘不已,涕泪交下了。

加二十一出　孤　吟

康熙甲子八月

【天下乐】(副末毡巾道袍，扮老赞礼上) 雨洗秋街不动尘，青山红树满城新；谁家剩有闲金粉，撒与歌楼照镜人[1]？

老客无家恋，名园杯自劝，朝朝贺太平，看演《桃花扇》。(内问) 老相公又往太平园，看演《桃花扇》么？(答) 正是。(内问) 昨日看完上本，演的何如？(答) 演的快意，演的伤心，无端笑哈哈，不觉泪纷纷。司马迁作史笔[2]，东方朔上场人[3]。只怕世事含糊八九件，人情遮盖两三分。(行唱介)

【甘州歌】流光箭紧，正柳林蝉噪，荷沼香喷。轻衫凉笠，行到水边人困；西窗乍惊连夜雨[4]，北里重消一枕魂[5]。梧桐院，砧杵村[6]，青苔虫语不堪闻。闲携杖，漫出门，宫槐满路叶纷纷。

【前腔】鸡皮瘦损，看饱经霜雪，丝鬓如银。伤秋扶病，偏带旅愁客闷；欢场那知还剩我，老境翻嫌多此身。儿孙累，名利奔，一般流水付行云。诸侯怒，丞相嗔，无边衰草对斜曛。

【前腔】(换头) 望春不见春，想汉宫图画，风飘灰烬。棋枰客散，黑白胜负难分；南朝古寺王谢坟，江上残山花柳阵。人不见，烟已昏，击筑弹铗与谁论[7]。黄尘变，红日滚，一篇诗话易沉沦。

【前腔】(换头) 难寻吴宫旧舞茵[8]，问开元遗事，白头人尽[9]。云亭词客，阁笔几度酸辛；声传皓齿曲未终，泪滴红盘蜡已寸。袍笏样，墨粉痕，一番妆点一番新[10]。文章假，功业诨，逢场只合酒沾唇[11]。

【馀文】老不羞，偏风韵，偷将拄杖拨红裙。那管他扇底桃花解笑人。

当年真是戏，今日戏如真；
两度旁观者，天留冷眼人。

那马士英又早登场，列位请看。(拱下)

注释

[1]歌楼照镜人：歌楼里的歌妓。

[2]司马迁作史笔：意为《桃花扇》和一般戏剧不同，它是一部历史剧。

[3]东方朔上场人：指《桃花扇》像汉代名臣东方朔那样诙谐幽默，又具有讽谏的特色。

[4]西窗乍惊连夜雨：唐李商隐诗《夜雨寄北》："君问归期未有期，巴山夜雨涨秋池。何当共剪西窗烛，

却话巴山夜雨时。”

[5]北里：唐长安平康里，因在城北，也称北里，此地为妓院所在。后称妓院所在地为北里。

[6]砧杵(zhēnchǔ)：捣衣石与棒槌。喻浣洗。《乐府诗集·秋歌》：“佳人理寒服，万结砧杵劳。”

[7]击筑弹铗与谁论：击筑取高渐离送荆轲刺秦王事，弹铗取冯谖(xuān)客孟尝君事。在此比喻不知为谁弹唱。

[8]吴宫旧舞茵：暗借用吴王夫差宠西施的故事。

[9]“问开元遗事”二句：开元遗事即唐玄宗遗事。唐元稹《宫词》诗：“白头宫女在，闲坐说玄宗。”此用开元事比南明事，连白发人也没有了。

[10]“袍笏样”三句：袍笏为上朝官员的朝服与手板，墨粉是化妆颜料，这三句指戏曲演出时的化妆。

[11]“文章假”三句：文章功业都是假的，逢场行乐最合算。

新评

《桃花扇》演至一半，剧情再掀一小高潮，于是作者穿插一出“孤吟”。这“孤吟”是老赞礼的独唱，他似站在戏外看戏，却又是戏中之人，正所谓“当年真是戏，今日戏如真；两度旁观者，天留冷眼人”。从戏曲演出的角度看，这也是为了演员休息，更为了观众喷发的激情得以消歇，为接着看戏作一铺垫。如此说来，这“加”一出，或许竟是《桃花扇》上演以后，才由作者相机嵌进去的。

第二十一出　媚　座

甲申十月

【菊花新】(净冠带扮马士英，外扮长班从人喝道上) 调和鼎鼐费心机[1]，别户分门恩济威[2]；钻火燃寒灰[3]，这燮理阴阳非细[4]。

下官马士英，官居首辅，权握中枢。天子无为，从他闭目拱手；相公养体[5]，尽咱吐气扬眉。那朱紫半朝[6]，只不过呼朋引党；这经纶满腹，也无非报怨施恩。人都说养马成群，滚尘不定；他怎知立君由我，杀人何妨。(笑介) 这几日太平无事，又且早放红梅，设席万玉园中，会些亲戚故旧，但看他趋奉之多，越显俺尊荣之至。人生行乐耳，须富贵此时。(叫介) 长班，今日下的是那几位请帖？(外) 都是老爷同乡。有兵部主事杨文骢，佥都御史越其杰，新推漕抚田仰，光禄寺卿阮大铖，这几位老爷。(净疑介) 那阮大铖不是同乡呀？(外) 他常对人说是老爷至亲。(净笑介) 相与不同[7]，也算的个至亲了。(吩咐介) 今日不是外客，就在这梅花书屋设席罢。(外) 是！(净) 天已过午，快去请客。(外) 不用去请，俱在门房候着哩。只传他一声，便齐齐进来了。(传介) 老爷有请！(末、副净忙上) 阍人片语千钧重[8]，相府重门万里深。(进见足恭介)(净) 我道是谁。(向末介) 杨妹丈是咱内亲，为何也不竟进？(末) 如今亲不敌贵了。(净) 说那里话。(向副净介) 圆老一向来熟了的，为何也等人传？(副净) 府体尊严，岂敢冒昧。(净) 这就见外了。(让净告坐，打恭介)

【好事近】(净) 吾辈得施为，正好谈心花底；兰友瓜戚[9]，门外不须倒屣[10]。休疑，总是一班桃李[11]，相逢处把臂倾杯，何必拘冠裳套礼。俺肯堂堂相府，宾从疏稀。

(茶到让净先取，打恭介)(净) 今日天气微寒，正宜小饮。(副净、末打恭介) 正是。(净) 才下朝来，日已过午；昼短夜长，差了三个时辰了。(副净、末打恭介) 是是！皆老师相调燮之功也。(吃茶完，让净先放茶杯，打恭介)(净问外介) 怎么越、田二位还不见到？(外) 越老爷痔漏发了，早有辞帖；田老爷明日起身，打发家眷上船，夜间才来辞行。(净) 罢了，吩咐排席。(吹打，排三席，安座介)(副净、末谦恭告坐介)(入座饮介)

【泣颜回】(净) 朝罢袖香微，换了轻裘朱履；阳春十月，梅花早破红蕊。南朝雅客，半闲堂且说风流嘴[12]；拼长宵读画评诗，叹吾党知心有几。

(副净问介) 相府连日宴客，都是那几位年翁？(净) 总是吾党，但不如两公风雅耳。(末问介) 是谁？(净唤介) 长班拿客单来看。(外) 客单在此。(副净接看介) 张孙振、袁宏勋、黄鼎、张捷、杨维垣。(末) 果然都是大有经济的。(净) 个个是学生提拔，如今皆成大僚了。(副净打恭介)晚生等已废之员,还蒙起用;老师相为国吐握[13],真不啻周公矣。(净)岂敢。(拱介)二位不比他人,明日嘱托吏部,还要破格超升。(末打恭介)(副净跪介)多谢提拔。(净拉起介)

【前腔】(副净、末)提携,铩羽忽高飞[14],剑出丰城狱底[15]。随朝待漏[16],犹如狗续貂尾。华筵一饮,出公门,满面春风起;这恩荣锡衮封圭,不比那登龙御李[17]。

(起介)(净)撤了大席,安排小酌,我们促膝谈心。(设一席,更衣围坐介)(净)也不再把盏了。(副净、末)岂敢重劳。(杂扮二价献赏封介[18])(净摇手介)不必不必!花间雅集,又无梨园,怎么行这官席之礼。(副净)舍下小班,日日得闲,为何不唤来承应?(净)圆老见惯的,另请别客,借来领教罢。

【太平令】妙部新奇,见惯司空自品题[19]。(副净)是是!名园山水清音美,又何用丝竹随。

(末笑介)从来名花倾国[20],缺一不可。今日红梅之下,梨园可省,倒少不了一声"晓风残月"哩[21]。

【前腔】半放红梅,只少韦娘一曲催[22]。(净大笑介)妹丈多情,竟要做个苏州刺史了。苏州刺史魂消矣[23],想一个丽人陪。

(净)这也容易。(吩咐介)叫长班传几名歌妓,快来伺候。(外)禀老爷:要旧院的,要珠市的?(净向末介)请教杨姑老爷。(末)小弟物色已多,总无佳者;只有旧院李香君,新学《牡丹亭》,倒还唱得出。(净吩咐介)长班快去唤来!(外应下)(副净问末介)前日田百源用三百金,要娶做妾的,想是她了?(末)正是。(净问末介)为何不娶去?(末)可笑这个呆丫头,要与侯朝宗守节,断断不从。俺往说数次,竟不下楼,令我扫兴而回。(净怒介)有这样大胆奴才!

【风入松】不知开府爪牙威,杀人如同虱虮。笑他命薄烟花鬼,好一似蛾扑灯蕊。(副净)这都是侯朝宗教坏的,前番辱的晚生也不浅。(净大怒介)了不得,了不得!一位新任漕抚,拿银三百,买不去一个妓女。岂有此理!难道是珍珠一斛,偏不能换蛾眉。

(副净)田漕台是老师相的乡亲,被他羞辱,所关不小。(净)正是,等他来时,自有处法。(外上)禀老爷:小人走到旧院,寻着香君,他推托有病,不肯下楼。(净寻思介)也罢!叫长班家人,拿着衣服财礼,竟去娶她。

【前腔】不须月老几番催,一霎红丝联喜,花花彩轿门前挤,不少欠分毫茶礼。莫管他鸨子肯不肯,竟将香君拉上轿子,今夜还送到田漕抚船上。惊的他迷离似痴,只当烟波上遇湘妃。

（外等急应下）（副净喜介）妙妙！这才燥脾。（末）天色太晚，我们告辞罢。（净）正好快谈，为何就去？（副净）动劳久陪，晚生不安。（俱起打恭介）（净）还该远送一步。（副净、末）不敢。（连打三恭）（净先入内介）（副净）难得令舅老师相在乡亲面上，动此义举；龙老也该去帮一帮。（末）如何去帮？（副净）旧院是你熟游之处，竟去拉下楼来，打发起身便了。（末）也不可太难为她。（副净怒介）这还便益了她。想起前番，就处死这奴才，难泄我恨。

【尾声】当年旧恨重提起，便折花损柳心无悔。那侯朝宗空梳栊了一番。看今日琵琶抱向阿谁[24]。

（副净）封侯夫婿几时归[25]，（末）独守妆楼掩翠帏；
（副净）不解巫山风力猛，（末）三更即换雨云衣。

注释

[1]鼎鼐（nài）：古代调和五味之具，比喻宰相之位和帮助国君治国。

[2]别户分门：政治上分成派别。

[3]钻火燃寒灰：钻木取火使死灰复燃，喻使阉党势力重新登上政治舞台。

[4]燮理阴阳：比喻调理政治气候。

[5]相公养体：即养相体，“金自南渡之后，为宰执者往往无恢复之谋，临事相习低言缓语，互相推让，以为养相体”。这里马士英把这一典故用反了。

[6]朱紫：朝中高官服装颜色。这里借代朝臣。

[7]相与：相待。

[8]阍人：守门人。

[9]兰友瓜戚：知心朋友和亲戚关系。

[10]倒屣：急忙迎客，倒穿了鞋。相传汉末孔融初见王粲，情急之下倒屣而迎。

[11]桃李：喻马士英自己的门徒。

[12]半闲堂：南宋末年奸相贾似道在杭州所建之堂，是他政治活动的中心。

[13]吐握：指周公热心接待来客，甚至一沐三握发，一饭三吐哺，停下来招呼来客。

[14]铩（shā）羽：羽毛摧落，也比喻失意。

[15]剑出丰城狱底：即丰城剑气。传说三国东吴未灭时，天空斗、牛二星座之间常有紫气，及吴平，紫气愈明。晋尚书令张华密令人寻找，并在丰城狱底挖出两口宝剑，一曰龙泉，一曰太阿，是夕，紫气消失。上面两句比喻失意之人东山再起。

[16]待漏：漏，古代的计时器。百官清早入朝，准备朝拜皇帝，称为待漏。

[17]这恩荣锡衮（gǔn）封圭（guī），不比那登龙御李：锡衮是赏赐豪华官服，封圭是封诸侯时执贵重礼器，赐衮封圭是受封很高的爵位。登龙是登龙门的简称，《后汉书·李膺传》载：“膺独持风裁，以声名自高，士有被其容接者，名为登龙门。”这个典故比喻得到有名望者的接待和援引而提高身价。御李是为李膺驾车，引以为荣。同上记载，荀爽往见，称“今日得御李君矣！”这两句是说他们受封不是那登龙御李的荣幸能比得上的。锡，通“赐”。

[18]杂扮二价献赏封：这二价是杨、阮所带仆从，赏封是准备给马士英家的戏班或乐伎的。

［19］品题：欣赏。

［20］名花倾国：出自李白［清平调］词："名花倾国两相欢。"名花指牡丹，倾国指杨贵妃。

［21］晓风残月：宋柳永［雨霖铃］词中有名句："今宵酒醒何处，杨柳岸，晓风残月。"这里借指歌妓清唱。

［22］韦娘：唐代著名歌女杜韦娘，后以其名为词调。

［23］苏州刺史魂消矣：唐代刘禹锡曾任苏州刺史，司空李绅曾设宴招待他，席间曾有歌舞表演，令刘禹锡沉迷陶醉，即赋《歌妓诗》一首："鬖髿(wǒtuǒ)（发髻美好）梳头宫样妆，春风一曲杜韦娘。司空见惯浑闲事，断尽苏州刺史肠。"诗的第一句有另版为："高髻云鬟宫样妆。"

［24］琵琶抱向阿谁：琵琶别抱，指妇女再嫁，这句说李香君会再嫁给谁。

［25］封侯夫婿：指远出追求功名的丈夫。出自唐王昌龄《闺怨》诗："闺中少妇不知愁，春日凝妆上翠楼。忽见陌头杨柳色，悔教夫婿觅封侯。"

新评

此出堪称一幅群丑寻乐图。马士英的上场白虽是沿袭了元明戏曲的套路，但所述的真实性丝毫不让人怀疑。即使读罢，也可想见其得意忘形之态，更不用说上场演出了。之后，阮大铖、杨文骢上场，这一幅丑角图便越发显得生动。孔尚任用一"媚"字形容，真是传神之至。剧情发展到要李香君前来献艺，遭到拒绝时，马阮二贼大怒，小人之态毕现。这不禁使人想到，高贵的人，即使蓬头垢面，暂处逆境，也不掩其气质；心地丑陋的人，即使富至极点，也难弃其促狭形象。南明小朝廷用这一班小人掌权，岂能长久！而李香君的悲剧，已渐渐上演了。

第二十二出　守　楼

甲申十月

(外、小生拿内阁灯笼、衣、银跟轿上) 天上从无差月老,人间竟有错花星。(外) 我们奉老爷之命,硬娶香君,只得快走。(小生)旧院李家母子两个,知她谁是香君。(末急上呼介) 转来同我去罢。(外见介) 杨姑老爷肯去,定娶不错了。(同行介) 月照青溪水,霜沾长板桥。来此已是,快快叫门。(叫门介) (杂扮保儿上) 才关后户,又开前庭;迎官接客,卑职驿丞[1]。(问介) 那个叫门?(外) 快开门来。(杂开门惊介) 呵呀!灯笼火把,轿马人夫,杨老爷来夸官了[2]。(末) 哇!快唤贞娘出来。(杂大叫介) 妈妈出来,杨老爷到门了。(小旦急上问介) 老爷从那里赴席回来么?(末) 适在马舅爷相府,特来报喜。(小旦) 有什么喜?(末) 有个大老官来娶你令爱哩。(指介)

【渔家傲】你看这彩轿青衣门外催[3],你看这三百花银,一套绣衣。(小旦惊介) 是那家来娶,怎不早说?(末) 你看灯笼大字成双对,是中堂阁内[4]。(小旦) 就是内阁老爷自己娶么?(末) 非也。漕抚田公,同乡至戚,赠个佳人捧玉杯。

(小旦) 田家亲事,久已回断,如何又来歪缠?(小生拿银交介) 你就是香君么,请受财礼。(小旦) 待我进去商量。(外) 相府要人,还等你商量;快快收了银子,出来上轿罢。(末) 她怎敢不去,你们在外伺候,待我拿银进去,催她梳洗。(末接银,杂接衣,同小旦作进介) (小生、外) 我们且寻个老表子燥脾去。(俱暂下) (小旦、末、杂作上楼介) (末唤介) 香君睡下不曾?(旦上) 有甚紧事,一片吵闹。(小旦) 你还不知么?(旦见末介) 想是杨老爷要来听歌。(小旦) 还说甚么歌不歌哩。

【剔银灯】忙忙的来交聘礼,凶凶的强夺歌妓;对着面一时难回避,执着名别人谁替。(旦惊介) 唬杀奴也!又是那个天杀的?(小旦) 还是田仰,又借着相府的势力,硬来娶你。堪悲,青楼薄命,一霎时杨花乱吹。

(小旦向末介) 杨老爷从来疼俺母子,为何下这毒手?(末) 不干我事,那马瑶草知你拒绝田仰,动了大怒,差一班恶仆登门强娶。下官怕你受气,特为护你而来。(小旦) 这等多谢了,还求老爷始终救解。(末) 依我说三百财礼,也不算吃亏;香君嫁个漕抚,也不算失所;你有多大本事,能敌他两家势力?(小旦思介) 杨老爷说的有理,看这局面,拗不过去了。孩儿趁早收拾下楼罢!(旦怒介) 妈妈说那里话来!当日杨老爷作媒,妈妈主婚,把奴嫁与侯郎,满堂宾客,谁没看见。现收着定盟之物。(急向内取出扇介) 这首定情诗,杨老爷都看过,难道忘了不成?

【摊破锦地花】案齐眉[5],他是我终身倚,盟誓怎移。宫纱扇现有诗题,万种恩情,一夜夫妻。(末) 那侯郎避祸逃走,不知去向;设若三年不归,你也只顾等他么？（旦）便等他三年，便等他十年；便等他一百年；只不嫁田仰。（末）呵呀！好性气，又像摘翠脱衣骂阮圆海的那番光景了。（旦）可又来，阮、田同是魏党，阮家妆奁尚且不受，倒去跟着田仰么？（内喊介）夜已深了，快些上轿，还要赶到船上去哩。（小旦劝介）傻丫头！嫁到田府，少不了你的吃穿哩。（旦）呸！我立志守节，岂在温饱。忍寒饥，决不下这翠楼梯。

（小旦）事到今日，也顾不得她了。（叫介）杨老爷放下财礼，大家帮她梳头穿衣。（小旦替梳头，末替穿衣介）（旦持扇前后乱打介）（末）好利害，一柄诗扇，倒像一把防身的利剑。（小旦）草草妆完，抱她下楼罢。（末抱介）（旦哭介）奴家就死不下此楼。（倒地撞头晕卧介）（小旦惊介）呵呀！我儿苏醒，竟把花容，碰了个稀烂。（末指扇介）你看血喷满地，连这诗扇都溅坏了。（拾扇付杂介）（小旦唤介）保儿，扶起香君，且到卧房安歇罢。（杂扶旦下）（内喊介）夜已三更了，诓去银子，不打发上轿；我们要上楼拿人哩。（末向楼下介）管家略等一等；她母子难舍，其实可怜的。（小旦急介）孩儿碰坏，外边声声要人，这怎么处？（末）那宰相势力，你是知道的，这番羞了他去，你母子不要性命了。（小旦怕介）求杨老爷救俺则个。（末）没奈何，且寻个权宜之法罢！（小旦）有何权宜之法？（末）娼家从良[6]，原是好事，况且嫁与田府，不少吃穿，香君既没造化，你倒替她享受去罢。（小旦急介）这断不能。一时一霎，叫我如何舍得。（末怒介）明日早来拿人，看你舍得舍不得。（小旦呆介）也罢！叫香君守着楼，我去走一遭儿。（想介）不好，不好，只怕有人认得。（末）我说你是香君，谁能辨别？（小旦）既是这等，少不得又妆新人了。（忙打扮完介）（向内叫介）香君我儿，好好将息，我替你去了。（又嘱介）三百两银子，替我收好，不要花费了。（末扶小旦下楼介）

【麻婆子】（小旦）下楼下楼三更夜，红灯满路辉；出户出户寒风起，看花未必归。（小生、外打灯抬轿上）好，好，新人出来了，快请上轿。（小旦别末介）别过杨老爷罢。（末）前途保重，后会有期。（小旦）老爷今晚且宿院中，照管孩儿。（末）自然。（小旦上轿介）萧郎从此路人窥，侯门再出岂容易[7]。（行介）舍了笙歌队，今夜伴阿谁。

（俱下）（末笑介）贞丽从良，香君守节，雪了阮兄之恨，全了马舅之威！将李代桃[8]，一举四得，倒也是个妙计。（叹介）只是母子分别，未免伤心。

匆匆夜去替蛾眉，一曲歌同易水悲[9]；
燕子楼中人卧病，灯昏被冷有谁知。

注释

[1]驿丞：掌管驿站负责迎接过往人员的官，保儿用来自比。

[2]夸官：士子考中进士，鼓乐仪仗游街炫耀。

[3]青衣：穿青衣的奴仆。

[4]中堂：本指宰相办公地，后代指宰相。

[5]案齐眉：举案齐眉，典出《后汉书·梁鸿传》，梁鸿与妻子孟光相敬如宾，举案齐眉是孟光做好了饭敬献给丈夫的意思，比喻妻子对丈夫深深的爱恋。

[6]从良：妓女嫁人。

[7]"萧郎从此路人窥"二句：相传唐代崔郊的姑母有侍婢与崔郊相恋，后被卖于连帅。有一天，崔郊与她路遇，有感写诗一首，其中有"侯门一入深如海，从此萧郎是路人"之句。后来用"侯门如海"一词比喻旧日的相识之人，因权势地位的悬殊而疏远隔绝。萧郎是一般好男子的代称。

[8]将李代桃：成语李代桃僵，代人受罪或彼此顶替的意思。

[9]一曲歌同易水悲：借用荆轲易水诀别燕太子丹的故事类比李香君与养母李贞丽的分别。

新评

甲申十月的时候，南京正是暑气将退，风景如画，马士英、阮大铖之流不是拯危局的能臣，却是品花赏景的高手。他们不曾想这甲申年是什么危急时刻，却理所当然地要为所欲为了。此一出，紧承上一出，乃是要凭着熏天的势焰，去歌楼舞榭里"硬娶"那侯方域的李香君。李香君的不情愿，激起了马阮二人的怒意，也激发了他们使用权力的快意，真是一不做二不休了。事情的结局是，李香君死不相从，血溅桃花扇，由杨文骢出了一个急中生智的馊主意，让李贞丽代香君再做一回新娘。这一回，真是"解铃还须系铃人"了。由此，方理解孔尚任在全剧之初，为何要大大赞美李贞丽的美丽。

"守楼"，是李香君贞烈性格表现最为充分的一出，其生动之处，非笔墨可以形容得出，更须意会。

第二十三出　寄　扇

甲申十一月

【醉桃源】(旦包帕病容上) 寒风料峭透冰绡，香炉懒去烧。血痕一缕在眉梢，胭脂红让娇[1]。孤影怯，弱魂飘，春丝命一条。满楼霜月夜迢迢，天明恨不消。

(坐介) 奴家香君，一时无奈，用了苦肉之计，得遂全身之节。只是孤身只影，卧病空楼，冷帐寒衾，无人作伴，好生凄凉。

【北新水令】冻云残雪阻长桥，闭红楼冶游人少[2]。栏杆低雁字[3]，帘幕挂冰条；炭冷香消，人瘦晚风峭。

奴家虽在青楼，那些花月欢场，从今罢却了。

【驻马听】绣户萧萧，鹦鹉呼茶声自巧；香闺悄悄，雪狸偎枕睡偏牢[4]。榴裙裂破舞风腰，鸾靴剪碎凌波靿[5]；愁多病转饶[6]，这妆楼再不许风情闹。

想起侯郎匆匆避祸，不知流落何所；怎知奴家独住空楼，替他守节也。(起唱介)

【沉醉东风】记得一霎时娇歌兴扫，半夜里浓雨情抛；从桃叶渡头寻，向燕子矶边找，乱云山风高雁杳。那知道梅开有信，人去越遥；凭栏凝眺，把盈盈秋水[7]，酸风冻了[8]。

可恨恶仆盈门，硬来娶俺；俺怎肯负了侯郎。

【雁儿落】欺负俺贱烟花薄命飘摇，倚着那丞相府忒骄傲。得保住这无瑕白玉身，免不得揉碎如花貌。

最可怜妈妈替奴当灾，飘然竟去。(指介) 你看床榻依然，归来何日。

【得胜令】恰便似桃片逐雪涛，柳絮儿随风飘；袖掩春风面，黄昏出汉朝[9]。萧条，满被尘无人扫；寂寥，花开了独自瞧。

说到这里，不觉一阵酸心。(掩泪坐介)

【乔牌儿】这肝肠似搅，泪点儿滴多少。也没个姊妹闲相邀，听那挂帘栊的钩自敲。

独坐无聊，不免取出侯郎诗扇，展看一回。(取扇介) 嗳呀！都被血点儿污坏了，这怎么处。

【甜水令】你看疏疏密密，浓浓淡淡，鲜血乱蘸[10]。不是杜鹃抛[11]；是脸上桃花做红雨儿飞落，一点点溅上冰绡。

侯郎侯郎！这都是为你来。

【折桂令】叫奴家揉开云髻，折损宫腰；睡昏昏似妃葬坡平[12]，血淋淋似妾堕楼高[13]。怕旁人呼号[14]，舍着俺软丢答的魂灵没人招[15]。银镜里朱霞残照，鸳枕上红泪春潮。恨在心苗，愁在眉梢，洗了胭脂，涴了鲛绡[16]。

一时困倦起来，且在妆台盹睡片时。(压扇睡介)(末扮杨文骢便服上)认得红楼水面斜，一行衰柳带残鸦。(净扮苏昆生上)银筝象板佳人院，风雪今同处士家。(末回头见介)呀！苏昆老也来了。(净)贞丽从良，香君独住，放心不下，故此常来走走。(末)下官自那日打发贞丽起身，守了香君一夜，这几日衙门有事，不能脱身；方才城东拜客，便道一瞧。(入介)(净)香君不肯下楼，我们上去一谈罢。(末)甚好。(登楼介)(末指介)你看香君抑郁病损，困睡妆台，且不必唤她。(净看介)这柄扇儿展在面前，怎么有许多红点儿？(末)此乃侯兄定情之物，一向珍藏不肯示人，想因面血溅污，晾在此间。(抽扇看介)几点血痕，红艳非常，不免添些枝叶，替他点缀起来。(想介)没有绿色怎好？(净)待我采摘盆草，扭取鲜汁，权当颜色罢。(末)妙极！(净取草汁上)(末画介)叶分芳草绿，花借美人红。(画完介)(净看喜介)妙妙！竟是几笔折枝桃花。(末大笑指介)真乃桃花扇也。(旦惊醒见介)杨老爷、苏师父都来了，奴家得罪。(让坐介)(末)几日不曾来看，额角伤痕渐已平复了。(笑介)下官有画扇一柄，奉赠妆台。(付旦扇介)(旦接看介)这是奴的旧扇，血迹腌臜，看他怎的。(入袖介)(净)扇头妙染，怎不赏鉴。(旦)几时画的？(末)得罪得罪！方才点坏了。(旦看扇叹介)咳！桃花薄命，扇底飘零。多谢杨老爷替奴写照了。

【锦上花】一朵朵伤情，春风懒笑[17]；一片片消魂，流水愁漂[18]。摘的下娇色，天然蘸好[19]；便妙手徐熙[20]，怎能画到。樱唇上调朱，莲腮上临稿，写意儿几笔红桃[21]。补衬些翠枝青叶，分外夭夭，薄命人写了一幅桃花照。

(末)你有这柄桃花扇，少不得个顾曲周郎[22]；难道青春守寡，竟做个入月嫦娥不成？(旦)说那里话，那关盼盼也是烟花[23]，何尝不在燕子楼中，关门到老。(净)明日侯郎重到，你也不下楼么？(旦)那时锦片前程，尽俺受用，何处不许游耍，岂但下楼。(末)香君这段苦节，今世少有。(向净介)昆老看师弟之情，寻着侯郎，将她送去，也省俺一番悬挂。(净)是是！一向留心访问，知他随任史公，住淮半载。自淮来京，自京到扬，今又同着高兵防河去了。晚生不日还乡，顺便找寻。(向旦介)须得香君一书才好。(旦向末介)奴家言出无文，求杨老爷代写罢。(末)你的心事，叫俺如何写得出。(旦寻思介)罢罢！奴的千愁万苦，俱在扇头，就把这扇儿寄去罢。(净喜介)这封家书，倒也新样。(旦)待奴封他起来。(封扇介)

【碧玉箫】挥洒银毫，旧句他知道；点染红幺[24]，新画你收着。便面小[25]，血心肠一万条；手帕儿包，头绳儿绕，抵过锦字书多少[26]。

（净接扇介）待我收好了，替你寄去。（旦）师父几时起身？（净）不日束装了。（旦）只望早行一步。（净）晓得。（末）我们下楼罢。（向旦介）香君保重。你这段苦节，说与侯郎，自然来娶你的。（净）我也不再来别了。正是：新书远寄桃花扇。（末）旧院常关燕子楼。（下）（旦掩泪介）妈妈不归，师父又去，妆楼独闭，益发凄凉了。

【鸳鸯煞】莺喉歇了南北套[27]，冰弦住了陈隋调[28]；唇底罢吹箫，笛儿丢，笙儿坏，板儿抛。只愿扇儿寄去的速，师父束装得早；三月三刘郎到了[29]，携手儿下妆楼，桃花粥吃个饱[30]。

书到梁园雪未消[31]，青溪一道阻春潮；
桃根桃叶无人问[32]，丁字帘前是断桥[33]。

注释

［1］"血痕一缕在眉梢"二句：胭脂样的鲜红也比不上她眉梢的血痕娇。

［2］冶游：原来指男女在春天或节日里外出游玩，后又专指嫖妓。在此为前意。

［3］雁字：古代有鸿雁传书的说法。在此暗指李香君切盼侯方域的消息。

［4］雪狸：白猫。

［5］榴裙裂破舞风腰，鸾靴剪碎凌波靿（yào）：这两句的本来语序是"裂破舞风榴裙腰，剪碎凌波鸾靴靿"，倒装是为了适应音律的要求。舞风榴裙是红色的舞裙，腰是舞裙的束腰部分。凌波鸾靴是一种舞靴，靿是靴筒。这二句意思是撕破了舞裙，剪碎了舞靴，不再干歌舞之类的事情。

［6］转饶：变得更多。

［7］盈盈：清澈。　秋水：喻眼波。

［8］酸风：出自唐李贺《金铜仙人辞汉歌》："关东酸风射眸子。"在此比喻不忍离去而下泪。

［9］黄昏出汉朝：暗用王昭君远嫁匈奴事比喻李贞丽无奈嫁田仰。

［10］蘸（zhàn）：浸入。

［11］杜鹃抛：中国古典文学多有"杜鹃啼血"的典故，这里形容悲切的感情。

［12］妃葬坡平：指安史之乱时杨贵妃被唐玄宗赐死葬于马嵬坡一事。

［13］妾堕楼高：指晋石崇宠妾绿珠跳楼而死一事。

［14］旁人呼号：指李贞丽代香君嫁田仰生怕流露真情一事。

［15］软丢答：俗语。在此形容软弱而无所依傍。

［16］涴（wò）：弄脏。　鲛绡：手帕。

［17］一朵朵伤情，春风懒笑：唐崔护《题都城南庄》诗："人面不知何处去，桃花依旧笑春风。"这里反其意而用之。

［18］一片片消魂，流水愁漂：杜甫《绝句》："肠断春江欲尽头，杖藜徐步立芳洲。颠狂柳絮随风舞，轻薄桃花逐水流。"诗人触美景而伤感欲断肠，此句寓意与杜诗暗合。

［19］摘的下娇色，天然蘸好：扇上的桃红色，像摘得下来的一样，自然也浸入扇面。

[20]徐熙：擅画花果类的画家。

[21]写意：中国画特征，求神似而非形似。

[22]顾曲周郎：擅长欣赏音律的周瑜。见第四出注[19]。

[23]关盼盼：唐代徐州善歌舞工诗文名妓，嫁张尚书为妾，张死后至死不嫁。

[24]红幺(yāo)：数词"一"的别称。骰子称一为幺，红色一点为红幺。这里指扇面上的桃花。

[25]便面：古代女子用来遮面的扇子等物。

[26]锦字：前秦泰州刺史窦滔被徙流沙，其妻苏氏思之，织锦为回文旋图诗以赠滔，可婉转循环以读之，词甚凄婉，共八百四十字。见《晋书·窦滔妻苏氏传》。后称妻寄夫之书信为锦字。

[27]南北套：南北曲。

[28]陈隋调：陈代隋代流行曲调。

[29]刘郎：指刘郎天台遇仙女一事，详见第二出注[49]。这里借来指香君的丈夫侯方域。

[30]桃花粥：洛阳风俗，清明节食桃花粥。因侯方域是河南人，意即跟他回河南老家。

[31]梁园：也作梁苑，园名，在今河南省开封市东南。汉代梁孝王刘武建。

[32]桃叶：晋王献之妾，桃叶之妹叫桃根。

[33]丁字帘：地名，在南京市利涉桥边。明时为乐户所在地。

新评

本出写李香君的心境，可用"凄凉"来形容，故其曲词倍显"冷峭"："栏杆低雁字，帘幕挂冰条；炭冷香消，人瘦晚风峭。"又歌曰："银镜里朱霞残照，鸳枕上红泪春潮。恨在心苗，愁在眉梢，洗了胭脂，涴了鲛绡。"真是愁到极点。这一番倾诉，都只为侯方域而发，然而，这份情无论如何是难以排遣的。这时，侯君的扇作为一个细节又显现出来，杨文骢、苏昆生不仅将滴血的扇点缀成折枝桃花，而且将它作为书信传寄给住淮的侯方域。至此，李香君的心似乎稍作舒展，但急转一想，剩下的又是等待，故而感到"妆楼独闭，益发凄凉了"。

第二十四出　骂　筵

乙酉正月

【缕缕金】(副净扮阮大铖吉服上) 风流代，又遭逢，六朝金粉样，我偏通。管领烟花，衔名供奉[1]。簇新新帽乌衬袍红，皂皮靴绿缝，皂皮靴绿缝。

(笑介) 我阮大铖，亏了贵阳相公破格提挈，又取在内庭供奉；今日到任回来，好不荣耀。且喜今上性喜文墨，把王铎补了内阁大学士，钱谦益补了礼部尚书[2]。区区不才，同在文学侍从之班；天颜日近，知无不言。前日进了四种传奇，圣心大悦；立刻传旨，命礼部采选宫人，要将《燕子笺》被之声歌，为中兴一代之乐。我想这本传奇，精深奥妙，倘被俗手教坏，岂不损我文名。因而乘机启奏："生口不如熟口，清客强似教手。"圣上从谏如流，就命广搜旧院，大罗秦淮，拿了清客妓女数十馀人，交与礼部拣选。前日验他色艺，都只平常；还有几个有名的，都是杨龙友旧交，求情免选，下官只得勾去。昨见贵阳相公说道："教演新戏是圣上心事，难道不选好的，倒选坏的不成。"只得又去传他，尚未到来。今乃乙酉新年人日佳节[3]，下官约同龙友，移樽赏心亭；邀俺贵阳师相，饮酒看雪。早已吩咐把新选的妓女，带到席前验看。正是：花柳笙歌隋事业，谈谐裙屐晋风流。(下)

【黄莺儿】(老旦扮卞玉京道妆背包急上) 家住蕊珠宫[4]，恨无端业海风[5]，把人轻向烟花送。喉尖唱肿，裙腰舞松，一生魂在巫山洞[6]。俺卞玉京，今日为何这般打扮，只因朝廷搜拿歌妓，逼俺断了尘心。昨夜别过姊妹，换上道妆，飘然出院，但不知那里好去投师。望城东云山满眼，仙界路无穷。

(飘摇下)(副净、外、净扮丁继之、沈公宪、张燕筑三清客上)

【皂罗袍】(副净) 正把秦淮箫弄，看名花好月，乱上帘栊。风纸签名唤乐工[7]，南朝天子春心动。我丁继之年过六旬，歌板久抛；前日托过杨老爷，免我前往，怎的今日又传起来了。(外、净) 俺两个也都是免过的，不知又传，有何话说。(副净拱介) 两位老弟，大家商量，我们一班清客，感动皇爷，召去教歌，也不是容易的。(外、净) 正是。(副净) 二位青年上进，该去走走，我老汉多病年衰，也不望甚么际遇了。今日我要躲过，求二位遮盖一二。(外) 这有何妨，太公钓鱼，愿者上钩。(净) 是是！难道你犯了王法，定要拿去审问不成。(副净) 既然如此，我老汉就回去了。(回行介)急忙回首，青青远峰；逍遥寻路，森森乱松。(顿足介)若不离了尘埃，怎能免得牵绊。(袖出道巾、黄绦换介) (转头呼介) 二位看俺打扮罢，道人醒了扬州梦[8]。

（摇摆下）（外）咦！他竟出家去了，好狠心也。（净）我们且坐廊下晒暖，待他姊妹到来，同去礼部过堂。（坐地介）（小旦扮寇白门，丑扮郑妥娘，杂扮差役跟上）（小旦）桃片随风不结子。（丑）柳绵浮水又成萍[9]。（望介）你看老沈老张不约俺一声儿，先到廊下向暖，我们走去，打他个耳刮子。（相见，诨介）（外问杂介）又传我们到那里去？（杂）传你们到礼部过堂，送入内庭教戏。（外）前日免过俺们了。（杂）内阁大老爷不依，定要借重你们几个老清客哩。（净）是那几个？（杂）待我瞧瞧票子。（取票看介）丁继之、沈公宪、张燕筑。（问介）那姓丁的如何不见？（外）他出家去了。（杂）既出了家，没处寻他，待我回官罢！（向净、外介）你们到了的，竟往礼部过堂去。（净）等她姊妹们到齐着。（杂）今日老爷们秦淮赏雪，吩咐带着女客，席上验看哩。（外、净）既是这等，我们先去了。正是：传歌留乐府，擫笛傍宫墙[10]。（下）（杂看票问小旦介）你是寇白门么？（小旦）是。（杂问丑介）你是卞玉京么？（丑）不是，我是老妥。（杂）是郑妥娘了。（问介）那卞玉京呢？（丑）她出家去了。（杂）咦！怎么出家的都配成对儿。（问介）后边还有一个脚小走不上来的，想是李贞丽了？（小旦）不是，李贞丽从良去了！（杂）我方才拉她下楼，她说是李贞丽，怎的又不是？（丑）想是她女儿顶名替来的。（杂）母子总是一般，只少不了数儿就好了。（望介）她早赶上来也。

【忒忒令】（旦）下红楼残腊雪浓，过紫陌早春泥冻；不惯行走，脚儿十分痛。传凤诏，选蛾眉，把丝鞭，骑骄马，催花使乱拥。

奴家香君，被捉下楼，叫去学歌，是俺烟花本等[11]，只有这点志气，就死不磨。（杂喊介）快些走动！（旦到介）（小旦）你也下楼了，屈尊，屈尊。（丑）我们造化，就得服侍皇帝了。（旦）情愿奉让罢。（同行介）（杂）前面是赏心亭了，内阁马老爷，光禄阮老爷，兵部杨老爷，少刻即到。你们各人整理伺候。（杂同小旦、丑下）（旦私语介）难得他们凑来一处，正好吐俺胸中之气。

【前腔】赵文华陪着严嵩[12]，抹粉脸席前趋奉；丑腔恶态，演出真鸣凤[13]。俺做个女祢衡[14]，挝渔阳，声声骂，看他懂不懂。

（净扮马士英，副净扮阮大铖，末扮杨文骢，外、小生扮从人喝道上）（旦避下）（副净）琼瑶楼阁朱微抹[15]。（末）金碧峰峦粉细勾。（净）好一派雪景也。（副净）这座赏心亭，原是看雪之所。（净）怎么原是看雪之所？（副净）宋真宗曾出周昉雪图[16]，赐与丁谓[17]。说道："卿到金陵，可选一绝景处张之。"因建此亭。（净看壁介）这壁上单条，想是周昉雪图了。（末）非也。这是画友蓝瑛新来见赠的。（净）妙妙！你看雪压钟山，正对图画，赏心胜地，无过此亭矣。（末吩咐介）就把炉、榼[18]、游具，摆设起来。（外、小生设席坐介）（副净向净介）荒亭草具，恃爱高攀，着实得罪了。（净）说那里话。可笑一班小人，奉承权贵，费千金盛设，十分丑态，一无所取，徒传笑柄。（副净）晚生今日扫雪烹茶，清谈攀教，显得老师相高怀雅量，晚生辈也免了几笔粉抹。（净）呵呀！那戏场粉笔，最是利害[19]，一抹上脸，再洗不掉；虽有孝子慈孙，都不肯认做祖父的。(末) 虽然利害，却也公道，原以儆戒无忌惮之小人，非为我辈而设。(净) 据学生看来，都吃了奉承的亏。(末) 为何？(净) 你看前辈分宜相公严嵩，何尝不是一个文人，现今《鸣凤记》里抹了花脸，着实丑看。岂非赵文华辈奉承坏了。(副净打恭介) 是是！老师相是不喜奉承的，晚生惟有心悦诚服而已。(末) 请酒！(同举杯介) (副净问外介) 选的妓女，可曾叫到了么？(外禀介) 叫到了。(杂领众妓叩头介)(净细看介)(吩咐介) 今日雅集，用不着她们，叫她礼部过堂去罢。(副净) 特令到此伺候酒席的。(净) 留下那个年小的罢。(众下)(净问介) 他唤什么名字？(杂禀介) 李贞丽。(净笑介) 丽而未必贞也。(笑向副净介) 我们扮过陶学士了，再扮一折党太尉何如[20]？(副净) 妙妙！(唤介) 贞丽过来斟酒唱曲。(旦摇头介)(净) 为何摇头？(旦) 不会。(净) 呵呀！样样不会，怎称名妓。(旦) 原非名妓。(掩泪介)(净) 你有甚心事，容你说来。

【江儿水】(旦) 妾的心中事，乱似蓬，几番要向君王控。拆散夫妻惊魂迸，割开母子鲜血涌，比那流贼还猛。做哑装聋，骂着不知惶恐。

(净) 原来有这些心事。(副净) 这个女子却也苦了。(末) 今日老爷们在此行乐，不必只是诉冤了。(旦) 杨老爷知道的，奴家冤苦，也值当不的一诉。

【五供养】堂堂列公，半边南朝，望你峥嵘。出身希贵宠，创业选声容，后庭花又添几种[21]。把俺胡撮弄，对寒风雪海冰山，苦陪觞咏[22]。

(净怒介) 哇！这妮子胡言乱道，该打嘴了。(副净) 闻得李贞丽，原是张天如、夏彝仲辈品题之妓，自然是放肆的。该打该打！(末) 看她年纪甚小，未必是那个李贞丽。(旦恨介) 便是她待怎的！

【玉交枝】东林伯仲，俺青楼皆知敬重。干儿义子从新用，绝不了魏家种。(副净) 好大胆，骂的是那个，快快采去丢在雪中。(外采旦推倒介) (旦) 冰肌雪肠原自同，铁心石腹何愁冻。(副净) 这奴才，当着内阁大老爷，这般放肆，叫我们都开罪了。可恨可恨！(下席踢旦介) (末起拉介) (净) 罢罢！这样奴才，何难处死，只怕妨了俺宰相之度。(末) 是是！丞相之尊，娼女之贱，天地悬绝，何足介意。(副净) 也罢！启过老师相，送入内庭，拣着极苦的脚色，叫他去当。(净) 这也该的。(末) 着人拉去罢！(杂拉旦介) (旦) 奴家已拼一死。吐不尽鹃血满胸，吐不尽鹃血满胸。

(拉旦下)(净) 好好一个雅集，被这奴才搅乱坏了。可笑，可笑！(副净、末连三揖介) 得罪，得罪！望乞海涵，另日竭诚罢。(净) 兴尽宜回春雪棹[23]。(副净) 客羞应斩美人头[24]。(净、副净从人喝道下)(末吊场介) 可笑香君才下楼来，偏撞两个冤对，这场是非免不了的；若无下官遮盖，香君性命也有些不妥哩。罢罢！选入内庭，倒也省了几日悬挂；只是媚香楼无人看守，如何是好？(想介) 有了，画友蓝瑛托俺寻寓，就接他暂住楼上；待香君出来，再作商量。

赏心亭上雪初融，煮鹤烧琴宴钜公；
恼杀秦淮歌舞伴，不同西子入吴宫。

注释

[1]供奉：在皇帝左右供职的人。

[2]钱谦益(1582—1664)：常熟人，明万历三十八年进士，授编修，累官至礼部侍郎。南明福王立，谄事马士英，为礼部尚书。清兵定江南，谦益迎降，命以礼部侍郎兼管秘书院事。擅长诗文创作。

[3]乙酉新年人日：乙酉为南明弘光元年，公元1645年。人日是农历正月初七日。

[4]蕊珠宫：道家指天上宫阙。

[5]业海：佛教指种种恶因，使人沦溺之海。

[6]一生魂在巫山洞：卞玉京哀叹自己一生的娼妓生活。

[7]凤纸：帝王用纸，诏书。

[8]道人醒了扬州梦：他自己从歌舞繁华中醒悟过来。扬州梦来自唐代杜牧诗句"十年一觉扬州梦，赢得青楼薄幸名"。

[9]桃片随风不结子。柳绵浮水又成萍：比喻歌妓们居所不定、由人摆布的生活。

[10]传歌留乐府，擫(yè)笛傍宫墙：乐府，宋以后的词、散曲、剧曲因配乐，也称乐府。擫，压、按的意思。宫墙，宫中。写音乐艺人们的活动。

[11]烟花：指妓女或艺妓。

[12]赵文华：严嵩私党。　严嵩：明世宗时期奸相，事载《明史·奸臣传》。他揽权贪贿，迫害许多忠良。

[13]鸣凤：即《鸣凤记》，明代传奇，写御史杨继盛弹劾严嵩而被害的事情。

[14]祢衡：见第一出注[61]。

[15]抹：画国画的笔法。下文"勾"意同。

[16]周昉：唐代画家，以画佛像和写真知名。

[17]丁谓：宋真宗时大臣，好大兴土木，迎合真宗，宋仁宗时被贬崖州。

[18]榼(kē)：酒具。

[19]那戏场粉笔，最是利害：我国传统戏曲演奸臣化妆成大白脸，俗称白脸奸臣。

[20]陶学士、党太尉：陶学士是指五代时在晋、汉、周都做翰林学士的陶穀，他生活品性高雅。同时代的党太尉则生活品性粗俗。

[21]后庭花：南朝陈后主所制乐曲。陈后主一味声色犬马以至亡国，成为亡国之君。因此后人把后庭花曲当作亡国之曲。唐杜牧《泊秦淮》诗有"商女不知亡国恨，隔江犹唱后庭花"句。

[22]觞咏：饮酒赋诗。

[23]兴尽宜回春雪棹：晋王徽之居山阴，忽然想念好友戴逵。当时戴在剡溪，王连夜乘船去访，经一夜，到戴门口，没有进去便回来了，对人说："吾本乘兴而来，兴尽而返，何必见戴？"乘兴即乘着一时之兴，兴尽即兴已足矣。

[24]客羞应斩美人头：《史记·平原君列传》记，平原君的美人在楼上看见一个跛子，不觉大笑，平原君不认为美人无礼，门客因为平原君重女色而轻士人，纷纷离去。平原君为此而斩了美人，并对跛子道歉。此处指阮大铖借题发挥要加害于李香君。

新评

骂筵，就是在筵席唱剧之时猛烈斥责阮大铖之流。骂，就要骂得痛快，骂得那些心上有病、肚里藏鬼的人羞惭不已，甚至暴跳如雷。三国时的祢衡就有这样的勇气，李香君也是这样准备着的，故一上场即说：“俺做个女祢衡，挝渔阳，声声骂，看他懂不懂。”然后即一路开骂，直骂得阮大铖之流心惊肉跳，恼羞成怒，竟对一个弱女子施以武力。于是，一个演剧场，竟变成了声讨奸人的活剧，有正义感的人看了无不称快。

本出的不露声色处，是安排了丁继之、卞玉京一对老男女双双出家。他们作为艺人，看不惯奸党的做派，更不愿为他们卖唱，毅然选择了出家。这种选择，其实是为李香君和侯方域的归隐作的铺垫。

第二十五出　选　优

乙酉正月

(场上正中悬一匾，书“薰风殿”，两旁悬联，书“万事无如杯在手，百年几见月当头”。款书“东阁大学士臣王铎奉敕书”)(外扮沈公宪，净扮张燕筑，小旦扮寇白门，丑扮郑妥娘同上)(外) 天子多情爱沈郎[1]。(净) 当年也是画眉张[2]。(小旦) 可怜一树白门柳。(丑) 让我风流郑妥娘。(外) 我们被选入宫，伺候两日，怎么还不见动静。(净仰看介) 此处是薰风殿，乃奏乐之所；闻得圣驾将到，选定脚色，就叫串戏哩。(外) 如何名薰风殿？(净) 你不晓得，琴曲里有一句“南风之薰兮”，取这个意思。(丑) 呸！你们男风兴头，要我们女客何用？(小旦) 我们女客得了宠眷，做个大嫔妃，还强如他男风哩。(丑) 正是，他男风得了宠眷，到底是个小兄弟。(净) 好徒弟，骂及师父来了。(外) 咱们掌了班时，不要饶他。(净) 谁肯饶他。明日教动戏，叫老妥试试我的鼓槌子罢。(丑嗤笑，指介) 你老张的鼓槌子，我曾试过，没相干的。(众笑介)(副净冠带扮阮大铖上)

【绕地游】汉宫如画，春晓珠帘挂，待粉蝶黄莺打。歌舞西施，文章司马[3]，厮混了红袖乌纱。

(见介) 你们俱已在此，怎的不见李贞丽？(小旦) 他从雪中一跌，至今忍痛，还卧在廊下哩。(副净) 圣驾将到，选定脚色，就要串戏，怎么由得她的性儿。(众) 是，是，俺们拉她过来。(同下)(副自语介) 李贞丽这个奴才，如此可恶，今日净、丑脚色，一定借重她了。(杂扮二内监执龙扇前引，小生扮弘光帝，又扮二监提壶捧盒，随上)(小生) 满城烟树间梁陈，高下楼台望不真；原是洛阳花里客[4]，偏来管领秣陵春。(坐介) 寡人登极御宇，将近一年，幸亏四镇阻当，流贼不能南下；虽有叛臣倡议欲立潞藩，昨已捕拿下狱。目今外侮不来，内患不生，正在采选淑女，册立正宫，这也都算小事；只是朕独享帝王之尊，无有声色之奉，端居高拱[5]，好不闷也。(副净跪介) 光禄寺卿臣阮大铖恭请万安。(小生) 平身。(副净起介)

【掉角儿】(小生) 看阳春残雪早花，蹙愁眉慵游倦耍。(副净) 圣上安享太平，正宜及时行乐；慵游倦耍，却是为何？(小生) 朕有一桩心事，料你也应晓得。(副净) 想怕流贼南犯？(小生) 非也。阻隔着黄河雪浪，那怕他天汉浮槎[6]。(副净) 想愁兵弱粮少？(小生) 也不是。俺有那镇淮阴诸猛将，转江陵大粮艘，有甚争差。(副净) 既不为内外兵马，想是正宫未立，配德无人？(小生) 也不为此。那礼部钱谦益，采选淑女，不日册立。有三妃九嫔，教国宜家。(副净) 又不为此，臣晓得了。(私奏介) 想因叛臣周镳、雷缜祚，倡造邪谋，欲迎立潞王耳。(小生) 益发说错了。那奸人倡言惑众，久已搜拿。

(副净低头沉吟介)却是为何？(小生)卿供奉内庭，乃朕心腹之臣，怎不晓得朕的心事。(副净跪介)圣虑高深，臣衷愚昧，其实不能窥测。伏望明白宣示，以便分忧。(小生)朕谕你知道罢，朕贵为天子，何求不遂？只因你所献《燕子笺》，乃中兴一代之乐，点缀太平，第一要事；今日正月初九，脚色尚未选定，万一误了灯节，岂不可恼。(指介)你看阁学王铎书的对联道："万事无如杯在手，百年几见月当头。"一年能有几个元宵，故此日夜踌躇，饮膳俱减耳。(副净)原来为此，巴里之曲[7]，有廑圣怀[8]，皆微臣之罪也。(叩头介)臣敢不鞠躬尽瘁，以报主知。(起唱介)

【前腔】忝卿僚填词辨挝[9]，备供奉诙谐风雅。恨不能腮描粉墨，也情愿怀抱琵琶。但博得歌筵前垂一顾，舞裀边受寸赏[10]，御酒龙茶，三生侥幸，万世荣华。这便是为臣经济，报主功阀[11]。

(前问介)但不知内庭女乐，少何脚色？(小生)别样脚色，都还将就得过，只有生、旦、小丑不惬朕意。(副净)这也容易，礼部送到清客、歌妓，现在外厢，听候拣选。(小生)传他进来。(副净)领旨。(急入领外、净、旦、小旦、丑上)(俱跪介)(小生问外、净介)你二人是串戏清客么？(外、净)不敢，小民串戏为生。(小生)既会串戏，新出传奇也曾串过么？(外、净)新出的《牡丹亭》《燕子笺》《西楼记》[12]，都曾串过。(小生)既会《燕子笺》，就做了内庭教习罢[13]。(外、净叩头介)(小生问介)那三个歌妓，也会《燕子笺》么？(小旦、丑)也曾学过。(小生喜介)益发妙了。(问旦介)这个年小的，怎不答应？(旦)没学。(副净跪介)臣启圣上，那两个学过的，例应派做生、旦。这一个没学的，例应派做丑脚。(小生)既有定例，依卿所奏。(小旦、丑、旦叩头介)(小生)俱着起来，伺候串戏。(俱起介)(丑背喜介)还是我老妥做了天下第一个正旦。(小生向副净介)卿把《燕子笺》摘出一曲，叫他串来，当面指点。(外、净、小旦、丑随意演《燕子笺》一曲，副净作态指点介)(小生喜介)有趣，有趣！都是熟口，不愁扮演了。(唤介)长侍斟酒，庆贺三杯。(杂进酒，小生饮介)(小生起介)我们君臣同乐，打一回十番何如？(副净)领旨。(小生)寡人善于打鼓，你们各认乐器。(众打雨夹雪一套，完介)(小生大笑介)十分忧愁消去九分了。(唤介)长侍斟酒，再庆三杯。(杂进酒，小生饮介)

【前腔】旧吴宫重开馆娃[14]，新扬州初教瘦马[15]。淮阳鼓昆山弦索，无锡口姑苏娇娃[16]。一件件闹春风，吹暖响，斗晴烟，飘冷袖，宫女如麻。红楼翠殿，景美天佳。都奉俺无愁天子，语笑喧哗。

(看旦介)那个年小歌妓，美丽非常，派做丑脚，太屈她了。(问介)你这个年小歌妓，既没学《燕子笺》，可曾学些别的么？(旦)学过《牡丹亭》。(小生)这也好了，你便唱来。(旦羞不唱介)(小生)看她粉面发红，像是腼腆；赏他一柄桃花宫扇，遮

掩春色。(杂掷红扇与旦介)(旦持扇唱介)

【懒画眉[17]】为甚的玉真重溯武陵源,也只为水点花飞在眼前。是他天公不费买花钱,则咱人心上有啼红怨。咳!辜负了春三二月天。

(小生喜介)妙绝,妙绝!长侍斟酒,再庆三杯。(杂进酒,小生饮介)(指旦介)看此歌妓,声容俱佳,岂可长材短用,还派做正旦罢。(指丑介)那个黑色的,倒该做丑脚。(副净)领旨。(丑撅嘴介)我老妥又不妥了。(小生向副净介)你把生、丑二脚,领去入班;就叫清客二名,用心教习,你也不时指点。(副净跪应介)是。此乃微臣之专责,岂敢辞劳。(急领外、净、小旦、丑下)(小生向旦介)你就在这薰风殿中,把《燕子笺》脚本,三日念会,好去入班。(旦)念会不难,只是没有脚本。(小生唤介)长侍,你把王铎抄的楷字脚本,赏与此旦。(杂取脚本付旦,跪接介)(小生)千年只有歌场乐,万事何须酒国愁。(杂引下)(旦掩泪介)罢了,罢了!已入深宫,那有出头之日。

【前腔】锁重门垂杨暮鸦,映疏帘苍松碧瓦。凉飕飕风吹罗袖,乱纷纷梅落宫髽[18]。想起那拆鸳鸯,离魂惨,隔云山,相思苦,会期难拿。倩人寄扇,擦损桃花。到今日情丝割断,芳草天涯[19]。

(叹介)没奈何,且去念会脚本;或者天恩见怜,放奴出宫,再会侯郎一面,亦未可知。

【尾声】从此后入骨髓愁根难拔,真个是广寒宫姮娥守寡。只这两日呵!瘦损宫腰剩一把。

曲终人散日西斜,殿角凄凉自一家;
纵有春风无路入,长门关住碧桃花。

注释

[1]沈郎:沈约,经历南朝宋、齐、梁三朝,至梁累官至尚书令,善诗文。这里沈公宪因与之同姓氏引以自比。

[2]画眉张:《汉书·张敞传》记张为妇画眉事。张燕筑因与之同姓氏引以自比。

[3]文章司马:汉代文学家司马相如。阮大铖引他自比。

[4]原是洛阳花里客:洛阳盛开牡丹花,福王曾封在洛阳。

[5]端居高拱:形容帝王清闲无事,无为而治。

[6]那怕他天汉浮槎(chá):不怕他从天河上乘槎飞渡。槎,木筏。

[7]巴里之曲:下里巴人之曲,即俚俗之曲。

[8]廑:同"仅",少、损的意思。

[9]忝(tiǎn)卿僚填词辨挝:自己惭愧地列在大臣之列,能够填词奏乐。

[10]舞裀(yīn):裀同"茵",舞裀是舞蹈时铺的地毯。

[11]功阀:功伐,功劳的意思。

[12]《西楼记》:明末袁于令所撰剧曲,演于鹃和妓女木素徽的故事。

[13]内庭教习：宫内歌舞教师。

[14]旧吴宫重开馆娃：吴王夫差为西施建馆娃宫。

[15]新扬州初教瘦马：白居易《有感》诗句："莫养瘦马驹，莫教小妓女。"后扬州风俗称妓女为瘦马。

[16]"淮阳鼓"二句：这二句是吴中一带民谚，淮阳的鼓、昆山的弦索、无锡的唱口、苏州的美女，当时都是有名的。

[17]懒画眉：这是汤显祖《牡丹亭·寻梦》中的一曲。

[18]髽(zhuā)：妇人的丧髻，以麻发合结。

[19]芳草天涯：宋苏轼词[蝶恋花]句"天涯何处无芳草"，这里借指侯方域远在天涯。

新评

选优，乃是弘光皇帝为元宵节亲自选定优伶。在国难当头之时，真是咄咄怪事，但弘光的佞臣阮大铖之流，却奉承得那样紧凑，真是君臣的心，一齐往亡国之路上急奔了。所以，孔尚任在一开头就让擅长书法的王铎奉敕写一副对联："万事无如杯在手，百年几见月当头。"之后，又写了一个弘光亲自打鼓的细节，令人想到耽于优戏的后唐庄宗(见《五代史·伶官传序》)。可叹的是，万一覆国，臣下多半可逃可赦，如那王铎、钱谦益不久之后，就在清廷里做起高官来，而做皇帝的绝不可赦，如崇祯皇帝就自挂煤山。或许是弘光悟到了国祚不远，专门要活一天乐一天，那也没办法，只有南明人一起陪他到国亡。所以此出的意旨就是说，南明覆亡，最大的罪人乃是弘光皇帝。

第二十六出　赚　将

乙酉正月

【破阵子】(生上) 水驿山城烟霭,花村酒肆尘埋。百里白云亲舍近[1],不得斑衣效老莱[2],从军心事乖。

小生侯方域,奉史公之命,监军防河。争奈主将高杰,性气乖张,将总兵许定国当面责骂;只恐挑起争端,难于收救,不免到中军帐内,劝谏一番。(入介)(副净扮高杰上) 一声叱退黄河浪,两手推开紫塞烟[3]。(相见坐介) 先生入帐,有何见教。(生)小生千里相随,只为防河大事。今到睢州呵!

【四边静】威名震,人人惊魄,家尽移宅。鸡犬不留群,军民少宁刻。营中一吓,帐中一责;敌国在萧墙,祸事恐难测。

(副净) 那许定国拥兵十万,夸胜争强,昨日教场点卯,一个个老弱不堪。欺君糜饷,本当军法从事,责骂几声,也算从轻发放了。(生)元帅差矣。

【福马郎】此时山河一半改,倚着忠良帅,速奏凯。收拾人心,招纳英才,莫将衅端开。成功业,只在将和谐。

(副净) 虽如此说,那许定国托病不来,倒请俺入城饮酒,总是十分惧怕了。俺看睢州城外,四面皆水,只有单桥小路,也是可守之邦。明日叫他让出营房,留俺歇马。他若依时便罢,若不依时,俺便夺他印牌,另委别将,却也容易。(生摇手介)这事万万行不得,昨日教场一骂,争端已起。自古道"强龙不压地头蛇",他在唇齿肘臂之间,早晚生心,如何防备。(副净指生介) 书生之见,益发可笑。俺高杰威名盖世,便是黄、刘三镇,也拜下风;这许定国不过走狗小将,有何本领,俺倒防备起他来。(生打恭介) 是,是,是! 元帅既有高见,小生何用多言。就此辞归,竟在乡园中,打听元帅喜信罢。(副净拱介) 但凭尊意。(生冷笑拂袖下)(副净起唤介)叫左右。(净、丑扮二将上)元帅呼唤,有何军令? (副净)你二将各领数骑,随我入城饮酒玩耍。这大营人马,不许擅动。(净、丑)得令。(即下)(领四卒上)(副净)就此前行。(骑马绕场介)

【划锹儿】南朝划就黄河界,东流把住白云隘[4];飞鸟不能来,强弓何用买。(合)望荒城柳栽,上危桥板坏;按辔徐行,军容潇洒。

(暂下)(外扮家将捧印牌上)杀人不用将军印,奏凯全凭娘子军[5]。咱乃睢州许总兵的家将,俺总爷被高杰一骂,吓得水泻不止。亏了夫人侯氏,有胆有谋,昨夜画定计策;差俺捧着牌印,前来送交,就请他进城筵宴。约定饮酒中间,放炮为号,如此如此,这般这般。倒也是条妙计,只不知天意若何,好怕人也。(望介)远望高杰前来,不免在桥头跪接。(副净等唱前合上[6])(外跪接介)(副净问介)你是何处差官?(外)小的是总兵许定国家将,叩接元帅大老爷。(副净)那许总兵为何不接?(外)许总兵卧病难起,特差小的送到牌印,就请元帅爷进城筵宴,点查兵马。(副净)席设何处?(外)设在察院公署[7]。(副净)左右收了牌印。(净、丑收介)(副净笑介)妙,妙,牌印果然送到,明日安营歇马,任俺区处了[8]。(吩咐外介)你便引马前行。(外前引,唱前合,行介)(外跪禀介)已到察院,请元帅爷入席。(副净下马入坐介)(吩咐介)军卒外面伺候。(向净、丑介)你二将不同别个,便坐下席,陪俺欢乐。(净、丑安放牌印,叩头介)告坐了。(就地列坐介)(外斟副净酒介)(末、小生扮二将斟净、丑酒介)(又副净、净、丑身旁各立一杂摆菜介)(外)请酒。(副净怒介)这样薄酒,拿来灌俺。(摔杯介)(外急换酒介)(外)请菜。(副净怒介)这样冷菜,如何下箸。(摔箸介)(外急换菜介)(副净)今日正月初十,预赏元宵,怎的花灯优人,全不预备?(外跪禀介)禀元帅爷:这睢州偏僻之所,没处买灯叫戏。且把衙门灯笼悬挂起来,军中鼓角吹打一通罢。(挂灯吹打介)(副净向净、丑介)我们多饮几杯。

【普天乐】镇河南,威风大,柳营列,星旗摆。灯筵上,灯筵上,将印兵牌。(净、丑起奉副净酒介)行军令,酒似官差。(副净与净、丑猜拳介)任哗拳叫彩,三家拇阵排[9]。(外、末、小生)这八卦图中新势,只怕鬼谷难猜[10]。

(净、丑)小的酒都有了,今日还要伺候元帅爷点查兵马哩。(副净)天色已晚,明日点查罢,大家再饮几杯。(又斟酒饮介)(内放纸炮介)(杂急拿副净手,外拔刀欲杀,副净挣脱跳梁上介)(一杂急拿净手,末杀死净介)(一杂急拿丑手,小生杀死丑介)(闻炮声拿杀要一齐介)(外喊介)高杰走脱了,快寻,快寻。(杂点火把各处寻介)(外仰视介)顶破椽瓦,想是爬房走了。(杂又寻介)(外指介)那楼脊兽头边,闪闪绰绰,似有人影。快快放箭!(末、小生放箭介)(副净跳下介)(杂拿住副净手介)(外认介)果然是老高哩。(副净呵介)好反贼,俺是皇帝差来防河大帅,你敢害我?(外)俺只认的许总爷,不认的甚么黄的黑的,快伸头来。(副净跳介)罢了,罢了!俺高杰有勇无谋,竟被许定国赚了。(顿足介)咳!悔不听侯生之言,致有今日。(伸脖介)取我头去。(外指介)老高果然是条好汉。(割副净头,手提介)(唤介)两个兄弟快捧牌印,大家回报总爷去。(末、小生捧牌印介)(末)且莫慌张,三将虽死,还有小卒在外哩。(外)久已杀得干净了。(小生)还有一件,城外大营,明日知道,必来报仇。快去回了总爷,求侯夫人妙计。(外)侯夫人妙计,早已领来了。今夜悄悄出城,带着高杰首级献与北朝,就引着北朝人马,连夜踏冰渡河,杀退高兵。

算我们下江南第一功了。

宛马嘶风缓辔来[11]，黄河冰上北门开；
南朝正赏春灯夜，让我当筵杀将才。

注释

[1]白云亲舍：比喻思亲。

[2]斑衣老莱：春秋楚人老莱子孝顺父母，他穿彩衣学婴孩动作来娱乐父母。

[3]紫塞烟：紫塞即边塞，紫塞烟指外族入侵。

[4]白云隘：山西阳城南一处形势险要地。

[5]娘子军：这里指许定国的妻子。

[6]唱前合：唱上一支曲子里合唱的部分。

[7]察院：明代都察院的简称。

[8]区处：分别处理。

[9]拇阵排：即拇战，划拳，叫彩，都是拇战的动作。

[10]“这八卦图中新势”二句：意为诸葛亮布的一种阵战是按照八卦图原理排列，变幻无穷。许定国方面密谋杀高杰也是一种新阵法，只怕战国时代纵横家的始祖鬼谷子都难以破解。

[11]宛马嘶风缓辔来：宛马，即大宛马，是西域大宛所产的名马。嘶风，马迎风而鸣，表示胜利。本句意为清兵可以轻松地南渡。

新评

古语曰，骄兵必败，高杰犯的就是这条，以致身死。他身死不要紧，清兵却得以乘机南下，直逼江北，南明王朝危在旦夕。这正是高杰之亡的严重后果。侯方域看出这一点，却无能为力；史可法也早看出这一点，却难以赋予侯方域更大的权力。这正应了一句俗话，非不知也，乃势不可为也。

第二十七出　逢　舟

乙酉二月

【水底鱼】(净扮苏昆生背包裹骑驴急上) 戎马纷纷，烟尘一望昏；魂惊心震，长亭连远村。(丑扮执鞭人赶呼介) 客官慢走，你看黄河堤上，逃兵乱跑，不要被他夺了驴去。(净不听，急走介) (杂扮乱兵三人迎上) 弃甲掠盾[1]，抱头如鼠奔；无暇笑哂，大家皆败军，大家皆败军。(遇净，推下河，夺驴跑下) (丑赶下) (净立水中，头顶包裹高叫介) 救人呀，救人呀！(外扮舟子撑船，小旦扮李贞丽贫妆上)

【前腔】流水浑浑，风涛拍禹门[2]；堤边浪稳，泊舟杨柳根。(欲泊船介) (小旦唤介) 驾长[3]，你看前面浅滩中，有人喊叫；我们撑过船去，救他一命，积个阴骘如何[4]? (外) 黄河水溜，不是当要的。(小旦) 人行好事，大王爷爷自然加护的[5]。(外) 是，是，待我撑过去。(撑介) 风急水紧，舍生来救人；哀声迫窘，残生一半魂，残生一半魂。

(近净呼介) 快快上来，合该你不死，遇着好人。(伸篙下，净攀篙上船介) (作颤介) 好冷，好冷！(外取干衣与净介) (小旦背立介) (净换衣介) 多谢驾长，是俺重生父母。(叩介) (外) 不干老汉事，亏了这位娘子叫我救你的。(净作揖起，惊认介) 你是李贞娘，为何在这船里？(小旦惊认介) 原来是苏师父。你从何处来？(净) 一言难尽。(小旦) 请坐了讲。(坐介) (外泊船介) 且到岸上买壶酒吃去。(下)

【琐窗寒】(净) 一从你嫁朱门，锁歌楼，叠舞裙；寒风冷雪，哭杀香君。(小旦掩泪介) 香君独住，怎生过活？(净) 她托俺前来寻访侯郎。征人战马，侯郎无信，茫茫驿路殷勤问。(小旦问介) 因何落水？(净) 正在堤上行走，被乱兵夺驴，把俺推下水的。蒙救出浊流，故人今夕重近。

(小旦) 原来如此，合该师父不死，也是奴家有缘，又得一面。(净问介) 贞娘，你既入田府，怎得到此？(小旦) 且取火来，替你烘干衣裳，细细告你。(小旦取火盆上介) (副净扮舟子撑船，生坐船急上) 才离虎豹千林雾，又逐鲸鲵万里波。(呼介) 驾长，这是吕梁地面了[6]，扯起篷来，早赶一程；明日要起早哩。(副净) 相公不要性急，这样风浪，如何行的。前面是泊船之所，且靠帮住一宿罢。(生) 凭你。(泊船介) (生) 惊魂稍定，不免略打个盹儿。(卧介) (净烘衣，小旦旁坐谈介) 奴家命苦，如今又不在那田家了。想起那晚，

【前腔】匆忙扮作新人，夺藏娇，金屋春；一身宠爱，尽压钗裙。(净) 这好的狠了。(小旦) 谁知田仰嫡妻，十分悍妒。狮威胜虎，蛇毒如刃。把奴揪出洞房，

打个半死。(净) 呀，呀！了不得，那田仰怎不解救？(小旦) 田郎有气吞声忍，竟将奴赏与一个老兵。(净) 既然转嫁，怎么在这船上？(小旦) 此是漕标报船[7]，老兵上岸下文书去了。奴自坐船头，旧人来说新恨。

(生一边细听介) (听完起坐介) 隔壁船中，两个人絮絮叨叨，谈了半夜，那汉子的声音，好似苏昆生，妇人的声音，也有些相熟；待我猛叫一声，看他如何？(叫介) 苏昆生！(净忙应介) 那个唤我？(生喜介) 竟是苏昆生。(出见介)(净) 原来是侯相公，正要去寻，不想这里撞着。谢天谢地，遇的恰好。(唤介) 请过船来，认认这个旧人。(生过船介) 还有那个？(见旦惊认介) 呀！贞娘如何到此？奇事奇事，香君在那里？(小旦) 官人不知，自你避祸夜走，香君替你守节，不肯下楼。(生掩泪介)(小旦) 后来马士英差些恶仆，拿银三百，硬娶香君，送与田仰。(生惊介) 我的香君，怎的她适了[8]？(小旦) 嫁是不曾嫁；香君惧怕，碰死在地。(生大哭介) 我的香君，怎的碰死了？(小旦) 死是不曾死，碰的鲜血满面；那门外还声声要人，一时无奈，妾身竟替她嫁了田仰。(生喜介) 好，好！你竟嫁与田仰了，今日坐船要往那里去？(小旦) 就住在船上。(生) 为何？(小旦羞介) (净) 她为田仰妒妇所逐，如今转嫁这船上一位将爷了。(生微笑介) 有这些风波，可怜，可怜！(问净介) 你怎得到此？(净) 香君在院，日日盼你，托俺寄书来的。(生急问介) 书在那里？

【奈子花】(净取包介) 这封书不是笺纹[9]，折宫纱夹在斑筠[10]。题诗定情，催妆分韵[11]。(生接扇介) 这是小生赠她的诗扇。(净指扇介) 看桃花半边红晕，情恳！千万种语言难尽。

(生看扇问介) 那一面是谁画的桃花？(净) 香君碰坏花容，溅血满扇，杨龙友添上梗叶，成了几笔折枝桃花。(生细看喜介) 果然是些血点儿，龙友点缀，却也有趣。这柄桃花扇，倒是小生之宝了。(问介) 你为何今日带来？(净) 在下出门之时，香君说道，千愁万苦俱在扇头，就把扇儿当封书罢！故此寄来的。(生又看，哭介) 香君香君！叫小生怎生报你也！(问净介) 你怎的寻着贞娘来？(净指唱介)

【前腔】俺呵，走长堤驴背辛勤，遇逃兵推下寒津。(生) 呵呀！受此惊险。(问介) 怎的不曾湿了扇儿？(净作势介) 横流没肩，高擎书信，将兰亭保全真本[12]。(生拱介) 为这把桃花扇，把性命都轻了，真可感也。(问介) 后来怎样呢？(净) 亏了贞娘，不怕风浪，移船救我。思忖，从井救别人谁肯。

(生) 好好！若非遇着贞娘，这黄河水溜，谁肯救人。(小旦) 妾本无心，救他上船，才认的是苏师父。(生) 这都是天缘凑巧处。(净) 还不曾问侯相公，因何南来？(生) 俺自去秋随着高杰防河，不料匹夫无谋，不受谏言；被许定国赚入睢州，饮酒中间，遣人刺死。小生不能存住，买舟黄河，顺流东下。你看大路之上，纷纷乱跑，皆是败兵，叫俺有何面目，再见史公也。(净) 既然如此，且到南京，看看香君，再作商量。

(生)也罢,别过贞娘,趁早开船。(小旦)想起在旧院之时,我们一家同住;今日船中,只少一个香君,不知今生还能相见否。

【金莲子】一家人离散了,重聚在水云。言有尽,离绪百分;掌中娇养女,何日说艰辛。

(生)只怕有人踪迹,昆老快快换衣,就此别过罢。(净换衣介)(生、净掩泪过船介)(净)归计登程犹未准。(生)故人见面转添愁。(副净撑船下)(小旦)妾心厌倦烟花,伴着老兵度日,却也快活。不意故人重逢,又惹一天旧恨;你听涛声震耳,今夜那能成寐也。

悠悠萍水一番亲,旧恨新愁几句论;
漫道浮生无定著,黄河亦有住家人。

注释

[1]掠盾:弃盾。

[2]禹门:即龙门,在山西河津西北。这里泛指黄河上险要处。

[3]驾长:对艄公的敬称。

[4]阴骘(zhì):本为默定之意,后衍为阴德之意。

[5]大王爷爷:河神爷。

[6]吕梁:地名。在今江苏省徐州东南。

[7]漕标报船:漕抚传递文书信息的船。

[8]适:女子出嫁。

[9]笺(jiān)纹:笺是小幅华贵的纸,纹是丝织品,都用来题咏或写书信。

[10]折宫纱夹在斑筠(yún):折,折叠。宫纱,宫中精制的一种丝织品。斑筠,斑竹。筠,坚韧的竹皮。这句话说明侯方域赠李香君的扇子是坚韧竹皮做扇子主骨的折叠扇,其扇面是精制的丝织品。后来有了血痕,由杨文骢点画成桃花才称其为桃花扇。

[11]催妆分韵:旧时婚俗,新妇出嫁时,要多次催促,才梳妆启行,这是古代掠夺婚姻的遗迹。分韵是数人相约赋诗。催妆分韵即催妆诗。第六出曾叙述杨文骢"送来一首催妆诗"。

[12]将兰亭保全真本:元代书画家赵孟頫,得到一本名贵的兰亭帖,他乘船遇险落水,将帖高举过顶。在此比喻苏昆生在水中保护桃花扇。

新评

"逢舟"一出,全在"逢"字。所谓"逢",乃是巧逢,意外之逢,李贞丽黄河里救起了苏昆生,河岸边恰逢南逃的侯方域。巧逢的情节并不重要,重要的在于要将桃花扇寄与侯生。如此这般,情节才能延续下去。所以说,这一出乃是过渡戏,但在时间的背景上,又作了一番铺垫,使全剧显得厚重。

第二十八出　题　画

乙酉三月

（小生扮山人蓝瑛上）美人香冷绣床闲，一院桃开独闭关；无限浓春烟雨里，南朝留得画中山。自家武林蓝瑛[1]，表字田叔，自幼驰声画苑。与贵筑杨龙友笔砚至交[2]，闻他新转兵科，买舟来望，下榻这媚香楼上。此楼乃名妓香君梳妆之所，美人一去，庭院寂寥，正好点染云烟[3]，应酬画债。不免将文房画具，整理起来。（作洗砚、涤笔、调色、揩盏介）没有净水怎处？（想介）有了，那花梢晓露，最是清洁，用他调丹濡粉，鲜秀非常。待我下楼，向后园收取。（手持色盏暂下）

【破齐阵】（生新衣上）地北天南蓬转[4]，巫云楚雨丝牵。巷滚杨花，墙翻燕子，认得红楼旧院。触起闲情柔如草，搅动新愁乱似烟，伤春人正眠。

小生在黄河舟中，遇着苏昆生，一路同行，心忙步急，不觉来到南京。昨晚旅店一宿，天明早起，留下昆生看守行李；俺独自来寻香君，且喜已到院门之外。

【刷子序犯】只见黄莺乱啭，人踪悄悄，芳草芊芊[5]。粉坏楼墙，苔痕绿上花砖。应有娇羞人面，映着他桃树红妍；重来浑似阮刘仙[6]，借东风引入洞中天。

（作推门介）原来双门虚掩，不免侧身潜入，看有何人在内。（入介）

【朱奴儿犯】呀，惊飞了满树雀喧，踏破了一墀苍藓[7]。这泥落空堂帘半卷，受用煞双栖紫燕。闲庭院，没个人传，蹑踪儿回廊一遍，直步到小楼前。

（上指介）这是媚香楼了。你看寂寂寥寥，湘帘昼卷，想是香君春眠未起。俺且不要唤她，慢慢的上了妆楼，悄立帐边；等她自己醒来，转睛一看，认得出是小生，不知如何惊喜哩！（作上楼介）

【普天乐】手拽起翠生生罗襟软，袖拨开绿杨线。一层层栏坏梯偏，一桩桩尘封网罥[8]。艳浓浓楼外春不浅，帐里人儿腼腆。（看几介）从几时收拾起银拨冰弦[9]；摆列着描春容脂箱粉盏，待做个女山人画叉乞钱[10]。

（惊介）怎的歌楼舞榭，改成个书院画轩？这也奇了。（想介）想是香君替我守节，不肯做那青楼旧态，故此留心丹青[11]，聊以消遣春愁耳。（指介）这是香君卧室，待我轻轻推开。（推介）呀！怎么封锁严密，倒像久不开的；这又奇了，难道也没个人看守？（作背手徬徨介）

【雁过声】萧然，美人去远，重门锁，云山万千，知情只有闲莺燕。尽着狂，尽着颠，问着他一双双不会传言。熬煎，才待转，嫩花枝靠着疏篱颤。（下听介）帘栊响，似有个人略喘。

（瞧介）待我看是谁来。（小生持盏上楼，惊见介）你是何人，上我寓楼？（生）这是俺香君妆楼，你为何寓此？（小生）我乃画士蓝瑛。兵科杨龙友先生送俺来寓的。（生）原来是蓝田老，一向久仰。（小生问介）台兄尊号？（生）小生河南侯朝宗，亦是龙友旧交。（小生惊介）呵呀！文名震耳，才得会面。请坐请坐！（坐介）（生）我且问你，俺那香君那里去了？（小生）听说被选入宫了。（生惊介）怎……怎的被选入宫了！几时去的？（小生）这倒不知。（生起，掩泪介）

【倾杯序】寻遍，立东风渐午天，那一去人难见。（瞧介）看纸破窗棂，纱裂帘幔。裹残罗帕，戴过花钿，旧笙箫无一件[12]。红鸳衾尽卷，翠菱花放扁[13]。锁寒烟，好花枝不照丽人眠。

想起小生定情之日，桃花盛开，映着簇新新一座妆楼；不料美人一去，零落至此。今日小生重来，又值桃花盛开，对景触情，怎能忍住一双眼泪。（掩泪坐介）

【玉芙蓉】春风上巳天[14]，桃瓣轻如剪，正飞绵作雪，落红成霰[15]。不免取开画扇，对着桃花赏玩一番。（取扇看介）溅血点作桃花扇，比着枝头分外鲜。这都是为着小生来。携上妆楼展，对遗迹宛然，为桃花结下了死生冤。

（小生）请教这扇上桃花，何人所画？（生）就是贵东杨龙友的点染。（小生）为何对之挥泪？（生）此扇乃小生与香君订盟之物。

【山桃红】那香君呵！手捧着红丝砚[16]，花烛下索诗篇。（指介）一行行写下鸳鸯券。不到一月，小生避祸远去，香君闭门守志，不肯见客，惹恼了几个权贵。放一群吠神仙朱门犬[17]。那时硬抢香君下楼，香君着急，把花容呵，似鹃血乱洒啼红怨。这柄诗扇恰在手中，竟为溅血点坏。（小生）可惜可惜！（生）后来杨龙友添上梗叶，竟成了几笔折枝桃花。（拍扇介）这桃花扇在，那人阻春烟[18]。

（小生看介）画的有趣，竟看不出是血迹来。（问介）这扇怎生又到先生手中？（生）香君思念小生，托她师父到处寻俺，把这桃花扇，当了一封锦字书。小生接得此扇，跋涉来访，不想香君又入宫去了。（掩泪介）（末扮杨龙友冠带，从人喝道上）台上久无秦弄玉[19]，船中新到米襄阳[20]。（杂入报介）兵科杨老爷来看蓝相公，门外下轿了。（小生慌迎见介）（末上楼见生，揖介）侯兄几时来的？（生）适才到此，尚未奉拜。（末）闻得一向在史公幕中，又随高兵防河。昨见塘报，高杰于正月初十日，已为许定国所杀，那时世兄在那里来？（生）小弟正在乡园，忽遇此变，扶着家父逃避山中，一月有馀。恐为许兵踪迹，故又买舟南来。路遇苏昆生，持扇相访，只得连夜赴约，竟不知香君已去。（问介）请问是几时去的？（末）正月人日被选入宫的。

(生)到几时才出来?(末)遥遥无期。(生)小生只得在此等她了。(末)此处无可留恋,倒是别寻佳丽罢。(生)小生怎忍负约,但得她一信,去也放心。

【尾犯序】望咫尺青天,那有个瑶池女使,偷递情笺[21]。明放着花楼酒榭,丢做个雨井烟垣。堪怜!旧桃花刘郎又捻[22],料得新吴宫西施不愿[23]。横揣俺天涯夫婿,永巷日如年[24]。

(末)世兄不必愁烦,且看田叔作画罢。(小生画介)(生、末坐看介)这是一幅桃源图[25]?(小生)正是。(末问介)替那家画的?(小生)大锦衣张瑶星先生,新修起松风阁,要裱做照屏的。(生赞介)妙妙!位置点染,别开生面,全非金陵旧派。(小生作画完介)见笑,见笑!就求题咏几句,为拙画生色如何?(生)不怕写坏,小生就献丑了。(题介)原是看花洞里人,重来那得便迷津[26]。渔郎诳指空山路,留取桃源自避秦。归德侯方域题。(末读介)佳句。寄意深远,似有微怪小弟之意。(生)岂敢!(指画介)

【鲍老催】这流水溪堪羡,落红英千千片。抹云烟,绿树浓,青峰远。仍是春风旧境不曾变,没个人儿将咱系恋。是一座空桃源[27],趁着未斜阳将棹转。

(起介)(末)世兄不要埋怨,而今马、阮当道,专以报仇雪恨为事;俺虽至亲好友,不敢谏言。恰好人日设席,唤香君供唱;那香君性气,你是知道的,手指二公一场好骂。(生)呵呀!这番遭他毒手了。(末)亏了小弟在旁,十分劝解,仅仅推入雪中,吃了一惊。幸而选入内庭,暂保性命。(向生介)世兄既与香君有旧,亦不可在此久留。(生)是,是!承教了。(同下楼行介)

【尾声】热心肠早把冰雪咽,活冤业现摆着麒麟楦[28]。(收扇介)俺且抱着扇上桃花闲过遣。

(竟下介)(末)我们别过蓝兄,一同出去罢。(生)正是忘了作别。(作别介)请了!(小生先闭门下)(生、末同行介)

(生)重到红楼意惘然,(末)闲评诗画晚春天;
(生)美人公子飘零尽,(末)一树桃花似往年。

注释

[1]武林:杭州的别称。

[2]贵筑:县名,明万历十四年置新贵县,清康熙二十六年置贵筑县。在今贵阳市。

[3]点染云烟:画风景画。

[4]蓬转:蓬蒿秋枯,随风而飞,比喻人到处飘零。

[5]芊芊(qiānqiān):草木茂盛。

[6]阮刘仙:参看第二出注[49]。

[7]墀(chí)：台阶，台阶上的空地。

[8]罥(juàn)：挂。

[9]银拨冰弦：指琵琶，银和冰分别比喻拨和弦的颜色。

[10]山人：隐士的自称。在此指靠书画鉴赏等艺术活动谋生。　画叉：挂画用品，铁钩。

[11]丹青：古代绘画的颜料，在此指绘画。

[12]"裹残罗帕"三句：裹残的罗帕，戴过的花钿，连同旧笙箫都没有了。

[13]菱花：铜镜。

[14]上巳：农历三月上旬的巳日。

[15]霰(xiàn)：雪粒。

[16]红丝砚：山东益都出红丝石，石质赤黄，有红纹如刷丝，萦绕石面。

[17]朱门犬：富贵人家的看家犬。喻马士英派出的奴仆。

[18]人阻春烟：人被春烟所阻，看不见了。

[19]秦弄玉：见第十七出注[12]。

[20]米襄阳：宋代画家米芾。

[21]"望咫尺青天"三句：香君和侯方域虽然近在咫尺，却远若青天，哪里能有个西王母的瑶池青鸟使者，暗中替香君传递情书呢？

[22]旧桃花刘郎又捻：用刘晨到天台娶仙女的故事，比喻侯方域思念香君之情深。

[23]新吴宫西施不愿：用西施迫不得已入吴宫之事比喻李香君不愿入南明皇宫。

[24]"横揣俺天涯夫婿"二句：横是反正、硬是的意思，揣是怀念的意思，侯方域设想李香君硬是怀念自己的夫婿，并在幽闭宫女的永巷里度日如年。

[25]桃源图：以晋代陶渊明《桃花源记》为题材所作的画。

[26]迷津：本义为迷失道路，含义为迷妄的境界。

[27]空桃源：风景依旧，没有香君，无可留恋。

[28]麒麟楦(xuàn)：麒麟比喻杰出的人才，楦是做鞋用的楦头，合起来比喻外表华丽而内里空虚的人。这支曲子用来比喻马、阮等奸臣。

新评

此一出名"题画"，而写得甚多的乃是以侯方域寻李香君为主。侯的寻李，因为事前不知香君已选宫中，故在旧院中一步一寻，充满着渴求相见的希望。这其中的曲词写尽春色，却是那样落寞，与前面李香君独守空房时唱词的冷峭恰成一种气氛。如："呀，惊飞了满树雀喧，踏破了一墀苍藓。这泥落空堂帘半卷，受用煞双栖紫燕。"

至如那题画的诗，前两句是侯方域自譬，后二句以渔郎譬杨龙友，自有"微讽"之意，实则是侯方域寻李不见的一种宣泄。而以李香君旧楼喻桃花洞，恰与桃花扇相联，也自是巧思。

第二十九出　逮　社

乙酉三月

【凤凰阁】(丑扮书客蔡益所上) 堂名二酉[1],万卷牙签求售[2]。何物充栋汗车牛[3],混了书香铜臭[4]。贾儒商秀[5],怕遇着秦皇大搜[6]。

在下金陵三山街书客蔡益所的便是[7]。天下书籍之富,无过俺金陵;这金陵书铺之多,无过俺三山街;这三山街书客之大,无过俺蔡益所。(指介)你看十三经、廿一史、九流三教、诸子百家、腐烂时文[8]、新奇小说,上下充箱盈架,高低列肆连楼。不但兴南贩北,积古堆今,而且严批妙选,精刻善印。俺蔡益所既射了贸易诗书之利,又收了流传文字之功;凭他进士举人,见俺作揖拱手,好不体面。(笑介)今乃乙酉乡试之年[9],大布恩纶[10],开科取士。准了礼部尚书钱谦益的条陈,要亟正文体,以光新治。俺小店乃坊间首领,只得聘请几家名手,另选新篇。今日正在里边删改批评,待俺早些贴起封面来。(贴介)风气随名手,文章中试官。(下)(生、净背行囊上)

【水红花】(生)当年烟月满秦楼,梦悠悠,箫声非旧[11]。人隔银汉几重秋,信难投,相思谁救。(唤介)昆老,我们千里跋涉,为赴香君之约,不料她被选入宫,音信杳然。昨晚扫兴回来,又怕有人踪迹,故此早早移寓。但不知那处僻静,可以多住几时,打听音信。等她诗题红叶[12],白了少年头。佳期难道此生休也啰?

(净)我看人情已变,朝政日非;且当道诸公,日日罗织正人,报复夙怨。不如暂避其锋,把香君消息,从容打听罢。(生)说的也是,但这附近州郡,别无相知;只有好友陈定生住在宜兴,吴次尾住在贵池。不免访寻故人,倒也是快事。(行介)

【前腔】故人多狎水边鸥[13],傲王侯,红尘拂袖。长安棋局不胜愁[14],买孤舟,南寻烟岫。(净)来到三山街书铺廊了,人烟稠密,趱行几步才好。(疾走介)妨他豺狼当道,冠带几猕猴[15]。三山榛莽水狂流也啰[16]。

(生指介)这是蔡益所书店,定生、次尾常来寓此,何不问他一信。(往看介)那廊柱上贴着新选封面,待我看来。(读介)"复社文开"。(又看介)这左边一行小字,是"壬午、癸未房墨合刊[17]";右边是"陈定生、吴次尾两先生新选"。(喜介)他两人难道现寓此间不成?(净)待我问来。(叫介)掌柜的那里?(丑上)请了,想要买什么书籍么?(生)非也。要借问一信。(丑)问谁?(生)陈定生、吴次尾两位相公来了不曾?(丑)现在里边,待我请他出来。(丑下)(末、小生同上见介)呀!原来是侯社兄。(见净介) 苏昆老也来了。(各揖介)(末问介) 从那来的? (生) 从敝乡来的。(小生问介) 几时进京? (生) 昨日才到。

【玉芙蓉】烽烟满郡州,南北从军走;叹朝秦暮楚,三载依刘[18]。归来谁念王孙瘦,重访秦淮帘下钩。徘徊久,问桃花昔游[19],这江乡,今年不似旧温柔。

(问末、小生介) 两兄在此,又操选政了[20]? (末、小生) 见笑。

【前腔】金陵旧选楼[21],联榻同良友;对丹黄笔砚[22],事业千秋。六朝衰弊今须救,文体重开韩柳欧。传不朽,把东林尽收,才知俺中原复社附清流。

(内唤介) 请相公们里边用茶。(末、小生) 来了。(让生、净入介)(杂扮长班持拜帖上) 我家官府阮大铖,新升兵部侍郎;特赐蟒玉,钦命防江。今日到三山街拜客,只得先来。(副净扮阮大铖蟒、玉,骄态,坐轿,杂持伞、扇引上)

【朱奴儿】(副净) 排头踏青衣前走[23],高轩稳扇盖交抖。看是何人坐上头,是当日胯下韩侯[24]。(杂禀介) 请老爷停轿,与佥都越老爷投帖[25]。(杂投帖介)(副净停轿介) 吩咐左右,不必打道,尽着百姓来瞧。(搧扇大说介) 我阮老爷今日钦赐蟒玉,大轿拜客。那班东林小人,目下奉旨搜拿,躲的影儿也没了。(笑介) 才显出谁荣谁羞,展开俺眉头皱。

(看书铺介) 那廊柱上贴的封面,有什么复社字样;叫长班揭来我瞧。(杂揭封面,送副净读介)"复社文开。陈定生、吴次尾新选。"(怒介) 啊! 复社乃东林后起,与周镳、雷缜祚同党;朝廷正在拿访,还敢留他选书。这个书客也大胆之极了。快快住轿! (落轿介)(副净下轿,坐书铺吩咐介) 速传坊官。(杂喊介) 坊官那里? (净扮坊官急上,跪介) 禀大老爷:传卑职有何吩咐?

【前腔】(副净) 这书肆不将法守,通恶少复社渠首[26]。奉命今将逆党搜,须得你蔓引株求[27]。(净) 不消大老爷费心,卑职是极会拿人的。(进入拿丑上) 犯人蔡益所拿到了。(丑跪禀介) 小人蔡益所并未犯法。(副净) 你刻什么"复社文开",犯法不小。(丑) 这是乡会房墨,每年科场要选一部的。(副净喝介) 唗! 目下访拿逆党,功令森严[28],你容留他们选书,还敢口强,快快招来。(丑) 不干小人事,相公们自己走来,现在里面选书哩。(副净) 既在里面,用心看守,不许走脱一人。(丑应下)(副净向净私语介) 访拿逆党,是镇抚司的专责,速递报单,叫他校尉拿人。传缇骑重兴狱囚[29],笑杨左今番又休[30]。

(净) 是。(速下)(副净上轿介)(生、末、小生拉轿,喊介) 我们有何罪过,着人看守;

你这位老先生，不畏天地鬼神了。(副净微笑介) 学生并未得罪，为何动起公愤来？(拱介)请教诸兄尊姓台号？(小生)俺是吴次尾。(末)俺是陈定生。(生)俺是侯朝宗。(副净微怒介)哦！原来就是你们三位！今日都来认认下官。

【剔银灯】堂堂貌须长似帚，昂昂气胸高如斗。(向小生介) 那丁祭之时，怎见的阮光禄难司笾和豆[31]。(向末介) 那借戏之时，为甚把《燕子笺》弄俺当场丑。(向生介)堪羞！妆奁代凑，倒惹你裙钗乱丢。

(生)你就是阮胡子，今日报仇来了。(末、小生)好，好，好！大家扯他到朝门外，讲讲他的素行去。(副净佯笑介)不要忙，有你讲的哩。(指介)你看那来的何人？(副净坐轿下)(杂扮白靴四校尉上)(乱叫介) 那是蔡益所？(丑) 在下便是，问俺怎的？(杂) 俺们是驾上来的，快快领着拿人。(丑) 要拿那个？(杂) 拿陈、吴、侯三个秀才。(生) 不要拿。我们都在这边哩，有话说来。(杂) 请到衙门里说去罢！(竞丢锁套三人下)(丑吊场介) 这是那里的账？(唤介) 苏兄快来！(净扮苏昆生上) 怎么样的了？(丑) 了不得，了不得！选书的两位相公拿去罢了，连侯相公也拿去了。(净) 有这等事！

【前腔】(合) 凶凶的缧绁在手[32]，忙忙的捉人飞走；小复社没个东林救，新马阮接着崔田后。堪忧！昏君乱相，为别人公报私仇。

(净) 我们跟去，打听一个真信，好设法救他。(丑) 正是。看他安放何处，俺好早晚送饭。

(丑)朝市纷纷报怨仇，(净)乾坤付与杞人忧；
(丑)仓皇谁救焚书祸，(净)只有宁南一左侯。

注释

[1] 二酉：指大酉小酉二山。在今湖南沅陵西北。相传秦人于此学习，山中石穴藏书千卷。后人称藏书多曰二酉。

[2] 牙签：象牙制的图书标志，这里指代书籍。

[3] 充栋汗车牛："汗牛充栋"意。指藏书之多。

[4] 书香：古人以芸香草藏书防虫蛀，故有书香之说。后来成为读书风气的美称或指爱读书的家风。铜臭(xiù)：铜臭原指用钱买官，后来用以讽刺爱财的人。书香铜臭是指读书卖书两不误。

[5] 贾儒商秀：商贾、儒生、秀才，都是说蔡益所的身份。

[6] 秦皇大搜：指秦始皇焚书坑儒一事。

[7] 三山街：南京街道名称。

[8] 腐烂时文：八股文。

[9] 乡试：指各省的科考，考中者为举人。

[10] 恩纶：皇帝的恩诏。

[11] "当年烟月满秦楼"三句：参看第十七出注[12]。这里表达回忆过去幸福而现在遭不幸的痛苦心

情。

[12]诗题红叶：据唐代范摅《云溪友议》，有卢渥舍人应举，在御沟得一红叶，上题一诗。后舍人娶宫女，竟是在红叶上题诗之人。

[13]狎(xiá)水边鸥：狎是亲昵的意思，戏要水边鸥表示生活的闲散。

[14]长安棋局：借古都长安指南京的形势。

[15]冠带几猕猴：沐猴而冠的意思。在此指阮大铖等奸臣。

[16]三山榛莽：热闹的三山街已草木丛生。

[17]壬午、癸未房墨合刊：1642年乡试及1643年会试中选试卷选集。

[18]叹朝秦暮楚，三载依刘：朝秦暮楚的意思即居所不定。三载依刘是说三国名人王粲避乱依附了刘表，后归顺曹操，侯方域正经历着这种离乱漂泊。

[19]桃花昔游：暗用唐代崔护诗意："去年今日此门中，人面桃花相映红；人面不知何处去，桃花依旧笑春风。"在此指李香君。

[20]操选政：主持选录文章的工作。

[21]金陵旧选楼：金陵旧有文选楼，相传是梁昭明太子萧统编《文选》处。

[22]丹黄：红色和黄色颜料，过去用来圈点校对书籍。

[23]头踏：官员出行时的仪仗队。

[24]胯下韩侯：阮大铖受复社攻击失势，这里用韩信胯下受辱自比。

[25]佥都越老爷：即佥都御史越其杰。

[26]渠首：渠首即渠魁，旧称武装反抗集团或敌对势力的首领。渠，大。

[27]蔓引株求：牵连根究。

[28]功令：朝廷法令。

[29]缇(tí)骑：红衣马队。

[30]杨左：杨涟、左光斗，明熹宗时任左副都御史和御史，因弹劾魏忠贤而遭害。

[31]笾、豆：笾、豆为祭祀的礼器，因以笾、豆代指祭祀。参看第三出注[3]。

[32]缧绁(léixiè)：捆缚犯人的绳索。在此引申为牢狱。

新评

复社乃东林后起，为魏党所不容，到马阮执政南明时，这种怨仇就继承下来。此出侯方域与其社友相会在二酉书社，便被阮大铖捉个正着，来个一窝端，所以名"逮社"。此事在南明大敌当前时发生，在当时应是极伤人心的大事，故孔尚任借众人之口唱道："小复社没个东林救，新马阮接着崔田后。堪忧！昏君乱相，为别人公报私仇。"不妨说，这是晚明社会斗争、朝野斗争的一个总结，也是一个直指"昏君乱相"的讨伐，从此把南明的无望统统展现在读者及观众眼前了。

第三十出　归　山

乙酉三月

【粉蝶儿】(外白髯扮张薇冠带上）何处家山，回首上林春老[1]，秣陵城烟雨萧条。叹中兴，新霸业，一声长啸。旧宫袍，衬着懒散衰貌[2]。

下官张薇，表字瑶星，原任北京锦衣卫仪正之职。避乱南来，又遇新主中兴，录俺世勋[3]，仍补旧缺。不料权奸当道，朝局日非，新于城南修起三间松风阁，不日要投闲归老。只因有逆案两人，乃礼部主事周镳，按察副使雷缜祚，马、阮挟仇，必欲置之死地。下官深知其冤，只是无法可救，中夜踌躇，故此去志未决。

【尾犯序】党祸起新朝，正士寒心，连袂高蹈[4]。俺有何求，为他人操刀。急逃！盖了座松风草阁，等着俺白云啸傲；只因这沉冤未解梦空劳。

(副净扮家僮上，禀介）禀老爷：镇抚司冯可宗拿到逆党三名[5]，候老爷升厅发放。(杂扮校尉四人，持刑具罗列介）(外升厅介）(净扮解役投文，押生、末、小生带锁上)(跪介)(外看文问介）据坊官报单，说尔等结社朋谋，替周镳、雷缜祚行贿打点，因而该司捕解[6]；快快从实招来，免受刑拷。

【前腔】(末、小生）难招！笔砚本吾曹，复社青衿[7]，评选文稿。无罪而杀，是坑儒根苗。(生）休拷！俺来此携琴访友，并不曾流连夜晓。无端的池鱼堂燕一时烧[8]。

(外）据尔所供，一无实迹，难道本衙门诬良为盗不成！(拍惊堂介）叫左右预备刑具，叫他逐个招来。(末前跪介）老大人不必动怒。犯生陈贞慧，直隶宜兴人，不合在蔡益所书坊选书，并无别情。(小生前跪介）犯生吴应箕，直隶贵池人，不合与陈贞慧同事，并无别情。(外向净介）既在蔡益所书坊，结社朋谋，行贿打点，彼必知情。为何竟不拿到？(投签与净介）速拿蔡益所质审。(净应下）(生前跪介）犯生侯方域，河南归德府人，游学到京，与陈贞慧、吴应箕文字旧交，才来拜望，一同拿来了，并无别情。(外想介）前日蓝田叔所画桃源图，有归德侯方域题句。(转问介)你是侯方域么？(生）犯生便是。(外拱介）失敬了！前日所题桃源图，大有见解，领教，领教！(吩咐介）这事与你无干，请一边候。(生）多谢超豁了[9]。(一边坐介)(净持签上)(禀介）禀老爷：蔡益所店门关闭，逃走无踪了。(外）朋谋打点，全无证据，如何审拟。(寻思介)(副净持书送上介）王、钱二位老爷有公书。(外看介）原来是内阁王觉斯、大宗伯钱牧斋两位老先生公书[10]。待俺看来！(开书背看，点头介）说的有理，竟不知陈、吴二犯，就是复社领袖。

【红衲袄】一个是定生兄，艺苑豪；一个是主骚坛，吴次老。为甚的冶长无罪拘皋陶[11]，俺怎肯祸兴党锢推又敲[12]。大锦衣，权自操；黑狱中，白日照。莫教名士清流贾祸含冤也，把中兴文运凋。

(转拱介) 陈、吴两兄，方才得罪了。(问介) 王觉斯、钱牧斋二位老先生，一向交好么？(末、小生) 并无相与。(外) 为何发书，极道两兄文名，嘱俺开释？(末、小生) 想出二公主持公道之意。(外) 是，是。下官虽系武职，颇读诗书，岂肯杀人媚人[13]。(吩咐介) 这事冤屈，请一边候；待俺批回该司，速行释放便了。(批介) (末、小生一边坐介)(副净持朝报送上介) 禀老爷：今日科抄有要紧旨意[14]，请老爷过目。(外看报介) 内阁大学士马一本，“为速诛叛党，以靖邪谋事[15]。犯官周镳、雷缜祚，私通潞藩，叛迹显然；乞早正法，晓示臣民”等语。奉旨“周镳、雷缜祚，着监候处决”。又兵部侍郎阮一本，“为捕灭社党，廓清皇图事[16]。照得东林老奸，如蝗蔽日；复社小丑，似蝻出田[17]。蝗为现在之灾，捕之欲尽；蝻为将来之患，灭之勿迟。臣编有《蝗蝻录》，可按籍而收也”等语。奉旨这东林社党，着严行捕获，审拟具奏；该衙门知道！”(外惊介) 不料马、阮二人，又有这番举动，从此正人君子无孑遗矣[18]。

【前腔】俺正要省约法[19]，画狱牢[20]；那知他铸刑书[21]，加炮烙[22]。莫不是清流欲向浊流抛[23]，莫不是党碑又刻元祐号[24]。这法网，人怎逃；这威令，谁敢拗。眼见复社东林尽入囹圄也[25]，试新刑，搜尔曹[26]。

(向生等介) 下官怜尔无辜，正思开释。忽然奉此严旨，不但周、雷二公定了死案；从此东林、复社，那有漏网之人。(生等跪求介) 尚望大人超豁。(外) 俺若放了诸兄，倘被别人拿获，再无生理，且不要忙。(批介) 据送三犯，朋谋打点，俱无实迹。俟拿到蔡益所之日，审明拟罪可也。(向生等介) 那镇抚司冯可宗，虽系功名之徒，却也良心未丧，待俺写书与他。(写介) 老夫待罪锦衣，多历年所，门户党援[27]，何代无之。总之君子、小人，互为盛衰，事久则变，势极必反：我辈职司风纪[28]，不可随时偏倚，代人操刀。天道好还，公论不泯，慎勿自贻后悔也。(拱介) 诸兄暂屈狱中，自有昭雪之日。(净、杂押生等俱下)(外退堂介) 俺张薇原是先帝旧臣，国破家亡，已绝功名之念，为何今日出来助纣为虐。自古道：“知几不俟终日[29]。”看这光景，尚容踌躇再计乎。(唤介) 家僮快牵马来，我要到松风阁养病去了。(副净牵马上) 坐马在此。(外上马，副净随行介)

【解三酲】(外) 好趁着晴春晚照，满路上絮舞花飘。遥望见城南苍翠山色好，把红尘客梦全消。且喜已到松风阁，这是俺的世外桃源；不免下马登楼，趁早料理起来。(下马登楼介) 清泉白石人稀到，一阵松风响似涛。(唤介) 叫园丁撑开门窗，拂净栏槛，俺好从容眺望。(杂扮园丁收拾介) 燕泥沾落絮，蛛网罥飞花。禀老爷：收拾干净了。(下)(外窥窗介) 你看松阴低户，沁的人心骨皆凉。此处好安吟榻。(又凭栏介) 你看春水盈池，照的人须眉皆碧。此处好支茶灶。(忽笑介)

来的慌了，冠带袍靴全未脱却；如此打扮，岂是桃源中人。可笑，可笑！（唤介）家僮开了竹箱，把我买下的箬笠、芒鞋、萝绦、鹤氅，替俺换了。（换衣带介）堪投老，才修完三间草阁，便解宫袍。

（净扮校尉锁丑牵上）松间批驾帖[30]，竹里验公文。方才拿住蔡益所，闻得张老爷来此养病，只得赶来销签。（叫介）门上大叔那里？（副净出问介）来禀何事，如此紧急？（净）禀老爷：拿到蔡益所了，特来销签。（缴签介）（副净上楼，禀介）衙门校尉带着蔡益所回话。（外惊介）拿了蔡益所，他三人如何开交。（想介）有了，叫校尉楼下伺候，听俺吩咐。（副净传净跪楼下介）（外吩咐介）这件机密重案，不可丝毫泄漏；暂将蔡益所羁候园中，待我回衙，细细审问。（净）是。（将丑拴树介）（净欲下介）（外）转来，园中窄狭，把这匹官马，牵回喂养；我的冠带袍靴，你也顺便带去。我还要多住几时，不许擅来啰唣。（净应下）（外跌足介）坏了，坏了！衙役走入花丛，犯人锁在松树，还成一个什么桃源哩。不如下楼去罢！（下楼见丑介）果是蔡益所哩。（丑跪介）犯人与老爷曾有一面之识。（外）虽系旧交，你容留复社，犯罪不轻。（丑叩头介）是。（外）你店中书籍，大半出于复社之手，件件是你的赃证。（丑叩头介）只求老爷超生。（外）你肯舍了家财，才能保得性命。（丑）犯人情愿离家。（外喜介）这等就有救矣。（唤介）家童与他开了锁头。（副净开丑介）（外）你既肯离家，何不随我住山。（丑）老爷若肯携带，小人就有命了。（外指介）你看东北一带，云白山青，都是绝妙的所在。（唤介）家童好生看门，我同蔡益所瞧瞧就来。（副净应下）（丑随外行介）（外指介）我们今夜定要宿在那苍苍翠翠之中。（丑）老爷要去看山，须差人早安公馆。那山寺荒凉，如何住宿？（外）你怎晓得，舍了那顶破纱帽，何处岩穴着不的这个穷道人。（丑背介）这是那里说起？（外）不要迟疑，一直走去便了。

【前腔】眼望着白云缥缈，顾不得石径迢遥。渐渐的松林日落空山杳，但相逢几个渔樵。翠微深处人家少，万岭千峰路一条。开怀抱，尽着俺山游寺宿，不问何朝。

境隔仙凡几树桃[31]，才知容易谢尘嚣[32]；
清晨检点白云署，行到深山日尚高。

注释

[1]上林春老：上林苑由秦兴建，汉武帝扩大，后来泛指皇家林苑。这里表示南明是个衰落王朝。

[2]懒散：不振作。

[3]录俺世勋：张薇因其父以身殉国，被封官职。

[4]连袂(mèi)高蹈：相继归隐。

[5]冯可宗：时任南京锦衣卫都督。

[6]捕解：捉拿、逮捕。

[7]青衿：青领，学子所服，后代指士子。

[8]池鱼堂燕一时烧：比喻无端受祸。

[9]超豁：超脱免罪。

[10]王觉斯、钱牧斋：王铎、钱谦益。

[11]冶长无罪拘皋陶：孔子弟子公冶长曾被诬陷入狱。皋陶是舜帝时的狱官，拘皋陶即是被皋陶所拘。

[12]党锢：党锢之祸。东汉桓帝时，宦官势力强盛。士大夫李膺等痛恨宦官，捕杀他们，宦官又称李膺等与太学游士为朋党，诽谤朝廷，株连二百馀人，禁锢终身。到汉灵帝时，李膺等重被起用，与大将军窦武又谋诛杀宦官。事情败露，李膺等百馀人反被杀害，死徙废禁者六七百人，这就是东汉有名的党锢之祸。

[13]杀人媚人：用杀人来谄媚人。

[14]科抄：抄报。

[15]靖(jìng)：使秩序安定。

[16]皇图：皇帝统治的版图。

[17]蝻：蝗虫的若(ruò)虫。

[18]无孑(jié)遗：无一遗留。孑，单独，孤单。

[19]省约法：简省法令。

[20]画狱牢：即画地为牢，相传上古时，于地上画圈，令犯罪者立圈中，以示惩罚，如后代的牢狱。后来比喻只许在限定的范围内活动。

[21]铸刑书：把刑法条文铸在铜鼎上。

[22]炮烙：殷纣所用的酷刑。用炭烧热铜柱，令人爬行柱上，即坠炭上烧死。

[23]清流：指负有声望的清高的士大夫。　浊流：比喻品格卑微。唐末裴枢等大臣三十馀人被梁王朱全忠杀死，李振对朱说："此辈自言清流，可投之河，使永为浊流。"

[24]党碑又刻元祐号：元祐是宋哲宗年号。宋徽宗时蔡京专政，指斥元祐时执政大臣，说他们是奸党，并在太学端礼门前立碑，把司马光、苏轼等三百馀人名字刻在碑上，叫作党人碑。

[25]囹圄(língyǔ)：监狱。

[26]尔曹：你们。

[27]门户党援：政治上的宗派。

[28]风纪：法度纲纪。

[29]知几不俟终日：语出《易》："君子见几而作，不俟终日。"几，事情的先兆。

[30]驾帖：诸王府、阉党等不经地方官直接捕人的帖子。

[31]境隔仙凡几树桃：几树桃把仙界凡界分隔开了。

[32]谢尘嚣：指离开喧嚣的尘世。

新评

张薇原是锦衣卫之人，见惯了朝中党争成祸之事，但此公是个有良心的，知道"职司风纪，不可随时偏倚，代人操刀"，更知道"天道好还，公论不泯"，故"慎勿自贻后悔"。秉着这两条，张薇在左右两难时，躲入早已修好的松风阁，以图清静。到后来书店老板蔡益所被捉，连这松风阁也不保险，就索性与他一道归山，完成其人格的一致。从全剧而言，前几出，已有艺人丁继之等修道，此出又有张薇归山，便见出朝事不可为的大趋势。显然，已距侯方域的最终归山不远了。

第三十一出　草　檄

乙酉三月

(净扮苏昆生上) 万历年间一小童，崇祯朝代半衰翁；曾逢天启干恩荫[1]，又见弘光嗣厂公[2]。我苏昆生，睁着五旬老眼，看了四代时人，故此做这几句口号[3]。你说那两位嗣厂公[4]，有天没日，要把正人君子，捕灭尽绝。可怜俺侯公子，做了个法头例首[5]。我老苏与他同乡同客，只得远来湖广，求救于宁南左侯。谁想一住三日，无门可入；今日江上大操，看他兵马过处，鸡犬无声，好不肃静。等他回营，少不的寻个法儿，见他一面。(唤介) 店家那里？(副净扮店主上) 黄鹤楼头仙客少，白云市上酒家多。客官有何话说？(净) 请问元帅左爷爷，待好回营么？(副净) 早哩，早哩！三十万人马，每日操到掌灯；况今日又留督抚袁老爷，巡按黄老爷，在教场饮酒，怎得便回。(净) 既是这等，替我打壶酒来，慢慢的吃着等他罢。(副净取酒上) 等他做甚。吃杯酒，早些安歇罢。(净) 俺并不张看，你放心闭门便了。(副净下)(净望介) 你看一轮明月，早出东山，正当春江花月夜，只是兴会不佳耳。(坐斟酒饮介) 对此杯中物，勉强唱支曲儿，解闷则个。(自敲鼓板唱介)

【念奴娇序[6]】长空万里，见婵娟可爱，全无一点纤凝。十二阑干光满处，凉浸珠箔银屏。偏称，身在瑶台，哭斟玉斝[7]，人生几见此佳景。惟愿取年年此夜，人月双清。

(自斟饮介) 这样好曲子，除了阮圆海却也没人赏鉴。罢了罢了！宁可埋之浮尘，不可投诸匪类[8]。(又饮介) 这时候也待好回营了，待俺细细唱起来。他若听得，不问便罢，倘来问俺，倒是个机会哩。(又敲鼓板唱介)

【前腔】孤影，南枝乍冷，见乌鹊缥缈，惊飞栖止不定。(副净上怨介) 客官安歇罢，万一元帅听得，连累小店，倒不是耍的。(净唱介) 万叠苍山，何处是修竹吾庐三径[9]。(副净拉净睡介)(净) 不妨事的。俺是元帅乡亲，巴不得叫他知道，才好请俺进府哩。(副净) 既是这等，凭你，凭你！(下)(净又唱介) 追省，丹桂谁攀，姮娥独住，故人千里漫同情[10]。惟愿取年年此夜，人月双清。(杂扮小卒数人，背弓、矢、盔、甲走过介)(净听介) 外边马蹄乱响，想是回营了，不免再唱一曲。(又敲鼓板唱介)

【前腔】光莹，我欲吹断玉箫，骖鸾归去，不知何处冷瑶京[11]。(杂扮小军四人旗帜前导介)(净听介) 喝道之声，渐渐近来，索性大唱一唱。环佩湿，似月下归来飞琼[12]。(小生扮左良玉，外扮袁继咸，末扮黄澍冠带骑马上) 朝中新政教歌舞，江上残军试鼓鼙。(外听介)咦！将军，贵镇也教起歌舞来了。(小生)军令严肃，民间谁敢？(末指介)果然有人唱曲。(小生立听介)(净大唱介)那更，香雾云鬟，清辉玉臂，广寒仙子也堪并[13]。惟愿取年年此夜，人月双清。

(小生怒介)目下戒严之时，不遵军法，半夜唱曲。快快锁拿！(杂打下门，拿出净，跪马前介)(小生问介)方才唱曲，就是你么？(净)是。(小生)军令严肃，你敢如此大胆。(净)无可奈何，冒死唱曲，只求老爷饶恕。(外)听他所说，像是醉话。(末)唱的曲子，倒是绝调。(小生)这人形迹可疑，带入帅府，细细审问。(带净行介)

【窣地锦裆】(合)操江夜入武昌门[14]，鸡犬寂寥似野村。三更忽遇击筑人[15]，无故悲歌必有因。

(作到府介)(小生让外、末介)就请下榻荒署，共议军情。(外、末)怎好搅扰。(同入坐介)(外)方才唱曲之人，倒要早早发放。(小生)正是。(吩咐介)带过那个唱曲的来。(杂带净跪介)(小生问介)你把犯法情由，从实说来。(净)小人来自南京，特投元帅；因无门可入，故意犯法，求见元帅之面的。(小生)哇！该死奴才，还不实说。(末)不必动怒。叫他说，要见元帅，有何缘故。

【锁南枝】(净)京中事，似雾昏，朝朝报仇搜党人。现将公子侯郎，拿向囹圄困。望旧交，怀旧恩，替新朝，削新忿。

(小生)那侯公子，是俺世交，既来求救，必有手书。取出我瞧。(净叩头介)那日阮大铖亲领校尉，立拿送狱，那里写得及书。(外)凭你口说，如何信得？(小生想介)有了，俺幕中有侯公子一个旧人，烦他一认，便知真假。(吩咐介)请柳相公出来。(杂应介)(丑扮柳敬亭上)肉朋酒友，问俺老柳。待俺认来。(点烛认介)呀！原来是苏昆生，我的盟弟。(各掩泪介)(小生)果然认的么？(丑)他是河南苏昆生，天下第一个唱曲的名手，谁不认的。(小生喜介)竟不知唱曲之人，倒是一个义士。(拉起介)请坐，请坐。(净各揖坐介)(丑)你且说侯公子为何下狱？

【前腔】(净)为他是东林党，复社群，曾将魏崔门户分。小阮思报前仇，老马没分寸[16]。三山街，缇骑狠，骤飞来，似鹰隼。

把侯相公拿入狱内，音信不通，俺没奈何，冒死求救。幸亏将军不杀，又得遇着柳兄。(揖介)只求长兄恳央元帅，早发救书，也不枉俺一番远来。(小生气介)袁、黄二位盟弟，你看朝事如此，可不恨死人也。(外)不特此也。闻得旧妃童氏，跋涉寻来，马、阮不令收认；另藏私人，预备采选，要图椒房之亲，岂不可杀[17]。(末)还有一件，崇祯太子，七载储君，讲官大臣，确有证据，今欲付之幽囚[18]。人人共愤，皆思寸磔马、阮[19]，以谢先帝。(小生大怒介)我辈戮力疆场，只为报效朝廷；不料信用奸党，杀害正人，日日卖官鬻爵，演舞教歌，一代中兴之君，行的总是亡国之政。只有一个史阁部，颇有忠心，被马、阮内里掣肘，却也依样葫芦[20]。剩俺单身只手，怎去恢复中原。(跌足介)罢,罢,罢!俺没奈何,竟做要君之臣了[21]。(揖外介)临侯替俺修起参本。(外)怎么样写?(小生)你只痛数马、阮之罪便了。(外)领教!(丑送纸笔,外写介)

【前腔】朝廷上,用逆臣,公然弃妃囚嗣君。报仇翻案纷纷,正士皆逃遁。寻冶容,教艳品[22],卖官爵,笔难尽。

(外写完介)(小生)还要一道檄文,借重仲霖起稿罢。(揖介)(末)也是这样做么?(小生)你说俺要发兵进讨,叫他死无噍类[23]。(丑)该,该!(小生)你前日劝俺不可前进,今日为何又来赞成。(丑)如今是弘光皇帝了,彼一时也,此一时也。(小生)是,是!俺左良玉乃先帝老将,先帝现有太子,是俺小主。那马、阮擅立弘光之时,俺远在边方,原未奉诏的。(末)待俺做来。(丑送纸笔,末写介)

【前腔】清君侧[24],走檄文,雄兵义旗遮路尘。一霎飞渡金陵,直抵凤凰门[25]。朝帝宫,谒孝寝[26],搜黄阁,试白刃。

(末写完介)(小生)就列起名来。(外)这样大事,还该请到新巡抚何腾蛟[27],求他列名。(小生)他为人固执,不必相闻,竟写上他罢了。(外、末列名介)(小生)今夜誊写停当,明早飞递投送;俺随后也就发兵了。(外)只怕递铺误事[28]。(小生)为何?(外)京中匿名文书,纷纷雨集;马、阮每早令人搜寻,随得随烧,并不过目。(小生)如此只得差人了。(末)也使不得。闻得马、阮密令安庆将军杜弘域[29],筑起坂矶[30],久有防备我兵之意。此檄一到,岂肯干休;那差去之人,便死多活少了。(小生)这等怎处?(丑)倒是老汉去走走罢。(外、末惊介)这位柳先生,竟是荆轲之流,我辈当以白衣冠送之[31]。(丑)这条老命什么希罕,只要办的元帅事来。(小生大喜介)有这等忠义之人,俺左昆山要下拜了。(唤介)左右取一杯酒来。(杂取酒上,小生跪奉丑酒介)请尽此杯。(丑跪饮干介)(众拜丑,丑答拜介)

【前腔】擎杯酒,拭泪痕,荆卿短歌声自吞[32]。夜半携手叮咛,满座各消魂。何日归,无处问,夜月低,春风紧。

(各掩泪介)(丑向净介)借重贤弟,暂陪元帅,俺就束装东去了。(净)只愿救取公子,早早出狱;那时再与老哥相见罢。(俱作别介)(丑先下)(小生)义士,义士!(外、末)壮哉,壮哉!

渺渺烟波夜气昏,一樽酒尽客消魂,
从来壮士无还日,眼看长江下海门。

注释

[1]天启:明熹宗年号(1621—1627)。 干恩荫:干儿孙被荫庇入宫做官。这里的干就是魏忠贤势力。
[2]厂公:掌东厂事的魏忠贤。
[3]口号:随口吟出的诗句。

［4］嗣厂公：厂公的后继者，即马、阮等人。

［5］法头例首：首先受到新的法律惩处的人。

［6］念奴娇序：苏昆生所唱的三段［念奴娇序］，是《琵琶记》里《中秋玩月》一出的曲文。这些曲文表达了剧中人蔡伯喈、牛氏在牛府赏月的情景。婵娟是月亮的代称。

［7］偏称：即最合适。　瑶台：比喻牛府的华丽宅院。　玉斝(jiǎ)：古代圆口三足酒具。

［8］投诸匪类：投之于行为不正的人。

［9］三径：指隐居之处，陶渊明《归去来兮辞》："三径就荒，松菊犹存。"

［10］"追省，丹桂谁攀"四句：追省即回忆。"丹桂谁攀，姮娥独住"，另本《琵琶记》作"丹桂曾攀，嫦娥相爱"，意为蔡伯喈中了状元，爱上了她。故人千里漫同情，表达蔡对前妻赵氏的怀念。

［11］"光莹，我欲吹断玉箫"四句：莹形容月色如珠如玉。骖鸾是仙人所乘奇异的鸾鸟。瑶京是传说中的月宫。这三句暗用苏轼［水调歌头］"我欲乘风归去，又恐琼楼玉宇，高处不胜寒"的词意。

［12］飞琼：仙女许飞琼。

［13］"那更，香雾云鬟"三句：杜甫《鄜州》诗"香雾云鬟湿，清辉玉臂寒"是想象妻子在月光下怀念丈夫。广寒宫是月中宫殿，广寒仙子即嫦娥。

［14］操江：江上操练。

［15］击筑人：高渐离是荆轲的朋友，荆轲死后，高曾以铅灌筑击秦王。这里指苏昆生。筑，根据郭沫若考究，"筑，五弦，左手执其项，置其尾于肩上，右手以竹尺击之"（剧本《高渐离》，人民文学出版社1979年版）。

［16］没分寸：没有主见。

［17］旧妃童氏一节：童氏是福王的继妃。福王即位后，刘良佐、越其杰送她到南京。福王不认她，把她交锦衣卫严刑拷讯，不久即死。椒房，皇后居地。

［18］"崇祯太子"一节：福王即位不久，曾有自称为崇祯太子者从北方南来。福王将他交锦衣卫审讯，后来自供是假太子，原名王之明。但将官黄得功、刘良佐、左良玉、何腾蛟、袁继咸等均不相信，纷纷抗疏为太子讼冤。储君即太子。

［19］寸磔(zhé)：磔是尸裂，寸磔即凌迟处死。

［20］依样葫芦：即照葫芦画瓢，表示不能独立有所作为。

［21］要(yāo)君：要挟君王。

［22］冶容、艳品：美女。

［23］噍(jiào)类：噍，嚼，吃东西。噍类，吃东西的动物，特指活着的人。

［24］清君侧：肃清皇帝左右的奸臣。

［25］凤凰门：南京城门名称。

［26］孝寝：明孝陵。

［27］何腾蛟：明末贵州黎平卫人，崇祯十六年十月任湖广巡抚，后起兵抗清。

［28］递铺：传递文书的驿站。

［29］安庆将军杜弘域：崇祯年提督池河、浦口二营，练兵抗李自成南进。崇祯十三年移镇浙江，清兵南进后，回原籍，不久去世。

［30］坂矶：地名，即板子矶。地势险要，明代于此屯兵驻防。

［31］"竟是荆轲之流"二句：荆轲去刺秦王嬴政时，燕太子丹及宾客等皆穿白衣戴白冠去送他，以示悲哀壮烈。

[32]荆卿短歌：荆轲在燕太子丹送别时唱的《易水歌》："风萧萧兮易水寒，壮士一去兮不复还。"

新评

前番左良玉欲移兵南京就食，有侯方域修书，柳敬亭自告奋勇送信；又有苏昆生主动为李香君寄扇，差点淹死在黄河之中。此次侯方域等身陷囹圄，苏昆生再次前往左营，希求救难，并冒死在营前大唱"悲歌"。如此这般，都是艺人义行。国难当头，南明王朝君昏相乱，毅然站出来的，往往是微贱的艺人，其勇可嘉，这正是孔尚任三番两次这样写的意图。但是，这仅仅是代表一种民间不屈的精神罢了，南明的覆灭，已然不可挽救。

第三十二出 拜 坛

乙酉三月

【吴小四】(副末扮赞礼郎冠带白须上)眼看他,命运差,河北新房一半塌[1]。承继个儿郎贪戏耍[2],不报冤仇不挣家。窝里财,奴乱抓[3]。

在下是太常寺一个老赞礼,住在神乐观旁,专管庙陵祭享之事。那知天翻地覆,立了这位新爷,把俺南京重新兴旺起来。今岁乙酉[4],改历建号之年,家家庆贺。我老汉三杯入肚,只唱这个随心令儿[5]。旁人劝我道:“各人自扫门前雪,莫管他家瓦上霜。”我回言道:“大风吹倒梧桐树,也要旁人话短长[6]。”(唤介)孩子们,今日是三月十几日?(内)三月十九日了。(副末)呵呀!三月十九日,乃崇祯皇帝忌辰。奉旨在太平门外设坛祭祀,派着我当执事的,怎么就忘了,快走,快走!(走介)冈冈峦峦,接接连连,竹竹松松,密密丛丛。不觉已到坛前,且喜百官未到,待俺趁早铺设起来。(作排案,供香、花、烛、酒介)

【普天乐】(净扮马士英,末扮杨文骢,素服从人上)旧江山,新图画,暮春烟景人潇洒。出城市,遍野桑麻;哭什么旧主升遐[7],告了个游春假。(外扮史可法素服上)这才去野哭江边奠杯斝,挥不尽血泪盈把。年时此日,问苍天,遭的什么花甲[8]。

(相见各揖介)(净)今日乃思宗烈皇帝升遐之辰,礼当设坛祭拜。(末)正是。(外问介)文武百官到齐不曾?(副末)俱已到齐了。(净)就此行礼。(副末赞礼,杂扮执事官捧帛、爵介)(赞)执事官各司其事,陪祀官就位,代献官就位。(各官俱照班排立介)(赞)瘗毛血[9]。迎神,参神,伏俯、兴,伏俯、兴,伏俯、兴,伏俯、兴。平身。(各行礼完,立介)(赞)行奠帛礼,升坛。(净秉笏至神位前介)(赞)搢笏[10],献帛,奠帛。(净跪奠帛叩介)(赞)平身,出笏,诣读祝位,跪。(净跪介)(赞)读祝。(副末跪读介)维岁次乙酉年,三月十九日,皇从弟嗣皇帝由崧,谨昭告于思宗烈皇帝曰:仰惟文德克承,武功载缵[11],御极十有七年[12],皇纲不振[13],大宇中倾,皇帝殉社稷,皇后太子俱死君父之难。弟愚不才,忝颜偷生[14],俯顺臣民之请,正位南都,权为宗庙神人主。恸一人之升遐,惩百僚之怠傲,努力庙谟[15],惴惴忧惧,枕戈饮泣,誓复中原。今值宾天忌辰[16],敬设坛圩[17],遣官代祭。鉴兹追慕之诚,歆此出蘋蘩之献[18]。尚飨[19]!(赞)举哀。(各官哭三声介)(赞)哀止,伏俯、兴,复位。(净转下介)(赞)行初献礼,升坛。(净至神位前介)(赞)搢笏,献爵,奠爵。(净跪奠爵,叩介)(赞)平身,出笏,复位。(赞)(行亚献终,献礼,同)(赞)撤馔,送神,伏俯、兴。(四拜同)(各官依赞拜完,立介)(赞)读祝官捧祝,进帛官捧帛,各诣瘗位[20]。(各官立介)(赞)望

瘗。(杂焚祝帛介)(赞)礼毕。(外独大哭介)

【朝天子】万里黄风吹漠沙，何处招魂魄。想翠华[21]，守枯煤山几枝花；对晚鸦，江南一半残霞。是当年旧家，孤臣哭拜天涯，似村翁岁腊[22]，似村翁岁腊。

(副末) 老爷们哭的不恸，俺老赞礼忍不住要大哭一场了。(大哭一场下)(副净扮阮大铖素服大叫上) 我的先帝呀，我的先帝呀！今日是你周年忌辰，俺旧臣阮大铖赶来哭临了。(拭眼问介) 祭过不曾？(净) 方才礼毕。(副净至坛前，急四拜，哭白介) 先帝先帝！你国破身亡，总吃亏了一伙东林小人。如今都散了。剩下我们几个忠臣，今日还想着来哭你，你为何至死不悟呀！(又哭介)(净拉介) 圆老，不必过哀，起来作揖罢。(副净拭眼，各见介)(外背介) 可笑，可笑！(作别介) 请了！烟尘三里路，魑魅一班人。(下)(净) 我们皆是进城的，就并马同行罢。(作更衣上马行介)

【普天乐】(合) 奠琼浆，哭坛下，失声相向谁真假。千官散，一路喧哗，好趁着景美天佳，闲讲些兴亡话。咏归去，恰似春风浴沂罢[23]，何须问江北戎马。南朝旧例尽风流，只愁春色无价。

(杂喝道介)(净) 已到鸡鹅巷，离小寓不远，请过荒园同看牡丹何如？(末) 小弟还要拜客，就此作别了。(末别下)(副净) 待晚生趋陪罢。(作到，下马介)(净) 请进。(副净) 晚生随行。(净前副净后，入园介)(副净) 果然好花。(净吩咐介) 速摆酒席，我们赏花。(杂摆席介) (净、副净更衣坐饮介) (净大笑介) 今日结了崇祯旧局，明日恭请圣上临御正殿，我们"一朝天子一朝臣"了。(副净) 连日在江上，不知朝中有何新政。(净) 目下假太子王之明，正在这里商量发放。圆老有何高见？(副净) 这事明白易处。(净) 怎么易处？(副净) 老师相权压中外者，只因推戴二字。(净) 是，是！(副净) 既因推戴二字。

【朝天子】若认储君真不差，把俺迎来主，放那搭[24]。(净) 是，是！就着监禁起来，不要惑乱人心。(问介) 还有旧妃童氏，哭诉朝门，要求迎为正后。这何以处之？(副净) 这益发使不得。自古道，君王爱馆娃。系臂纱，先须采选来家，替椒房作伐[25]。(净) 是，是！俺已采选定了，这个童氏，自然不许进宫的。(又问介) 那些东林复社，捕拿到京，如何审问？(副净) 这班人天生是我们冤对，岂可容情。切莫剪草留芽，但搜来尽杀，但搜来尽杀。

(净大笑介) 有理，有理！老成见到之言，句句合着鄙意。拿大杯来，欢饮三杯。(杂扮长班持本急上，禀介) 宁南侯左良玉有本章一道，封投通政司；这是内阁揭帖，送来过目。(净接介) 他有什么好本！(看本，怒介) 呀，呀！了不得，就是参咱们的疏稿。这疏内数出咱七大罪，叫圣上立赐处分，好恨人也。(杂又持文书急上) 还有公文一道，差人赍来的。(净接看，惊介) 又是讨俺的一道檄文，文中骂的着实不堪；还要发兵前来，取咱的首级。这却怎处？(副净惊起，乱抖介) 怕人，怕人！别的有法，这却没法了。(净) 难道长伸脖颈，等他来割不成？(副净) 待俺想来。(想介) 没有别法，除是调取黄、刘三镇，早去堵截。(净) 倘若北兵渡河，叫谁迎敌？(副净向净耳介) 北兵一到，还要迎敌么？(净) 不迎敌，更有何法？(副净) 只有两法。(净) 请教！(副净作抠衣介) 跑。(又作跪地介) 降。(净) 说的也是。大丈夫烈烈轰轰，宁可叩北兵之马，不可试南贼之刀。吾主意已决，即发兵符，调取三镇便了。(想介) 且住，调之无名，三镇未必肯去。这却怎处？(副净) 只说左兵东来，要立潞王监国，三镇自然着忙的。(净) 是，是！就烦圆老亲去一遭。

【普天乐】(合) 发兵符，乘飞马，过江速劝黄刘驾。舟同济，舵又同拿，才保得性命身家。非是俺魂惊怕，怎当得百万精兵从空下，顷刻把城阙攻打。全凭铁锁断长江，拉开强弩招架。

(副净) 辞过老师相，晚生即刻出城了。(净) 且住，还有一句密话。(附耳介) 内阁高弘图、姜曰广，左祖逆党[26]，俱已罢职了。那周镳、雷缜祚，留在监中，恐为内应，趁早取决何如？(副净) 极该，极该。(净拱介) 也不送了。(竟下)(副净出)(杂禀介) 那个传檄之人，还拿在这里，听候发落。(副净) 没有什么发落，拿送刑部请旨处决便了。(上马欲下介) (寻思介) 且不要孟浪。我看黄、刘三镇，也非左兵敌手，万一斩了来人，日后难于挽回。(唤介) 班役，你速到镇抚司，拜上冯老爷[27]，将此传檄之人，用心监候。(杂应下)(副净) 几乎误了大事。(上马速行介)

江南江北事如麻，半倚刘家半阮家[28]；
三面和棋休打算，西南一子怕争差。

注释

[1] 河北新房一半塌：比喻黄河以北沦陷于清兵之手。

[2] 承继个儿郎贪戏耍：福王即位为弘光帝，只知声色犬马，不思恢复江山。

[3] "窝里财" 二句：讽刺马士英、阮大铖一帮奸臣只知争权夺利。

[4] 乙酉：南明弘光元年，即公元1645年。

[5] 随心令儿：民间流行的小曲，这里指老赞礼上场时所唱《吴小四》一曲。

[6] "大风吹倒梧桐树" 二句：大风吹倒梧桐树本是自然现象，与人为因素无关，但有人爱评长论短。

[7] 升遐：专指皇帝去世。

[8] 遭的什么花甲：碰上什么年月。

[9] 瘗(yì)：掩埋、埋葬；埋葬品或尸体、随葬物。瘗毛血是以埋掉牲畜毛血为形式的一种祭祀仪式。

[10] 搢(jìn)笏：把笏插在腰带上。

[11] 克承、载缵(zuǎn)：能够继承。

[12]御极：登极，皇帝登上最高位。

[13]皇纲：皇家的纲纪。

[14]忝颜偷生：忍辱偷生。

[15]庙谟：朝廷的筹谋。

[16]宾天：帝王之死。

[17]坛圩(wéi)：积土筑祭台叫坛，坛周围的土墙叫圩。

[18]歆此蘋蘩之献：歆，享受。《诗经》有《采蘩》《采蘋》篇，记叙贵族之家祭祀之事。全句意为享受这供奉的祭品。

[19]尚飨：祭文结尾用词，意为希望死者及鬼神享用祭品。

[20]诣瘗位：到埋毛血的地方。

[21]翠华：皇帝车驾上的旗子，这里借代崇祯帝。

[22]岁腊：岁终祭祀先祖。

[23]浴沂(yí)：沂是山东曲阜南一条河。《论语·先进篇》有记叙孔子弟子曾皙的"浴乎沂"的话。这里揭示马、阮等出来祭祀好像游春踏青一样。

[24]那搭：哪里。

[25]"系臂纱"三句：晋武帝采选美女，凡有姿色的都用红纱系着她的臂膊。椒房指皇后。作伐即作媒。这三句说马、阮先采选有姿色的女子来家，然后做媒让她给弘光帝做皇后。

[26]左袒：汉高祖死后，吕后掌握政权，分封诸吕为王，削弱刘氏的势力。后来太尉周勃为了挽回刘氏的政权，在吕后死后入军门行令，"拥护刘氏的左袒，拥护吕氏的右袒"，结果军队都左袒。因此后来称赞助某一方面的态度叫左袒。

[27]冯老爷：锦衣卫都督冯可宗。

[28]刘家：刘良佐、刘泽清两镇。

新评

拜坛，乃是马士英、阮大铖一类朝臣前往太平门外设坛祭祀崇祯皇帝。然而，皇帝为国而亡仅仅一年，这些人都不放在心上，祭祀就像游春踏青一般，以致那老赞礼看不惯眼，愤愤地说："老爷们哭得不恸，俺老赞礼忍不住要大哭一场了。"这一哭当然在哭国将不国，对马、阮一类的失望之情也尽在其中。就在此时，那阮大铖跳出来一恸，竟抱怨起崇祯皇帝在东林党问题上"至死不悟"，引来一片诧异的眼光，一阵讪笑之声。但那阮大铖之流索性要倒行逆施了，对东林党决不"剪草留芽"，"但搜来尽杀"！一副凶残模样溢于言表，这或许竟是魏党馀孽气焰熏天的极点了。

第三十三出　会　狱

乙酉三月

【梅花引】(生敝衣愁容上) 宫槐古树阅沧田，挂寒烟，倚颓垣。末后春风，才绿到幽院[1]。两个知心常步影，说新恨，向谁借酒钱。

小生侯方域，被逮狱中，已经半月。只因证据无人，暂羁候审，幸亏故人联床，颇不寂寞。你看月色过墙，照的槐影迷离，不免虚庭一步。

【忒忒令】碧沉沉月明满天，凄惨惨哭声一片，墙角新鬼带血来分辩。我与他死同仇，生同冤，黑狱里，半夜作白眼[2]。

独立多时，忽然毛发直竖，好怕人也。待俺唤醒陈、吴两兄，大家闲话。(唤介) 定兄醒来。(又唤介) 次兄睡熟了么？(末、小生揉眼出介)

【尹令】(末) 这时月高斗转[3]，为何独行空院，闲将露痕踏遍。(小生) 愁怀且捐[4]，万语千言望谁怜。

(见介) 侯兄怎的还不安歇？(生) 我想大家在这黑狱之中，三春莺花，半点不见；只有明月一轮，还来相照，岂可舍之而睡。(末) 是，是，同去步月一回。(行介)

【品令】(生) 冤声满狱，锒铛夜徽缠[5]。三人步月，身轻若飞仙。闲消自遣，莫说文章贱。从来豪杰，都向此中磨炼。似在棘围锁院，分帘校赋篇[6]。

(丑扮柳敬亭杻锁上) 戎马不知何处避，贤豪半向此中来。我柳敬亭，被拿入狱，破题儿第一夜，便觉难过。(叹介) 嗳！方才睡下，又要出恭；这个裙带儿没人解，好苦也。(作蹲地听介) 那边有人说话，像是侯相公声音，待我看来。(起看，惊介) 竟是侯相公。(唤介) 你是侯相公么？(生惊认介) 原来是柳敬亭。(末、小生) 柳敬亭为何也到此中？(丑认介) 陈相公、吴相公怎么都在里边？(举手介) 阿弥陀佛！这也算"佛殿奇逢"了。(生) 难得难得！大家坐地谈谈。(同坐介)

【豆叶黄】(合) 便他乡遇故，不算奇缘。这墙隔着万重深山，撞见旧时亲眷。浑忘身累，笑看月圆。却也似武陵桃洞，却也似武陵桃洞；有避乱秦人，同话渔船。

(生) 且问敬老，你犯了何罪，杻锁连身，如此苦楚。(丑) 老汉不曾犯罪。只因相公被逮入狱，苏昆生远赴宁南，恳求解救。那左帅果然大怒，连夜修本参着马、阮，又发了檄文一道，托俺传来，随后要发兵进讨。马、阮害怕，自然放出相公去的。

【玉交枝】宁南兵变，料无人能将檄传；探汤蹈火咱情愿，也只为文士遭谴。白头志高穷更坚，浑身枷锁吾何怨；助将军除暴解冤，助将军除暴解冤。

(生)竟不知敬亭吃亏,乃小生所累。昆生远去求救,益发难得。可感,可感!(末)虽如此说,只怕左兵一来,我辈倒不能苟全性命。(小生)正是,宁南不学无术,如何收救。(皆长吁介)(净扮狱官执手牌,杂扮校尉四人点灯提绳急上)(净)四壁冤魂满,三更狱吏尊。刑部要人,明早处决,快去绑来。(杂)该绑那个?(净)牌上有名。(看介)逆党二名,周镳、雷缜祚。(杂执灯照生、末、小生、丑面介)不是,不是!(净喝介)你们无干的,各自躲开。(净领杂急下)(末悄问介)绑那个?(小生)听说要绑周镳、雷缜祚。(生)吓死俺也。(丑)我们等着瞧瞧。(净执牌前行,杂背绑二人,赤身披发,急拉下)(生看呆介)(末)果然是周仲驭、雷介公他二位。(小生)这是我们的榜样了。

【江儿水】(生)演着明夷卦[7],事尽翻,正人惨害天倾陷。片纸飞来无人见,三更缚去加刑典,教俺心惊胆颤。(合)黑地昏天,这样收场难免。

(生问丑介)我且问你,外边还有什么新闻?(丑)我来的仓卒,不曾打听,只见校尉纷纷拿人。(末、小生问介)还拿那个?(丑)听说要拿巡按黄澍,督抚袁继咸,大锦衣张薇;还有几个公子秀才,想不起了!(生)你想一想?(丑想介)人多着哩。只记得几个相熟的,有冒襄、方以智、刘城、沈寿民、沈士柱、杨廷枢。(末)有这许多。(小生)俺这里边,将来成一个大文会了。(生)倒也有趣。

【川拨棹】囹圄里,竟是瀛洲翰苑[8]。画一幅文会图悬,画一幅文会图悬,避红尘一群谪仙。(合)赏春月,同听鹃,感秋风,同咏蝉[9]。

(丑)三位相公,宿在那一号里?(生)都在"荒"字号里。(末)敬老羁在那里?(丑)就在这后面"藏"字号里。(小生)前后相近,倒好早晚谈谈。(生)我们还是软监,敬老竟似重囚了。(丑)阿弥陀佛!免了上柙床[10],就算好的狠哩。(作势介)

【意不尽】高拱手碍不了礼数周全,曲肱儿枕头稳便。只愁今夜里,少一个长爪麻姑搔背眠[11]。

(丑)相逢真似岛中仙,(末)隔绝风涛路八千;
(小生)地僻偏宜人啸傲,(生)天空不碍月团圆。

注释

[1]"末后春风"二句:幽院即监狱。监狱里春天的到来是最迟的。

[2]作白眼:白眼相看,不屑一顾。

[3]月高斗转:斗,北斗星。指夜深了。

[4]且捐:暂且抛开。

[5]锒铛:铁链。　徽纆:绳索。

[6]分帘:科举考试试场分为内帘、外帘,内帘官是校阅试卷的,外帘官是提调监试的。

[7]明夷卦:卦名。比喻主暗于上,贤人退避的乱世。

[8]瀛洲翰苑:瀛洲是传说中的仙山。唐太宗作文学馆,收聘贤才,人们羡称那些被收聘的人为登瀛洲。翰苑即翰林院。

[9]咏蝉:唐骆宾王有《在狱咏蝉》诗及序,表达自己清白无辜。

[10]柙床:捆缚重犯而睡的床。

[11]麻姑:传说中的女仙,貌美,手指纤细如鸟爪,有人希望她来搔痒。这是柳敬亭在狱中的风趣话。

新评

会狱,显然是一场过渡戏,是前出“但搜来尽杀”的实践,所以,孔尚任借柳敬亭的嘴,说那冒襄等一大批文人都要被捕,黄澍、袁继咸、张薇等官僚也不能幸免,真是恐怖到极点。不仅如此,就在侯方域他们眼前,周、雷二位,已被冠以“逆党”之名,要绑出去,明早处决。这时,侯方域不由得脱口而出:“吓死俺也!”联想到前番寻李香君不着,杨文骢劝他离开南京以避祸,侯方域就急急说:“是,是,承教了。”甚至忘了与蓝瑛作别,这些细节都说明侯方域内心的怯弱。

第三十四出　截　矶

乙酉四月

(净扮苏昆生上)南北割成三足鼎,江湖挑动两支兵。自家苏昆生,为救侯公子,激的左兵东来,约了巡按黄澍,巡抚何腾蛟,同日起马。今日船泊九江,早已知会督抚袁继咸,齐集湖口,共商入京之计。谁知马、阮闻信,调了黄得功在坂矶截杀。你看狼烟四起,势头不善;少爷左梦庚前去迎敌,俺且随营打探。正是:地覆天翻日,龙争虎斗时。(下)(场上设弩台,架炮,铁锁阑江)

【三台令】(末扮黄得功戎装双鞭,领军卒上)北征南战无休,邻国萧墙尽仇。架炮指江州,打舳舻卷甲倒走[1]。

咱家黄得功,表字虎山,一腔忠愤,盖世威名,要与俺弘光皇帝,收复这万里山河。可恨两刘无肘臂之功,一左为腹心之患。今奉江防兵部尚书阮老爷兵牌,调俺驻扎坂矶,堵截左寇,这也不是当要的。(唤介)家将田雄何在?(副净)有。(末)速传大小三军,听俺号令。(军卒排立呐喊介)

【山坡羊】(末)硬邦邦敢要君的渠首[2],乱纷纷不服王的群寇;软弱弱没气色的至尊[3],闹喧喧争门户的同朝友。只剩咱一营江上守,正防着战马北来骤,忽报楼船入浦口[4]。貔貅[5],飞旌旗控上游;戈矛,传烽烟截下流。

(黄卒登台介)(杂扮左兵白旗、白衣,呐喊驾船上)(黄卒截射介)(左兵败回介)(黄卒赶下)(小生扮左良玉戎装白盔素甲坐船上)

【前腔】替奸臣复私仇的桀纣[6],媚昏君上排场的花丑[7];投北朝学叩马的夷齐[8],吠唐尧听使唤的三家狗[9]。拼着俺万年名遗臭,对先帝一片心堪剖,忙把储君冤苦救。不羞,做英雄到尽头;难收,烈轰轰东去舟。

俺左良玉领兵东下,只为剪除奸臣,救取太子。叵耐儿子左梦庚[10],借此题目,便要攻打城池,妄思进取。俺已严责再三,只怕乱兵引诱,将来做出事来;且待渡过坂矶,慢慢劝他。(净急上)报元帅,不好了!黄得功截杀坂矶,前部先锋俱已败回了。(小生惊介)有这等事。黄得功也是一条忠义好汉,怎的受马、阮指拨,只知拥戴新主,竟不念先帝六尺之孤,岂不可恨!(唤介)左右,快看巡按黄老爷、巡抚何老爷船泊那边,请来计议。(杂应下)(末扮黄澍上)将帅随谈麈[11],风云指义旗。下官黄澍方才泊船,恰好元帅来请。(作上船介)(小生见介)仲霖果然到来,巡抚何公如何不见?(末)行到半途,又回去了。(小生)为何回去?(末)他原是马士英同乡。(小生)随他罢了。这也怪他不得。(问介)目下黄得功截住坂矶,三军不能前进。如何是好？（末）这倒可虑，且待袁公到船，再作商量。（外扮袁继咸从人上）孽子含冤天惨淡[12]，孤臣举义日光明。来此是左帅大船，左右通报。（杂禀介）督抚袁老爷到船了！（小生）快请！（外上船见介）适从武昌回署，整顿兵马，愿从鞭弭[13]。（末）目下不能前进了。（外）为何？（小生）黄得功领兵截杀，先锋俱已败回。（外）事已至此，欲罢不能，快快遣人游说便了。（小生）敬亭已去，无人可遣。奈何？（净）晚生与他颇有一面，情愿效力。（末）昆生义气，不亚敬亭，今日正好借重。（小生问介）你如何说他？

【五更转】（净）俺只说鹬蚌持，渔人候，傍观将利收。英雄举动，要看前和后。故主恩深，好爵自受。欺他子，害他妃，全忘旧。杀人只落血双手，何必前来，同室争斗。

（外）说得有理。（小生）还要把俺心事，说个明白。叫他晓得奸臣当杀，太子当救，完了两桩大事，于朝廷一尘不惊，于百姓秋毫无犯。为何不知大义，妄行截杀？（末）正是，那黄得功一介武夫，还知报效；俺们倒肯犯上作乱不成？叫他细想。（净）是，是，俺就如此说去。（杂扮报卒急上）报元帅，九江城内，一片火起。袁老爷本标人马，自破城池了。（外惊介）怎么俺的本标人马自破城池？这了不得！（小生怒介）岂有此理！不用猜疑，这是我儿左梦庚做出此事，陷我为反叛之臣。罢了，罢了！有何面目，再向江东。（拔剑欲自刎介）（末抱住介）（小生握外手，注目介）临侯，临侯，我负你了！（作呕血倒椅上介）（净唤介）元帅苏醒，元帅苏醒！（外）竟叫不应，这怎么处？（末）想是中恶，快取辰砂灌下。（净取碗灌介）牙关闭紧，灌不进了。（众哭介）

【前腔】大将星，落如斗，旗杆摧舵楼。杀场百战精神抖，凛凛堂堂，一身甲胄。平白的牖下亡，全身首。魂归故宫煤山头，同说艰辛，君啼臣吼。

（杂抬小生下）（外）元帅已死，本镇人马霎时溃散；那左梦庚据住九江，叫俺进退无门。倘若黄兵抢来，如何逃躲？（末）我们原系被逮之官，今又失陷城池，拿到京中，再无解救。不如转回武昌，同着巡抚何腾蛟，另做事业去罢。（外）有理。（外、末急下）（净呆介）你看他们竟自散去，单剩我苏昆生一人，守着元帅尸首，好不可怜。不免点起香烛，哭奠一番。（设案点香烛，哭拜介）

【哭相思】气死英雄人尽走，撇下了空船柩。俺是个招魂江边友，没处买一杯酒。

且待他儿子奔丧回船，收殓停当，俺才好辞之而去，如今只得耐性儿守着。正是：

英雄不得过江州，魂恋春波起暮愁；
满眼青山无地葬，斜风细雨打船头。

注释

[1]舳舻(zhúlú)：舳，船尾。舻，船头。舳舻，船头和船尾相连的船只。

[2]要：要挟。

[3]至尊：皇帝。

[4]楼船：高大的战船。

[5]貔貅(píxiū)：古书上说的一种猛兽，这里比喻军队。

[6]桀纣：夏朝、商朝的最后两个帝王，均为暴君。这里指弘光帝。

[7]花丑：戏剧角色名，这里指马士英、阮大铖。

[8]夷齐：即伯夷、叔齐。这里只用叩马指投降清兵。此典使用不贴切。

[9]吠唐尧听使唤的三家狗：桀犬吠尧比喻奴才为主子效劳，三家狗喻黄、刘三镇。

[10]叵(pǒ)耐：不可忍受。

[11]谈麈(zhǔ)：麈是鹿类动物，其尾可做拂尘。谈麈是古人谈话时所执的麈尾。

[12]孽子含冤：指崇祯太子狱。

[13]鞭弭(mǐ)：弭，安抚、安定。引申为顺服、服从。

新评

“截矶”一出，是南明军事上败亡的大转折。左良玉本是一员猛将，连李自成都惧他几分，但在国家安危的大局上不明不白，竟自东下，受黄得功之阻，进不得为一气；其子投敌，一世忠名尽毁，为二气，以致临阵身亡。如此，则真正迎敌者，只有史可法一部，而史可法的不受重用、统帅不灵，已于前几出见出，所以，南明之危，已是非常明显的了。

第三十五出 誓 师

乙酉四月

【贺圣朝】(外扮史可法，白毡大帽，便服上) 两年吹角列营，每日调马催征。军逃客散鬓星星，恨压广陵城。

下官史可法，日日经略中原，究竟一筹莫展。那黄、刘三镇，皆听马、阮指使，移镇上江，堵截左兵，丢下黄河一带，千里空营。忽接塘报，本月二十一日北兵已入淮境，本标食粮之人，不足三千，那能抵当得住。这淮、扬一失，眼见京师难保，岂不完了明朝一座江山也。可恼，可恼！俺且私步城头，察看情形，再作商量。(丑扮家丁，提小灯随行上城介)

【二犯江儿水】(外) 悄上城头危径，更深人睡醒。栖乌频叫，击柝连声，女墙边，侧耳听。(听介)(内作怨介) 北兵已到淮安，没个瞎鬼儿问他一声；只舍俺这几个残兵，死守这座扬州城，如何守得住。元帅好没分晓也！(外点头自语介) 你那里晓得，万里倚长城，扬州父子兵。(又听介)(内作恨介) 罢了，罢了！元帅不疼我们，早早投了北朝，各人快活去，为何尽着等死。(外惊介) 呵呀！竟想投降了，这怎么处！他降字儿横胸，守字儿难成；这扬州剩了一分景。(又听介)(内作怒介) 我们降不降，还是第二着，自家杀抢杀抢，跑他娘的。只顾守到几时呀！(外) 咳！竟不料情形如此。听说猛惊，热心冰冷。疾忙归，夜点兵，不待明。

(忙下)(内掌号放炮，作传操介)(杂扮小卒四人上) 今乃四月二十四日，不是下操的日期；为何半夜三更，梅花岭放炮[1]？快去看来！(急走介)(末扮中军，持令箭提灯上) 隔江云阵列，连夜羽书飞[2]。(呼介) 元帅有令：大小三军，速赴梅花岭，听候点卯。(众排列介)(外戎装，旗引登坛介) 月升鸱尾城吹角，星散旄头帐点兵[3]。中军何在？(末跪介) 有！(外) 目下北信紧急，淮城失守，这扬州乃江北要地，倘有疏虞，京师难保。快传五营四哨[4]，点齐人马，各照汛地昼夜严防。敢有倡言惑众者，军法从事。(末) 得令！(传令向内介) 元帅有令，三军听者。各照汛地昼夜严防，敢有倡言惑众者，军法从事。(内不应)(外) 怎么寂然无声？(吩咐中军介) 再传军令，叫他高声答应。(末又高声传介)(内不应)(外) 仍然不应，着击鼓传令。(末击鼓又传，又不应介)(外) 分明都有离叛之心了。(顿足介) 不料天意人心，到如此田地。(哭介)

【前腔】皇天列圣，高高呼不省。阑珊残局，剩俺支撑，奈人心俱瓦崩。俺史可法好苦命也！(哭介) 协力少良朋，同心无弟兄。只靠你们三千子弟，谁料今日呵，都想逃生，漫不关情；这江山倒像设着筵席请。(拍胸介) 史可法，史可法！平生枉读诗书，空谈忠孝，到今日其实没法了。(哭介) 哭声祖宗，哭声百姓。(大哭介)(末劝介)元帅保重，军国事大，徒哭无益也。(前扶介)你看泪点淋漓，把战袍都湿透了。(惊介)咦！怎么一阵血腥，快掌灯来。(杂点灯照介)呵呀！浑身血点，是那里来的？(外拭目介)都是俺眼中流出来。哭的俺一腔血，作泪零。

(末叫介) 大小三军，上前看来；咱们元帅哭出血泪来了。(净、副净、丑扮众将上，看介) 果然都是血泪。(俱跪介)(净) 尝言"养军千日，用军一时"。俺们不替朝廷出力，竟是一伙禽兽了。(副净) 俺们贪生怕死，叫元帅如此难为，那皇天也不佑的。(丑) 百岁无常，谁能免的一死，只要死到一个是处。罢，罢，罢！今日舍着狗命，要替元帅守住这座扬州城。(末) 好好！谁敢再有二心，俺便拿送辕门，听元帅千刀万剐。(外大笑介) 果然如此，本帅便要拜谢了。(拜介)(众扶住介) 不敢不敢！(外)众位请起，听俺号令。(众起介)(外吩咐介)你们三千人马，一千迎敌，一千内守，一千外巡。(众)是！(外)上阵不利，守城。(众)是！(外)守城不利，巷战。(众)是！(外)巷战不利，短接。(众)是！(外)短接不利，自尽。(众)是！(外)你们知道，从来降将无伸膝之日，逃兵无回颈之时。(指介)那不良之念，再莫横胸；无耻之言，再休挂口；才是俺史阁部结识的好汉哩。(众)是！(外)既然应允，本帅也不消再嘱。(指介)大家欢呼三声，各回汛地去罢。(众呐喊三声下)(外鼓掌三笑)妙妙！守住这座扬州城，便是北门锁钥了[5]。

不怕烟尘四面生，江头尚有亚夫营[6]；
模糊老眼深更泪，赚出淮南十万兵。

注释

[1] 梅花岭：在江苏扬州城广储门外。

[2] 羽书：即羽檄，插上鸡羽，表示要紧急传递。

[3] "月升鸱(chī)尾城吹角"二句：鸱尾是屋脊饰物，旄是竿顶用旄牛尾饰的军旗。这两句是描写深夜里军中号角连营和点将士之名的情景。

[4] 五营四哨：指前后左右中五营和四面哨兵。

[5] 北门锁钥：扬州在南京北，在此相当于南京北门。锁钥，指坚固的要塞。

[6] 亚夫营：汉代周亚夫军驻细柳营。在此指史可法军营。

新评

此出名"誓师"，并无真作誓师之举，乃是史可法在万般无奈之时，哭泣下血，感动部下，群情激愤，扭转投降之心，决心死守扬州，场面哀而悲，颇为感人。然而，部下如此一心，只是在史可法的人格影响下的结果，看客读了，不由得愤愤不平。

第三十六出　逃　难

乙酉五月

【香柳娘】(小生扮弘光帝,便服骑马。杂扮二监、二宫女挑灯引上)听三更漏催,听三更漏催,马蹄轻快,风吹蜡泪宫门外。咱家弘光皇帝,只因左兵东犯,移镇堵截;谁知河北人马,乘虚渡淮。目下围住扬州,史可法连夜告急,人心惶惶,都无守志。那马士英、阮大铖躲的有影无踪,看来这中兴宝位也坐不稳了。千计万计,走为上计;方才骑马出宫,即发兵符一道,赚开城门,但能走出南京,便有藏身之所了。趁天街寂静[1],趁天街寂静,飞下凤凰台,难撇鸳鸯债。(唤介)嫔妃们走动着,不要失散了。似明驼出塞,似明驼出塞,琵琶在怀,珍珠偷洒[2]。

(急下)(净扮马士英骑马急上)

【前腔】报长江锁开,报长江锁开,石头将坏,高官贱卖没人买[3]。下官马士英,五更进朝,才知圣上潜逃;俺为臣的,也只得偷溜了。快微服早度,快微服早度,走出鸡鹅街,提防仇人害。(倒指介)那一队娇娆,十车细软,便是俺的薄薄宦囊,不要叫仇家抢夺了去。(唤介)快些走动。(老旦、小旦扮姬妾骑马,杂扮夫役推车数辆上)来了,来了。(净)好,好!要随身紧带,要随身紧带,殉棺货财,贴皮恩爱[4]。

(绕场行介)(杂扮乱民数人持棒上,喝介)你是奸臣马士英,弄的民穷财尽;今日驮着妇女,装着财帛,要往那里跑?早早留下!(打净倒地,剥衣,抢妇女财帛下)(副净扮阮大铖,骑马上)

【前腔】恋防江美差[5],恋防江美差,杀来谁代,兵符掷向空江濑。今日可用着俺的跑了;但不知贵阳相公,还是跑,还是降?(作遇净绊马足介)呵呀!你是贵阳老师相,为何卧倒在地。(净哼介)跑不得了,家眷行囊,俱被乱民抢去,还把学生打倒在地。(副净)正是。晚生的家眷行囊,都在后面,不要也被抢去。受千人笑骂,受千人笑骂,积得些金帛,娶了些娇艾[6]。待俺回去迎来。(杂扮乱民持棒,拥妇女抬行囊上)这是阮大铖家的家私,方才抢来,大家分开罢!(副净喝介)好大胆的奴才,怎敢抢截我阮老爷的家私。(杂)你就是阮大铖么?来的正好。(一棒打倒,剥衣介)饶他狗命,且到鸡鹅巷、裤子裆,烧他房子去。(俱下)(净)腰都打坏,爬不起来了。(副净)晚生的臂膊捶伤,也奉陪在此。(合)叹十分狼狈,叹十分狼狈，村拳共挨，鸡肋同坏[7]。

（末扮杨文骢冠带骑马，从人挑行李上）下官杨文骢，新任苏松巡抚。今日五月初十出行吉日，束装起马，一应书画古玩，暂寄媚香楼，托了蓝田叔随后带来。俺这一肩行李，倒也爽快。（杂禀介）请老爷趱行一步。（末）为何？（杂）街上纷纷传说，北信紧急，皇帝、宰相，今夜都走了。（末）有这等事？快快出城！（急走介）（马惊不前介）这也奇了，为何马惊不走？（唤介）左右看来！（杂看介）地下两个死人。（副净、净呻吟介）哎哟！哎哟！救人，救人！（末）还不曾死，看是何人？（杂细认介）好像马、阮二位老爷。（末喝介）胡说，那有此事！（勒马看，惊介）呵呀！竟是他二位。（下马拉介）了不得，怎么到这般田地。（净）被些乱民抢劫一空，仅留性命。（副净）我来救取，不料也遭此难。（末）护送的家丁都在何处？（净）想也乘机拐骗，四散逃走了。（末唤介）左右快来扶起，取出衣服，与二位老爷穿好。（杂与副净、净穿衣介）（末）幸有闲马一匹，二位叠骑，连忙出城罢。（杂扶净、副净上马，搂腰行介）请了，无衣共冻真师友，有马同骑好弟兄。（下）（杂）老爷不可与他同行，怕遇着仇人，累及我们。（末）是，是。（望介）你看一伙乱民，远远赶来，我们早些躲过。（作避路傍介）（小旦扮寇白门，丑扮郑妥娘，披发走上）

【前腔】正清歌满台，正清歌满台，水裙风带[8]，三更未歇轻盈态。（见末介）你是杨老爷，为何在此？（末认介）原来是寇白门、郑妥娘。你姊妹二人怎的出来了？（小旦）正在歌台舞殿，忽然酒罢灯昏，内监宫妃纷纷乱跑；我们不出来还等什么哩？（末）为何不见李香君？（丑）俺三个一同出来的；他脚小走不动，雇了个轿子，抬他先走了。（末问介）果然朝廷出去了么？（小旦）沈公宪、张燕筑都在后边，他们晓得真信。（外扮沈公宪，披衣抱鼓板，净扮张燕筑，科头提纱帽须髯跑上[9]）笑临春结绮，笑临春结绮，擒虎马嘶来，排着管弦待[10]。（见末介）久违杨老爷了。（末问介）为何这般慌张？（外）老爷还不知么？北兵杀过江来，皇帝夜间偷走了。（末）你们要向那里去？（净）各人回家瞧瞧，趁早逃生。（丑）俺们是不怕的；回到院中，预备接客。（末）此等时候，还想接客。（丑）老爷不晓得，兵马营里，才好挣钱哩。这笙歌另卖，这笙歌另卖，隋宫柳衰，吴宫花败。

（外、净、小旦、丑俱下）（末）他们亲眼看见圣上出宫，这光景不妥了。快到媚香楼收拾行李，趁早还乡罢。（行介）

【前腔】看逃亡满街，看逃亡满街，失迷君宰，百忙难出江关外。（作到介）这是李家院门。（下马急敲门介）开门，开门！（小生扮蓝瑛急上）又是那个叫门？（开门见介）杨老爷为何转来？（末）北信紧急，君臣逃散，那苏松巡抚也做不成了。整琴书袱被[11]，整琴书袱被，换布袜青鞋，一只扁舟载。（小生）原来如此。

方才香君回家，也说朝廷偷走。(唤介) 香君快来。(旦上见介) 杨老爷万福！(末) 多日不见，今朝匆匆一叙，就要远别了。(旦) 要向那里去？(末) 竟回敝乡贵阳去也。(旦掩泪介) 侯郎狱中未出，老爷又要还乡；撇奴孤身，谁人照看。(末) 如此大乱，父子亦不相顾的。这情形紧迫，这情形紧迫，各人自裁，谁能携带。

(净扮苏昆生急上) 将军不惜命，皇帝已无家。我苏昆生自湖广回京，谁知遇此大乱，且到院中打听侯公子信息，再作商量。

【前腔】俺匆忙转来，俺匆忙转来，故人何在，旌旗满眼乾坤改。来此已是，不免竟入。(见介) 好呀！杨老爷在此，香君也出来了。侯相公怎的不见？(末) 侯兄不曾出狱来。(旦) 师父从何处来的？(净) 俺为救侯郎，远赴武昌，不料宁南暴卒。俺连夜回京，忽闻乱信，急忙寻到狱门，只见封锁俱开。众囚徒四散，众囚徒四散，三面网全开[12]，谁将秀才害。(旦哭介) 师父快快替俺寻来。(末指介) 望烟尘一派，望烟尘一派，抛妻弃孩，团圆难再。

(末向旦介) 好好好！有你师父作伴，下官便要出京了。(唤介) 蓝田老收拾行李，同俺一路去罢。(小生) 小弟家在杭州，怎能陪你远去。(末) 既是这等，待俺换上行衣，就此作别便了。(换衣作别介) 万里如魂返，三年似梦游。(作骑马，杂挑行李随下) (旦哭介) 杨老爷竟自去了，只有师父知俺心事。前日累你千山万水，寻到侯郎；不想奴家进宫，侯郎入狱，两不见面。今日奴家离宫，侯郎出狱，又不见面；还求师父可怜，领着奴家各处找寻则个。(净) 侯郎不到院中，自然出城去了。那里找寻？(旦) 定要找寻的。

【前腔】(旦) 便天涯海崖，便天涯海崖，十洲方外，铁鞋踏破三千界[13]。只要寻着侯郎，俺才住脚也。(小生) 西北一带俱是兵马，料他不能渡江；若要找寻，除非东南山路。(旦) 就去何妨。望荒山野道，望荒山野道，仙境似天台，三生旧缘在[14]。(净) 你既一心要寻侯郎，我老汉也要避乱，索性领你前往，只不知路向那走？(小生指介) 那城东栖霞山中，人迹罕到；大锦衣张瑶星先生，弃职修仙，俺正要拜访为师。何不作伴同行，或者姻缘凑巧，亦未可知。(净) 妙，妙，大家收拾包裹，一齐出城便了。(各背包裹行介) (旦) 舍烟花旧寨，舍烟花旧寨，情根爱胎，何时消败。

(净) 前面是城门了，怕有人盘诘。(小生) 快快趁空走出去罢。(旦) 奴家脚痛，也说不得了。

(旦) 行路难时泪满腮，(净) 飘蓬断梗出城来；
(小生) 桃源洞里无征战，(旦) 可有莲华并蒂开。

注释

［1］天街：京城的大街。

［2］"似明驼出塞"四句：明驼是一种日行千里的骆驼。珍珠比喻眼泪。这里暗用汉代王昭君出塞的故事，形容嫔妃们逃走时的凄凉情景。

［3］"报长江锁开"四句：指清兵把长江防线突破了，石头城南京就要沦陷于清兵之手了。

［4］贴皮恩爱：指马士英的妻妾。

［5］防江美差：当时阮大铖以兵部尚书巡视江防。

［6］娇艾：年轻美女。

［7］鸡肋：喻身体瘦弱。

［8］水裙风带：形容舞衣飘动。

［9］科头：不戴冠帽。

［10］"笑临春结绮"四句：临春、结绮都是陈后主筑来歌舞行乐的宫殿名。擒虎即韩擒虎，是隋兵征陈时的将领。这四句说的是弘光帝只贪图歌舞玩乐，就像清兵攻来时，要排着管弦来接待似的。

［11］袱被：包袱。

［12］三面网全开：指监狱打开了。

［13］"便天涯海崖"四句：天涯海崖指遥远的地方。十洲相传是神仙居住的地方。方外即世外，道家语。铁鞋踏破，形容到处寻找。三千界即三千世界，是佛经里的话语，意指全世界。

［14］三生：佛家认为人有过去、现在、未来三生。

新评

北兵南下，还未到扬州，南京城里的君臣已先各自逃生去了，此出就是演的君臣逃难剧。首先逃的就是弘光帝，其次就是马士英、阮大铖。他们是国家的中心，竟自先逃，可见这是什么乌合朝廷。如果从历史的大趋势而言，南明的建立，只不过是暂时延续了某些明廷旧臣的复国梦，暂时满足了马士英、阮大铖之流的荒淫富贵梦而已。试看，国难当头，这些人带了家小，载了细软，跑得比谁都快，无怪乎人人见了都痛恨不已。孔尚任安排了马、阮同骑一匹马，落荒而逃，象征性地揭示了这一对大奸臣的可耻下场。

同出还描写了众百姓的逃难，他们是无辜者、受害者，其中就有李香君。此时，她已寻不见她的侯郎，似乎暗示着什么；而他们最终往栖霞山中，寻找道士张薇去，已然将这种暗示讲得清楚，故孔尚任借李香君唱道："舍烟花旧寨，情根爱胎，何时消败。"或许也是李香君合乎逻辑的心理变化过程。

第三十七出　劫　宝

乙酉五月

【西地锦】(末扮黄得功戎装,副净扮田雄随上)目断长江奔放,英雄万里愁长;何时欢饮中军帐,把弓矢付儿郎。

俺黄得功坂矶一战,吓得左良玉胆丧身亡。剩他儿子左梦庚,据住九江、乌合未散,俺且驻扎芜湖,防其北犯。(杂扮报卒上)报报报!北兵连夜渡淮,围住扬州,南京震恐,万姓奔逃了。(末)那凤、淮两镇,现在江北,怎不迎敌?(杂)闻得两位刘将军,也到上江堵截左兵,凤、淮一带,千里空营。(末惊介)这怎么处?(唤介)田雄,你是俺心腹之将,快领人马,去保南京。

【降黄龙】司马威权[1],夜发兵符,调镇移防。谁知他拆东补西,露肘捉襟[2],明弃淮扬金汤[3]。九曲天险[4],只用莲舟荡漾。起烟尘,金陵气暗,怎救宫墙。

(下)(小生扮弘光帝骑马,丑扮太监韩赞周随上)

【前腔】(小生)堪伤,寂寞鱼龙,潜泣江头,乞食村庄。寡人逃出南京,昼夜奔走,宫监嫔妃,渐渐失散,只有太监韩赞周,跟俺前来。这炎天赤日,瘦马独行,何处纳凉。昨日寻着魏国公徐宏基,他佯为不识,逐俺出府。今日又早来到芜湖。(指介)那前面军营,乃黄得功驻防之所,不知他肯容留寡人否。奔忙,寄人廊庑,只望他容留收养。(作下马介)此是黄得功辕门。(唤介)韩赞周,快快传他知道。(丑叫门介)门上有人么?(杂扮军卒上)是哪里来的?(丑)南京来的。(拉一边悄说介)万岁爷驾到了,传你将军速出迎接。(杂)啐!万岁爷怎能到的这里?不要走来吓俺罢。(小生)你唤出黄得功来,便知真假。江浦边,迎銮护驾,旧将中郎[5]。

(杂咬指介[6])人物不同,口气又大,是不是,替他传一声。(忙入传介)(末慌上)那有这事,待俺认来。(见介)(小生)黄将军一向好么?(末认,忙跪介)万岁,万万岁!请入帐中,容臣朝见。(丑扶小生升帐坐)(末拜介)

【滚遍】戎衣拜吾皇,戎衣拜吾皇,又把天颜仰。为甚私巡,萧条鞍马蒙尘状;失水蛟龙,风云飘荡。这都是臣等之罪。负国恩,一班相,一班将。

(小生)事到今日,后悔无及,只望你保护朕躬。(末拍地哭奏介)皇上深居宫中,臣好戮力效命。今日下殿而走,大权已失;叫臣进不能战,退无可守,十分事业,已去九分矣。(小生)不必着急,寡人只要苟全性命,那皇帝一席,也不愿再做了。(末)呵呀!天下者祖宗之天下,圣上如何弃的。(小生)弃与不弃,只在将军了。(末)微臣鞠躬尽瘁，死而后已。(小生掩泪介)不料将军倒是一个忠臣。(末跪奏介)圣上鞍马劳顿，早到后帐安歇。军国大事，明日请旨罢。(丑引小生入介)(末)了不得，了不得！明朝三百年国运，争此一时，十五省皇图，归此片土。这是天大的干系，叫俺如何担承？(吩咐)大小三军，马休解辔，人休解甲，摇铃击梆，在意小心着。(众应介)(末唤介)田雄，我与你是宿卫之官[7]，就在这行宫门外，同卧支更罢[8]。(末枕副净股，执双鞭卧介)(杂摇铃击梆，报更介)(副净悄语介)元帅，俺看这位皇帝不像享福之器，况北兵过江，人人投顺，元帅也要看风行船才好。(末)说那里话，常言"孝当竭力，忠则尽命"，为人臣子，岂可怀揣二心。(内传鼓介)(末惊介)为何传鼓？(俱起坐介)(杂上报介)报元帅，有一队人马，从东北下来，说是两镇刘老爷，要会元帅商议军情。(末起介)好好好！三镇会齐，可以保驾无虞了，待俺看来。(望介)(净扮刘良佐，丑扮刘泽清，骑马领众上)(叫介)黄大哥在那里？(末喜介)果然是他二人。(应介)愚兄在此恭候多时了。(净、丑下马介)(净)哥哥得了宝贝，竟瞒着两个兄弟么。(末)什么宝贝？(丑)弘光呀！(末摇手介)不要高声，圣上安歇了。(净悄问介)今日还不献宝，等到几时哩？(末)什么宝？(丑)把弘光送与北朝，赏咱们个大大王爵，岂不是献宝吗？(末喝介)哇！你们两个要来干这勾当，我黄闯子怎么容得。(持双鞭打介)(净、丑招架介)(末喊介)好反贼，好反贼！

【前腔】望风便生降，望风便生降，好似波斯样[9]。职贡朝天，思将奇货擎双掌；倒戈劫君，争功邀赏。顿丧心，全反面，真贼党。

(净)不要破口，好好弟兄，为何厮闹？(末)啐！你这狗才，连君父不识，我和你认什么弟兄。(又战介)(副净在后指介)好个笨牛，到这时候还不见机。(拉弓搭箭介)俺田雄替你解围罢。(放箭射末腿，末倒地介)(净、丑大笑介)(副净入内，急背出小生介)(小生叫介)韩赞周快快跟来。(内不应介)(小生)这奴才竟舍我而去。(手打副净脸介)你背俺到何处去？(副净)到北京去。(小生狠咬副净肩介)(副净忍痛介)哎呀！咬杀我也。(丢小生于地，向净、丑拱介)皇帝一枚奉送。(净、丑拱介)领谢，领谢！(齐拉小生袖急走介)(末抱住小生腿叫介)田雄，田雄！快来夺驾。(副净佯拉，放手介)(净、丑竟拉小生下)(末作爬不起介)怎么起不来的？(副净)元帅中箭了。(末)那个射俺的？(副净)是我们放箭射贼，误伤了元帅。(末)瞎眼的狗才。我且问你，为何背出圣驾来？(副净)俺要护驾逃走的，不料被他们抢去。(末)你与我快快赶上。(副净笑介)不劳元帅吩咐。俺是一名长解子[10]，收拾包裹，自然护送到京的。(背包裹雨伞急赶下)(末怒介)呵呸！这伙没良心的反贼，俺也不及杀你了。(哭介)苍天，苍天！怎知明朝天下，送在俺黄得功之手。

【尾声】平生骁勇无人当，拉不住黄袍北上，笑断江东父老肠。

罢罢罢！除却一死，无可报国。(拔剑大叫介)大小三军，都来看断头将军呀！(一剑刎死介)

注释

[1]司马：指当时任兵部尚书的阮大铖。

[2]露肘捉襟：即捉襟见肘。本是形容衣不蔽体的，这里比喻顾此失彼。

[3]金汤：固若金汤的简写。

[4]九曲天险：指黄河。

[5]中郎将：比将军低一级的将官。

[6]咬指：表示怀疑的动作。

[7]宿卫之官：皇帝近卫官。

[8]支更：守夜。

[9]波斯：指能识别宝物的外国商人。

[10]长解子：押解长途犯人的差役。

新评

“劫宝”一名，叫得颇滑稽，又极恰当。乱世之时，皇帝老儿也不异百姓；而在忠臣与奸臣之间，对皇帝的态度，就是彰显忠奸的一道试剂。在忠臣眼里，仍是皇帝，在奸臣眼里，已然是投降新主最适合献出的观赏宝贝而已。观过此出，不由人不感慨世道的沦丧，已达极点。

第三十八出　沉　江[1]

乙酉五月

【锦缠道】(外扮史可法,毡笠急上)(回头望介)望烽烟,杀气重,扬州沸喧;生灵尽席卷[2],这屠戮皆因我愚忠不转,兵和将,力竭气喘,只落了一堆尸软。俺史可法率三千子弟,死守扬州,那知力尽粮绝,外援不至。北兵今夜攻破北城,俺已满拼自尽。忽然想起明朝三百年社稷,只靠俺一身撑持,岂可效无益之死,舍孤立之君。故此缒下南城[3],直奔仪真,幸遇一只报船,渡过江来。(指介)那城阙隐隐,便是南京了;可恨老腿酸软,不能走动,如何是好。(惊介)呀!何处走来这匹白骡,待俺骑上,沿江跑去便了。(骑骡,折柳作鞭介)跨上白骡鞯,空江野路,哭声动九原[4]。日近长安远[5],加鞭,云里指宫殿。

(副末扮老赞礼背包裹跑上)残年还避乱,落日更想家。(外撞倒副末介)(副末)呵哟哟!几乎滚下江去。(看外介)你这位老将爷好没眼色!(外下骡扶起介)得罪,得罪!俺且问你,从那里来的?(副末)南京来的。(外)南京光景如何?(副末)你还不知么,皇帝老子逃去两三日了。目下北兵过江,满城大乱,城门都关的。(外惊介)呵呀,这等去也无益矣!(大哭介)皇天后土,二祖列宗,怎的半壁江山也不能保住呀。(副末惊介)听他哭声,倒像是史阁部。(问介)你是史老爷么?(外)下官便是。你如何认得?(副末)小人是太常寺一个老赞礼,曾在太平门外伺候过老爷的。(外认介)是呀!那日恸哭先帝,便是老兄了。(副末)不敢。请问老爷,为何这般狼狈!(外)今夜扬州失陷,才从城头缒下来的。(副末)要向那里去?(外)原要南京保驾,不想圣上也走了。(顿足哭介)

【普天乐】撇下俺断篷船,丢下俺无家犬;叫天呼地千百遍,归无路,进又难前。(登高望介)那滚滚雪浪拍天,流不尽湘累怨[6]。(指介)有了,有了!那便是俺葬身之地。胜黄土,一丈江鱼腹宽展[7]。(看身介)俺史可法亡国罪臣,那容的冠裳而去。(摘帽,脱袍、靴介)摘脱下袍靴冠冕。(副末)我看老爷竟像要寻死的模样。(拉住介)老爷三思,不可短见呀!(外)你看茫茫世界,留着俺史可法何处安放。累死英雄,至此日看江山换主,无可留恋。

(跳入江翻滚下介)(副末呆望良久,抱靴、帽、袍服哭叫介)史老爷呀,史老爷呀!好一个尽节忠臣,若不遇着小人,谁知你投江而死呀!(大哭介)(丑扮柳敬亭,携生忙上)偷生辞狱吏,避乱走天涯。(末扮陈贞慧,小生扮吴应箕,携手忙上)日日争门户,今年傍那家。(生呼介)定兄,次兄,日色将晚,快些走动。(末、小生)来了。(丑)

我们出狱，不觉数日，东藏西躲，终无栖身之地。前面是龙潭江岸，大家商量，分路逃生罢！（末）是，是。（见副末介）你这位老兄，为何在此恸哭？（副末）俺也是走路的，适才撞见史阁部老爷投江而死，由不的伤心哭他几声。（生）史阁部怎得到此？（副末）今夜扬州城陷，逃到此间，闻的皇帝已走，跺了跺脚，跳下江去了。（生）那有此事？（副末指介）这不是脱下的衣服、靴、帽么！（丑看介）你看衣裳里面，浑身朱印。（生）待俺认来。（读介）“钦命总督江北等处兵马内阁大学士兼兵部尚书印”。（生惊哭介）果然是史老先生。（末）设上衣冠，大家哭拜一番。（副末设衣冠介）（众拜哭介）

【古轮台】（合）走江边，满腔愤恨向谁言。老泪风吹面，孤城一片，望救目穿。使尽残兵血战，跳出重围，故国苦恋，谁知歌罢剩空筵。长江一线，吴头楚尾路三千。尽归别姓，雨翻云变。寒涛东卷，万事付空烟。精魂显，大招声逐海天远[8]。

（生拍衣冠大哭介）（丑）阁部尽节，成了一代忠臣。相公不必过哀，大家分手罢！（生指介）你看一望烟尘，叫小生从那里归去？（末）我两人绕道前来，只为送兄过江；今既不能北上，何不随俺南行。（生）这纷纷乱世，怎能终始相依。倒是各人自便罢！（小生）侯兄主意若何？（生）我和敬亭商议，要寻一深山古寺，暂避数日，再图归计。（副末）我老汉正要向栖霞山去，那边地方幽僻，尽可避兵，何不同往？（生）这等极妙了。（末、小生）侯兄既有栖身之所，我们就此作别罢！（拜别介）伤心当此日，会面是何年。（末、小生掩泪下）（生问副末介）你到栖霞山中，有何公干？（副末）不瞒相公说，俺是太常寺一个老赞礼，只因太平门外哭奠先帝之日，那些文武百官，虚应故事；我老汉动了一番气恼，当时约些村中父老，捐施钱粮，趁着这七月十五日，要替崇祯皇帝建一个水陆道场。不料南京大乱，好事难行，因此携着钱粮，要到栖霞山上，虔请高僧，了此心愿。（丑）好事，好事！（生）就求携带同行便了！（副末）待我收拾起这衣服、靴、帽着。（丑）这衣服、靴、帽，你要送到何处去？（副末）我想扬州梅花岭[9]，是他老人家点兵之所，待大兵退后，俺去招魂埋葬，便有史阁部千秋佳城了[10]。（生）如此义举，更为难得。（副末背袍、靴等，生、丑随行介）

【馀文】山云变，江岸迁，一霎时忠魂不见，寒食何人知墓田[11]。

（副末）千古南朝作话传，（丑）伤心血泪洒山川；
（生）仰天读罢招魂赋[12]，（副末）扬子江头乱暝烟。

注释

[1]沉江：关于史可法之死，说法不一。孔尚任把史可法之死写为沉江殉国。

[2]生灵尽席卷：史载，清兵攻破扬州，入城曾杀戮十日，人称“扬州十日”。

[3]缒(zhuì)下：用绳索拴人或物从上往下送。

[4]九原：华夏大地。

[5]日近长安远：晋明帝年幼时，他父亲问他："太阳和长安，离我们这儿哪个近？"长安借指南京。

[6]湘累：屈原投湘江殉国，古典文学称他为湘累。累，指无罪而冤死者。

[7]"胜黄土"二句：投江而死，葬身鱼腹，胜过黄土掩埋。

[8]"精魂显"二句：《大招》是《楚辞》第一篇。这二句意为史可法虽死犹荣，永垂不朽。

[9]梅花岭：在扬州城外，有史可法衣冠冢。

[10]千秋佳城：在此指坟墓。

[11]寒食：即寒食节。清明节前两天，祭祀晋文公之臣介子推的节日。

[12]招魂赋：《楚辞》篇名。

新评

史可法是南明一朝中最忠君体国的一位老臣。由于他的顽强抵抗，发生了清廷入关以来最惨烈的进攻战。攻破扬州后，清军挟着恼怒，连屠十日，血流成河，史称"扬州十日"。或说，史可法于此壮烈殉国，但此出却安排了一场史可法望南京而沉江的悲剧。为国为君沉江的人，那是楚国的屈原；史可法步其后尘，令人可哀。故孔尚任专门安排那一位国朝的老赞礼与复社诸君一同哀哭祭奠，也算是生荣死哀了。至于那仓皇而去，弃江山社稷于不顾的弘光皇帝，也没享到这份哀荣。

此出的末尾，复社的侯方域出于避祸之因，前往栖霞山。这样，侯、李久别再逢，却割断情思的结局已然来临。

第三十九出　栖　真[1]

乙酉六月

【醉扶归】(净扮苏昆生同旦上)(旦)一丝幽恨嵌心缝，山高水远会相逢；拿住情根死不松，赚他也做游仙梦[2]。看这万叠云白罩青松，原是俺天台洞。

(唤介)师父，我们幸亏蓝田叔，领到栖霞山来。无意之中，敲门寻宿，偏撞着卞玉京做了这葆真庵主，留俺暂住，这也是天缘奇遇。只是侯郎不见，妾身无归，还求师父上心寻觅。(净)不要性急。你看烟尘满地，何处寻觅？且待庵主出来，商量个常住之法。(老旦扮卞玉京道妆上)

【皂罗袍】何处瑶天笙弄，听云鹤缥缈，玉珮丁冬[3]。花月姻缘半生空，几乎又把桃花种[4]。(见介)草庵淡薄，屈尊二位了。(旦)多谢收留，感激不尽。(净)正有一言奉告，江北兵荒马乱，急切不敢前行；我老汉的吹歌，山中又无用处，连日搅扰，甚觉不安。(老旦)说那里话。旧人重到，蓬山路通[5]；前缘不断，巫峡恨浓，连床且话襄王梦。

(净)我苏昆生有个活计在此。(换鞋、笠，取斧、担、绳索介)趁这天晴，俺要到岭头涧底，取些松柴，供早晚炊饭之用。不强如坐吃山空么？(老旦)这倒不敢动劳。(净)大家度日，怎好偷闲。(挑担介)脚下山云冷，肩头野草香。(下)(老旦闭门介)(旦)奴家闲坐无聊，何不寻些旧衣残裳，付俺缝补，以消长夏。(老旦)正有一事借重。这中元节[6]，村中男女，许到白云庵与皇后周娘娘悬挂宝幡[7]；就求妙手，替他成造，也是十分功德哩。(旦)这样好事，情愿助力。(老旦取出幡料介)(旦)待奴薰香洗手，虔诚缝制起来。(作洗手缝幡介)

【好姐姐】念奴前身业重[8]，绑十指筝弦箫孔[9]；慵线懒针，几曾解女红[10]。(老旦)香姐心灵手巧，一捻针线，就是不同的。(旦)奴家那晓针线，凭着一点虔心罢了。仙幡捧，忏悔尽教指头肿[11]，绣出鸳鸯别样工。

(共绣介)(副末扮老赞礼，丑扮柳敬亭，背行李领生上)

【皂罗袍】(生)避了干戈横纵，听飕飕一路，涧水松风。云锁栖霞两三峰，江深五月寒风送。(副末)这是栖霞山了。你们寻所道院，趁早安歇罢。(生看介)这是一座葆真庵，何不敲门一问。石墙萝户[12]，忙寻炼翁[13]，鹿柴鹤径[14]，急呼道童，仙家那晓浮生恸[15]。

(副末敲门介)(老旦起问介)那个敲门？(副末)俺是南京来的，要借贵庵暂安行李。(老旦)这里是女道住持,从不留客的。

【好姐姐】你看石墙四耸,昼掩了重门无缝;修真女冠,怕遭俗客哄。(丑)我们不比游方僧道,暂住何妨。(老旦)真经讽[16],谨把祖师清规奉[17],处女闺阁一样同。

(旦)说的有理,比不得在青楼之日了。(老旦)这是俺修行本等,不必睬他;且去香厨用斋罢。(同下)(副末又敲门介)(生)他既谨守清规,我们也不必苦缠了。(副末)前面庵观尚多,待我再去访问。(行介)(副净扮丁继之道装,提药篮上)

【皂罗袍】采药深山古洞,任芒鞋竹杖,踏遍芳丛。落照苍凉树玲珑,林中笋蕨充清供。(副末喜介)那边一位道人来了,待我上前问他。(拱介)老仙长,我们上山来做好事的,要借道院暂安行李,敢求方便一二!(副净认介)这位相公,好像河南侯公子。(丑)不是侯公子是那个?(副净又认介)老兄你可是柳敬亭么?(丑)便是。(生认介)呵呀!丁继老,你为何出了家也?(副净)侯相公,你不知么?俺善才迟暮[18],羞入旧宫;龟年疏懒[19],难随妙工;辞家竟把仙箓诵[20]。

(生)原来因此出家。(丑)请问住持何山?(副净)前面不远,有一座采真观,便是俺修炼之所。不嫌荒僻,就请暂住何如?(生)甚好。(副末)二位遇着故人,已有栖身之地。俺要上白云庵,商量醮事去了。(生)多谢携带。(副末)彼此。(别介)人间消业海,天上礼仙坛。(下)(副净携生、丑行介)跨过白泉,又登紫阁;雪洞风来,云堂雨落[21]。(生惊介)前面一道溪水,隔断南山,如何过去?(副净)不妨。靠岸有只渔船,俺且坐船闲话,等个渔翁到来,央他撑去;不上半里,便是采真观了。(同上船坐介)(丑)我老柳少时在泰州北湾,专以捕鱼为业;这渔船是弄惯了的,待我撑去罢。(生)妙,妙。(丑撑船介)(生问副净介)自从梳栊香君,借重光陪,不觉别来便是三载。(副净)正是。且问香君入宫之后,可有消息么?(生)那得消息来。(取扇指介)这柄桃花扇,还是我们订盟之物,小生时刻在手。

【好姐姐】把他桃花扇拥,又想起青楼旧梦;天老地荒,此情无尽穷。分飞猛,杳杳万山隔鸾凤,美满良缘半月同。

(丑)前日皇帝私走,嫔妃逃散,料想香君也出宫门;且待南京平定,再去寻访罢。(生)只怕兵马赶散,未必重逢了。(掩泪介)(副净指介)那一带竹篱,便是俺的采真观,就请拢船上岸罢。(丑挽船,同上岸介)(副净唤介)道僮,有远客到门,快搬行李。(内应介)(副净)请进。(让入介)

(生)门里丹台更不同[22],(副净)寂寥松下养衰翁;
(丑)一湾溪水舟千转,(生)跳入蓬壶似梦中[23]。

注释

[1]栖真：寄居道观。真指道观。

[2]游仙梦：本指神游仙境，这里指憧憬美满的爱情。

[3]“何处瑶天笙弄”三句：形容道家修行犹如在天上仙界生活。瑶天，天上仙境。笙弄，用笙吹奏的乐调。云鹤缥缈，玉佩丁冬，形容仙人在空中飘游的情景。

[4]几乎又把桃花种：差不多又惹上了儿女风情。

[5]蓬山路通：李商隐有诗句“刘郎已恨蓬山远，更隔蓬山一万重”，这里反其意而用之。

[6]中元节：农历七月十五日。

[7]皇后周娘娘：崇祯帝后，李自成起义军攻陷京城时，她自杀身亡。

[8]业重：罪孽深重。

[9]绑十指筝弦箫孔：十指只会弹弄弦管乐器。

[10]女红(gōng)：指妇女纺织、刺绣等工作。

[11]忏悔尽教指头肿：为忏悔罪孽，尽管手指肿了，也要缝好它。

[12]萝户：蔓延着松萝的门户。

[13]炼翁：炼丹道士。

[14]鹿柴：栅栏，篱落。

[15]浮生：道家认为人生即飘忽不定的存在。

[16]真经讽：背诵道家经典。讽，背诵。

[17]清规：清贫的供养。

[18]善才迟暮：唐代元和年间，曹保的儿子曹善才精通琵琶，后人用“善才”称琵琶师。迟暮，即晚年。

[19]龟年：唐玄宗时著名的乐工李龟年。

[20]仙箓(lù)：道家的秘文。

[21]白泉、紫阁、雪洞、云堂：自然景观或建筑物的名称。

[22]丹台：炼丹台。

[23]蓬壶：传说东海中有三仙山，其中一座叫蓬莱，也称蓬壶。

新评

此一出乃栖霞山重聚，不愿屈服清兵的，都聚到道观里来，寻仙修道，养性葆真，这是一种逃避社会矛盾的办法，也是一种坚强，是明末坚强的文人们的归宿。比如顾炎武，就是归隐山林，在民间活动。有人说他从事反清复明活动，但最终知道他是不仕清廷，专心著述。又有太原傅山，性格倔傲，明亡以后，曾往南明追寻抗清之士，不果；北归后，衣朱衣修道，人称“朱衣道人”，其中含义，一在不剃发，不事清廷，二在怀念朱明王朝。

本出情节，安排侯、李同住栖霞山道观，却不令其相见，乃是卖关子的一个办法，其用意在于先创造一种隐居渔樵、与世隔绝的世外生活气氛，为侯、李相见并双双“栖真”作心理上的铺垫。

第四十出　入　道

乙酉七月

【南点绛唇】(外扮张薇瓢冠衲衣[1],持拂上)世态纷纭,半生尘里朱颜老[2];拂衣不早,看罢傀儡闹[3]。恸哭穷途[4],又发哄堂笑。都休了,玉壶琼岛[5],万古愁人少。

贫道张瑶星,挂冠归山[6],便住这白云庵里。修仙有分,涉世无缘。且喜书客蔡益所随俺出家,又载来五车经史。那山人蓝田叔也来皈依[7],替我画了四壁蓬瀛[8]。这荒山之上,既可读书,又可卧游,从此飞升尸解[9],亦不算懵懂神仙矣。只有崇祯先帝,深恩未报,还是平生一件缺事。今乃乙酉年七月十五日,广延道众,大建经坛,要与先帝修斋追荐[10];恰好南京一个老赞礼,约些村中父老,也来搭醮。不免唤出弟子,趁早铺设。(唤介)徒弟何在?(丑扮蔡益所,小生扮蓝田叔道装上)尘中辞俗客,云里会仙官。(见介)弟子蔡益所、蓝田叔,稽首了。(拜介)(外)尔等率领道众,照依黄箓科仪[11],早铺坛场;待俺沐浴更衣,虔心拜请。正是:清斋朝帝座,直道在人心。(下)(丑、小生铺设三坛,供香花茶果,立幡挂榜介)

【北醉花阴】高筑仙坛海日晓,诸天群灵俱到,列星众宿来朝。幡影飘摇,七月中元建醮。

(丑)经坛斋供,俱已铺设整齐了。(小生指介)你看山下父老,捧酒顶香,纷纷来也。(副末扮老赞礼领村民男女,顶香捧酒,挑纸钱、锭锞[12]、绣幡上)

【南画眉序】携村醪,紫降黄檀绣帕包[13]。(指介)望虚无玉殿,帝座非遥;问谁是皇子王孙,撇下俺村翁乡老。(掩泪介)万山深处中元节,擎着纸钱来吊。

(见介)众位道长,我们社友俱已齐集了,就请法师老爷出来巡坛罢。(丑、小生向内介)铺设已毕,请法师更衣巡坛,行洒扫之仪。(内三鼓介)(杂扮四道士奏仙乐,丑、小生换法衣捧香炉,外金道冠、法衣,擎净盏,执松枝,巡坛洒扫介)

【北喜迁莺】(合)净手洒松梢[14],清凉露千滴万点抛;三转九回坛边绕,浮尘热恼全浇。香烧,云盖飘[15],玉座层层百尺高。响云璈[16],建极宝殿,改作团瓢[17]。

(外下)(丑、小生向内介)洒扫已毕,请法师更衣拜坛,行朝请大礼。(丑、小生设牌位:正坛设故明思宗烈皇帝之位;左坛设故明甲申殉难文臣之位;右坛设故明甲申殉难武臣之位)(内奏细乐介)(外九梁朝冠[18]、鹤补朝服[19]、金带、朝鞋、牙笏上)

(跪祝介)伏以星斗增辉，快睹蓬莱之现；风雷布令，遥瞻阊阖之开[20]。恭请故明思宗烈皇帝九天法驾，及甲申殉难文臣，东阁大学士范景文，户部尚书倪元璐，刑部侍郎孟兆祥，协理京营兵部侍郎王家彦，左都御史李邦华，右副都御史施邦耀，大理寺卿凌义渠，太常寺少卿吴麟徵，太仆寺丞申佳胤，詹事府庶子周凤翔，谕德马世奇，中允刘理顺，翰林院检讨汪伟，兵科都给事中吴甘来，巡视京营御史王章，河南道御史陈良谟，提学御史陈纯德，兵部郎中成德，吏部员外郎许直，兵部主事金铉；武臣新乐侯刘文炳，襄城伯李国祯，驸马都尉巩永固，协理京营内监王承恩等。伏愿彩仗随车，素旗拥驾；君臣穆穆，指青鸟以来临；文武皇皇，乘白云而至止。共听灵籁，同饮仙浆。(内奏乐，外三献酒，四拜介)(副末、村民随拜介)

【南画眉序】(外)列仙曹，叩请烈皇下碧霄；舍煤山古树，解却宫绦。且享这椒酒松香，莫恨那流贼闯盗。古来谁保千年业，精灵永留山庙。

(外下)(丑、小生左右献酒，拜介)(副末、村民随拜介)

【北出队子】(丑、小生)虔诚祝祷，甲申殉节群僚。绝粒刎颈恨难消，坠井投缳志不挠，此日君臣同醉饱。

(丑、小生)奠酒化财，送神归天。(众烧纸牌钱锞，奠酒举哀介)(副末)今日才哭了个尽情。(众)我们愿心已了，大家吃斋去。(暂下)(丑、小生向内介)朝请已毕，请法师更衣登坛，做施食功德。(设焰口[21]，结高坛介)(内作细乐介)(外更华阳巾[22]、鹤氅，执拂子上，拜坛毕，登坛介)(丑、小生侍立介)(外拍案介)窃惟浩浩沙场，举目见空中之楼阁；茫茫苦海，回头登岸上之瀛洲。念尔无数国殇[23]，有名敌忾[24]，或战畿辅，或战中州，或战湖南，或战陕右；死于水，死于火，死于刃，死于镞，死于跌扑踏践，死于疠疫饥寒。咸望滚榛莽之髑髅，飞风烟之磷火，远投法座，遥赴宝山。吸一滴之甘泉，津含万劫；吞盈掬之玉粒，腹果千春。(撒米、浇浆、焚纸，鬼抢介)

【南滴溜子】沙场里，沙场里，尸横蔓草；殷血腥，殷血腥，白骨渐槁。可怜风旋雨啸，望故乡无人拜扫；饿魄馋魂，来饱这遭。

(丑、小生)施食已毕，请法师普放神光，洞照三界[25]，将君臣位业，指示群迷。(外)这甲申殉难君臣，久已超升天界了。(丑、小生)还有今年北去君臣，未知如何结果？恳求指示。(外)你们两廊道众，斋心肃立[26]；待我焚香打坐[27]，闭目静观。(丑、小生执香，低头侍立介)(外闭目良久介)(醒向众介)那北去弘光皇帝，及刘良佐、刘泽清、田雄等，阳数未终，皆无显验。(丑、小生前禀介)还有史阁部、左宁南、黄靖南，这三位死难之臣，未知如何报应？(外)待我看来。(闭目介)(杂白须、幞头、朱袍，黄纱蒙面，幢幡细乐引上)吾乃督师内阁大学士兵部尚书史可法。今奉上帝之命，册为太清宫紫虚真人，走马到任去也。(骑马下)(杂金盔甲、红纱蒙面，旗帜鼓吹引上)俺乃宁南侯左良玉。今奉上帝之命，封为飞天使者，走马到任去也。(骑马下)(杂银盔甲、黑纱蒙面，旗帜鼓吹引上)俺乃靖南侯黄得功。今奉上帝之命，封为游天使者，走马到任去也。(骑马下)(外开目介) 善哉，善哉！方才梦见阁部史道邻先生，册为太清宫紫虚真人；宁南侯左昆山、靖南侯黄虎山，封为飞天、游天二使者。一个个走马到任，好荣耀也。

【北刮地风】则见他云中天马骄，才认得一路英豪。咭叮噹奏着钧天乐[28]，又摆些羽葆干旄[29]。将军刀，丞相袍，挂符牌都是九天名号[30]。好尊荣，好逍遥，只有皇天不昧功劳。

(丑、小生拱手介) 南无天尊，南无天尊！果然善有善报，天理昭彰。(前禀介) 还有奸臣马士英、阮大铖，这两个如何报应？(外) 待俺看来。(闭目介)(净散发披衣跑上) 我马士英做了一生歹事，那知结果这台州山中。(杂扮霹雳雷神，赶净绕场介)(净抱头跪介) 饶命，饶命！(杂劈死净，剥衣去介)(副净冠带上) 好了，好了！我阮大铖走过这仙霞岭，便算第一功了。(登高介)(杂扮山神、夜叉，刺副净下，跌死介)(外开目介) 苦哉，苦哉！方才梦见马士英被雷击死台州山中，阮大铖跌死仙霞岭上。一个个皮开脑裂，好苦恼也。

【南滴滴金】明明业镜忽来照[31]，天网恢恢飞不了。抱头颅由你千山跑，快雷车偏会找，钢叉又到。问年来吃人多少脑，这顶浆两包，不够犬饕[32]。

(丑、小生拱手介) 南无天尊，南无天尊！果然恶有恶报，天理照彰。(前禀介) 这两廊道众，不曾听得明白，还求法师高声宣扬一番。(外举拂高唱介)(副末、众村民执香上，立听介)

【北四门子】(外) 众愚民暗室亏心少，到头来几曾饶，微功德也有吉祥报，大巡环睁眼瞧[33]。前一番，后一遭，正人邪党，南朝接北朝。福有因，祸怎逃，只争些来迟到早[34]。

(副末、众叩头下)(老旦扮卞玉京，领旦上) 天上人间，为善最乐。方才同些女道，在周皇后坛前挂了宝幡，再到讲堂参见法师。(旦) 奴家也好闲游么？(老旦指介) 你看两廊道俗，不计其数，瞧瞧何妨。(老旦拜坛介) 弟子卞玉京稽首了！(起同旦一边立介)(副净扮丁继之上) 人身难得，大道难闻。(拜坛介) 弟子丁继之稽首了。(起唤介) 侯相公，这是讲堂，过来随喜。(生急上) 来了！久厌尘中多苦趣，才知世外有仙缘。(同立一边介)(外拍案介) 你们两廊善众，要把尘心抛尽，才求得向上机缘；若带一点俗情，免不了轮回千遍[35]。(生遮扇看旦，惊介) 那边站的是俺香君，如何来到此处？(急上前拉介)(旦惊见介) 你是侯郎，想杀奴也。

【南鲍老催】想当日猛然舍抛，银河渺渺谁架桥，墙高更比天际高。书难捎，梦空劳，情无了，出来路儿越迢遥。

(生指扇介) 看这扇上桃花，叫小生如何报你。看鲜血满扇开红桃，正说法天花落[36]。

（生、旦同取扇看介）（副净拉生，老旦拉旦介）法师在坛，不可只顾诉情了。（生、旦不理介）（外怒拍案介）哇！何物儿女，敢到此处调情。（忙下坛，向生、旦手中裂扇掷地介）我这边清净道场，那容得狡童游女[37]，戏谑混杂。（丑认介）阿呀！这是河南侯朝宗相公，法师原认得的。（外）这女子是那个？（小生）弟子认得她，是旧院李香君，原是侯兄聘妾。（外）一向都在何处来？（副净）侯相公住在弟子采真观中。（老旦）李香君住在弟子葆真庵中。（生向外揖介）这是张瑶星先生，前日多承超豁。（外）你是侯世兄，幸喜出狱了。俺原为你出家，你可知道么？（生）小生那里晓得。（丑）贫道蔡益所，也是为你出家。这些缘由，待俺从容告你罢。（小生）贫道是蓝田叔，特领香君来此寻你，不想果然遇着。（生）丁、卞二师收留之恩，蔡、田二师接引之情，俺与香君世世图报。（旦）还有那苏昆生，也随奴到此。（生）柳敬亭也陪我前来。（旦）这柳、苏两位，不避患难，终始相依，更为可感。（生）待咱夫妻还乡，都要报答的。（外）你们絮絮叨叨，说的俱是那里话。当此地覆天翻，还恋情根欲种，岂不可笑！（生）此言差矣！从来男女室家，人之大伦，离合悲欢，情有所钟，先生如何管得？（外怒介）呵呸！两个痴虫，你看国在那里，家在那里，君在那里，父在那里，偏是这点花月情根，割他不断么？

【北水仙子】堪叹你儿女娇，不管那桑海变。艳语淫词太絮叨，将锦片前程，牵衣握手神前告。怎知道姻缘簿久已勾销；翅楞楞鸳鸯梦醒好开交，碎纷纷团圆宝镜不坚牢。羞答答当场弄丑惹的旁人笑，明荡荡大路劝你早奔逃。

（生揖介）几句话，说的小生冷汗淋漓，如梦忽醒。（外）你可晓得么？（生）弟子晓得了。（外）既然晓得，就此拜丁继之为师罢。（生拜副净介）（旦）弟子也晓得了。（外）既然也晓得，就此拜卞玉京为师罢。（旦拜老旦介）（外吩咐副净、老旦介）与他换了道扮。（生、旦换衣介）（副净、老旦）请法师升座，待弟子引见。（外升座介）（副净领生，老旦领旦，拜外介）

【南双声子】芟情苗[38]，芟情苗，看玉叶金枝凋[39]；割爱胞，割爱胞，听凤子龙孙号。水沤漂，水沤漂；石火敲，石火敲[40]；剩浮生一半，才受师教。

（外指介）男有男境，上应离方；快向南山之南，修真学道去。（生）是。大道才知是，浓情悔认真。（副净领生从左下）（外指介）女有女界，下合坎道；快向北山之北，修真学道去。（旦）是。回头皆幻景，对面是何人。（老旦领旦从右下）（外下座大笑三声介）

【北尾声】你看他两分襟[41]，不把临去秋波掉[42]。亏了俺桃花扇扯碎一条条，再不许痴虫儿自吐柔丝缚万遭[43]。

白骨青灰长艾萧，桃花扇底送南朝；
不因重做兴亡梦，儿女浓情何处消。

注释

[1]瓢冠衲衣：瓜瓢形的僧帽、僧衣。

[2]朱颜：少年时面色红润。

[3]“拂衣不早”二句：拂衣即辞官归山。傀儡是木偶戏，这里借指政治上的各种纷争。

[4]恸哭穷途：阮籍穷途而哭的故事，见第十四出注[26]。

[5]玉壶琼岛：指仙家之所居。

[6]挂冠：自动放弃官位。

[7]皈(guī)依：原指佛教的入教仪式，后来泛指虔诚地信奉佛教或参加其他宗教组织。

[8]蓬瀛：蓬莱和瀛洲两座仙山。

[9]飞升尸解：成仙的意思。修道的人死去称尸解。

[10]追荐：追祭。

[11]黄箓科仪：黄箓，道家用的写在金简上的秘文。科仪指佛教、道教的各种仪式。

[12]锭锞(kè)：祭祀时烧的纸钱。

[13]紫降黄檀：两种香料。

[14]净手洒松梢：道士作法时用松枝蘸净水而洒。

[15]云盖飘：香烟浓聚，像云盖似的。

[16]云璈：铜制乐器，小型锣。

[17]建极宝殿，改作团瓢：团瓢，简陋的小屋。皇帝的宝殿改作团瓢。

[18]九梁朝冠：梁是朝冠上的横梁，梁数多少标志官员职位高低，九梁标志最高官员。

[19]鹤补朝服：补是官员服饰，明朝一品官官服绣鹤。

[20]阊阖：天门。

[21]设焰口：道家做法为饿鬼施食，称设焰口。

[22]华阳巾：道士的头巾。

[23]国殇(shāng)：为国而战死的将士。

[24]敌忾(kài)：对敌人的愤恨。

[25]三界：佛教用语。佛教把生死流转的人世间分为欲界、色界、无色界三界。

[26]斋心：道家举行宗教仪式前要专心一意。

[27]打坐：静坐。

[28]钧天乐：天界音乐。

[29]羽葆干旄：仪仗中的华盖和旌旗。

[30]九天名号：天官名号。

[31]业镜：佛教指冥界照映众生善恶业的镜子。

[32]饕(tāo)：贪吃。

[33]“众愚民暗室亏心少”四句：众愚民在暗室中少有亏心，到头来不曾被饶过；微小的功德也有吉祥的报应，这是要从大循环来看的。大循环是指“六道轮回”的迷信说法。

[34]“福有因”三句：暗用“善恶到头终有报，只争来早与来迟”的语意。争，差别。

[35]轮回：佛家认为世界众生莫不辗转生死于六道之中，如车轮旋转，称为轮回，唯成佛之人始能免受轮回之苦。

[36]说法天花落：传说云光法师讲经，说到好处，天花乱坠。

[37]狡童游女：追求情爱的少男少女。

[38]芟(shān)情苗：斩断情根。

[39]玉叶金枝：指明朝宗室。下文“凤子龙孙”意同。

[40]“水沤漂”四句：人生像在水中漂浮的泡沫，又像敲石发出的火花，是不经久的。

[41]分襟：分别。

[42]临去秋波：临别时回顾的眼光。

[43]再不许痴虫儿自吐柔丝缚万遭：再不许这些痴心男女在儿女柔情里作茧自缚。

新评

此出分两部分：前半出借祭祀交代结局，强调善有善报、恶有恶报，虽为悲剧，却又大快人心。其中那一段吊词写得极好。后半出讲侯、李相逢，悲喜交加，但被张薇“呵呸”一声，喝断花月情根，双双入道。临下场，外唱道：“你看他两分襟，不把临去秋波掉。亏了俺桃花扇扯碎一条条，再不许痴虫儿自吐柔丝缚万遭。”桃花扇作用至此结束。

续四十出　馀　韵

戊子九月

【西江月】(净扮樵子挑担上) 放目苍崖万丈，拂头红树千枝；云深猛虎出无时，也避人间弓矢。建业城啼夜鬼，淮扬井贮秋尸[1]；樵夫剩得命如丝，满肚南朝野史。

在下苏昆生，自从乙酉年同香君到山[2]，一住三载，俺就不曾回家，往来牛首[3]、栖霞，采樵度日。谁想柳敬亭与俺同志，买只小船，也在此捕鱼为业。且喜山深树老，江阔人稀；每日相逢，便把斧头敲着船头，浩浩落落，尽俺歌唱，好不快活。今日柴担早歇，专等他来促膝闲话，怎的还不见到。(歇担盹睡介)(丑扮渔翁摇船上)年年垂钓鬓如银，爱此江山胜富春[4]；歌舞丛中征战里，渔翁都是过来人。俺柳敬亭送侯朝宗修道之后，就在这龙潭江畔，捕鱼三载，把些兴亡旧事，付之风月闲谈。今值秋雨新晴，江光似练，正好寻苏昆生饮酒谈心。(指介) 你看，他早已醉倒在地，待我上岸，唤他醒来。(作上岸介)(呼介) 苏昆生。(净醒介) 大哥果然来了。(丑拱介) 贤弟偏杯呀！(净) 柴不曾卖，那得酒来。(丑) 愚兄也没卖鱼，都是空囊，怎么处？(净) 有了，有了！你输水，我输柴，大家煮茗清谈罢。(副末扮老赞礼提弦携壶上) 江山江山，一忙一闲，谁赢谁输，两鬓皆斑。(见介) 原来是柳、苏两位老哥。(净、丑拱介) 老相公怎得到此？(副末) 老夫住在燕子矶边，今乃戊子年九月十七日[5]，是福德星君降生之辰[6]；我同些山中社友，到福德神祠祭赛已毕，路过此间。(净) 为何挟着弦子，提着酒壶？(副末) 见笑见笑！老夫编了几句神弦歌，名曰[问苍天]。今日弹唱乐神，社散之时，分得这瓶福酒。恰好遇着二位，就同饮三杯罢。(丑) 怎好取扰。(副末) 这叫做"有福同享"。(净、丑) 好，好！(同坐饮介)(净) 何不把神弦歌领略一回？(副末) 使得！老夫的心事，正要请教二位哩。(弹弦唱巫腔)(净、丑拍手衬介)

【问苍天】新历数，顺治朝，岁在戊子；九月秋，十七日，嘉会良时。击神鼓，扬灵旗，乡邻赛社[7]；老逸民，剃白发，也到丛祠。椒作栋，桂为楣，唐修晋建；碧和金，丹间粉，画壁精奇[8]。貌赫赫，气扬扬，福德名位；山之珍，海之宝，总掌无遗。超祖祢[9]，迈君师，千人上寿；焚郁兰，奠清醑[10]，夺户争墀[11]。草笠底，有一人，掀须长叹：贫者贫，富者富，造命奚为[12]？我与尔，较生辰，同月同日；囊无钱，灶断火，不啻乞儿。六十岁，花甲周，桑榆暮矣[13]；乱离人，太平犬，未有亨期[14]。称玉斝[15]，坐琼筵，尔餐我看；谁为灵，谁为蠢，贵贱失宜。臣稽首，叫九阍[16]，开聋启瞶；宣命司[17]，检禄籍[18]，何故差池。金阙远，紫宸高[19]，苍天梦梦；迎神来，送神去，舆马风驰。歌舞罢，鸡豚收，须臾社散；倚枯槐，对斜日，独自凝思。浊享富，清享名，或分两例；内才多，外财少，应不同规。热似火，福德君，庸人父母；冷如冰，文昌帝，秀士宗师。神有短，圣有亏，谁能足愿；地难填，天难补，造化如斯。释尽了，胸中愁，欣欣微笑；江自流，云自卷，我又何疑。

(唱完放弦介)出丑之极。(净)妙绝！逼真《离骚》《九歌》了。(丑)失敬，失敬！不知老相公竟是财神一转哩。(副末让介) 请干此酒。(净咋舌介) 这寡酒好难吃也[20]。(丑) 愚兄倒有些下酒之物。(净) 是什么东西？(丑) 请猜一猜。(净) 你的东西，不过是些鱼鳖虾蟹。(丑摇头介)猜不着，猜不着。(净)还有什么异味？(丑指口介)是我的舌头。(副末)你的舌头，你自下酒，如何让客？(丑笑介)你不晓得，古人以《汉书》下酒[21]；这舌头会说《汉书》，岂非下酒之物。(净取酒斟介)我替老哥斟酒，老哥就把《汉书》说来。(副末)妙妙！只恐菜多酒少了。(丑)既然《汉书》太长，有我新编的一首弹词，叫做［秣陵秋］，唱来下酒罢。(副末) 就是俺南京的近事么？(丑)便是！(净)这都是俺们耳闻眼见的，你若说差了，我要罚的。(丑)包管你不差。(丑弹弦介) 六代兴亡，几点清弹千古慨；半生湖海，一声高唱万山惊。(照盲女弹词唱介)

【秣陵秋】陈隋烟月恨茫茫，井带胭脂土带香；骀荡柳绵沾客鬓[22]，叮咛莺舌恼人肠。中兴朝市繁华续[23]，遗孽儿孙气焰张[24]；只劝楼台追后主，不愁弓矢下残唐[25]。蛾眉越女才承选，燕子吴歈早擅场[26]，力士签名搜笛步，龟年协律奉椒房[27]。西昆词赋新温李[28]，乌巷冠裳旧谢王；院院宫妆金翠镜，朝朝楚梦雨云床。五侯阃外空狼燧，二水洲边自雀舫[29]；指马谁攻秦相诈[30]，入林都畏阮生狂[31]。春灯已错从头认，社党重钩无缝藏[32]；借手杀仇长乐老，胁肩媚贵半闲堂[33]。龙钟阁部啼梅岭，跋扈将军噪武昌[34]；九曲河流晴唤渡[35]，千寻江岸夜移防[36]。琼花劫到雕栏损[37]，玉树歌终画殿凉[38]；沧海迷家龙寂寞，风尘失伴凤彷徨。青衣衔璧何年返[39]，碧血溅沙此地亡[40]；南内汤池仍蔓草[41]，东陵辇路又斜阳[42]。全开锁钥淮扬泗[43]，难整乾坤左史黄[44]。建帝飘零烈帝惨[45]，英宗困顿武宗荒[46]；那知还有福王一[47]，临去秋波泪数行。

(净)妙妙！果然一些不差。(副末)虽是几句弹词，竟似吴梅村一首长歌[48]。(净)老哥学问大进，该敬一杯。(斟酒介)(丑) 倒叫我吃寡酒了。(净) 愚弟也有些须下酒之物。(丑) 你的东西,一定是山肴野蔌了。(净) 不是,不是。昨日南京卖柴,特地带来的。(丑) 取来共享罢。(净指口介) 也是舌头。(副末) 怎的也是舌头?(净) 不瞒二位说,我三年没到南京,忽然高兴,进城卖柴。路过孝陵,见那宝城享殿,成了刍牧之场。(丑) 呵呀呀!那皇城如何?(净) 那皇城墙倒宫塌,满地蒿莱了。(副末掩泪介) 不料光景至此。(净) 俺又一直走到秦淮,立了半晌,竟没一个人影儿。(丑) 那长桥旧院,是咱们熟游之地,你也该去瞧瞧。(净) 怎的没瞧,长桥已无片板,旧院剩了一堆瓦砾。(丑捶胸介) 咳!恸死俺也。(净) 那时疾忙回首,一路伤心;编成一套北曲,名为[哀江南]。待我唱来!(敲板唱弋阳腔介[49]) 俺樵夫呵!

【哀江南】【北新水令】山松野草带花挑,猛抬头秣陵重到。残军留废垒,瘦马卧空壕;村郭萧条,城对着夕阳道。

【驻马听】野火频烧,护墓长楸多半焦。山羊群跑,守陵阿监几时逃。鸽翎蝠粪满堂抛,枯枝败叶当阶罩;谁祭扫,牧儿打碎龙碑帽。

【沉醉东风】横白玉八根柱倒,堕红泥半堵墙高,碎琉璃瓦片多,烂翡翠窗棂少,舞丹墀燕雀常朝,直入宫门一路蒿,住几个乞儿饿殍。

【折桂令】问秦淮旧日窗寮,破纸迎风,坏槛当潮,目断魂消。当年粉黛,何处笙箫。罢灯船端阳不闹,收酒旗重九无聊。白鸟飘飘,绿水滔滔,嫩黄花有些蝶飞,新红叶无个人瞧。

【沽美酒】你记得跨青溪半里桥,旧红板没一条。秋水长天人过少,冷清清的落照,剩一树柳弯腰。

【太平令】行到那旧院门,何用轻敲,也不怕小犬哰哰。无非是枯井颓巢,不过些砖苔砌草。手种的花条柳梢,尽意儿采樵;这黑灰是谁家厨灶?

【离亭宴带歇指煞】俺曾见金陵玉殿莺啼晓,秦淮水榭花开早,谁知道容易冰消。眼看他起朱楼,眼看他宴宾客,眼看他楼塌了。这青苔碧瓦堆,俺曾睡风流觉,将五十年兴亡看饱。那乌衣巷不姓王,莫愁湖鬼夜哭,凤凰台栖枭鸟。残山梦最真,旧境丢难掉,不信这舆图换稿。诌一套《哀江南》,放悲声唱到老。

(副末掩泪介) 妙是绝妙,惹出我多少眼泪。(丑) 这酒也不忍入唇了,大家谈谈罢。(副净时服[50],扮皂隶暗上) 朝陪天子辇,暮把县官门[51];皂隶原无种[52],通侯岂有根?自家魏国公嫡亲公子徐青君的便是,生来富贵,享尽繁华。不料国破家亡,剩了区区一口。没奈何在上元县当了一名皂隶,将就度日。今奉本官签票,访拿山林隐逸,只得下乡走走。(望介) 那江岸之上,有几个老儿闲坐,不免上前讨火,就便访问。正是:开国元勋留狗尾[53],换朝逸老缩龟头。(前行见介) 老哥们有火借一个！(丑) 请坐。(副净坐介)(副末问介) 看你打扮，像一位公差大哥。(副净) 便是。(净问介) 要火吃烟么，小弟带有高烟[54]，取出奉敬罢。(敲火取烟奉副净介)(副净吃烟介) 好高烟，好高烟！(作晕醉卧倒介)(净扶介)(副净) 不要拉我，让我歇一歇，就好了。(闭目卧介)(丑问副末介) 记得三年之前，老相公捧着史阁部衣冠，要葬在梅花岭下，后来怎样？(副末) 后来约了许多忠义之士，齐集梅花岭，招魂埋葬，倒也算千秋盛事，但不曾立得碑碣。(净) 好事，好事，只可惜黄将军刎颈报主，抛尸路旁，竟无人埋葬。(副末) 如今好了，也是我老汉同些村中父老，检骨殡殓，起了一座大大的坟茔，好不体面。(丑) 你这两件功德，却也不小哩。(净) 二位不知，那左宁南气死战船时，亲朋尽散，却是我老苏殡殓了他。(副末) 难得，难得。闻他儿子左梦庚袭了前程，昨日扶柩回去了。(丑掩泪介) 左宁南是我老柳知己。我曾托蓝田叔画他一幅影像，又求钱牧斋题赞了几句；逢时遇节，展开祭拜，也尽俺一点报答之意。(副净醒，作悄语介) 听他说话，像几个山林隐逸。(起身问介) 三位是山林隐逸么？(众起拱介) 不敢，不敢，为何问及山林隐逸？(副净) 三位不知么，现今礼部上本，搜寻山林隐逸。抚按大老爷张挂告示，布政司行文已经月馀，并不见一人报名。府县着忙，差俺们各处访拿，三位一定是了，快快跟我回话去。(副末) 老哥差矣，山林隐逸乃文人名士，不肯出山的。老夫原是假斯文的一个老赞礼，那里去得。(丑、净) 我两个是说书唱曲的朋友，而今做了渔翁樵子，益发不中了。(副净) 你们不晓得，那些文人名士，都是识时务的俊杰，从三年前俱已出山了。目下正要访拿你辈哩。(副末) 啐，征求隐逸，乃朝廷盛典，公祖父母俱当以礼相聘[55]，怎么要拿起来！定是你这衙役们奉行不善。(副净) 不干我事，有本县签票在此，取出你看。(取看签票欲拿介)(净) 果有这事哩。(丑) 我们竟走开如何？(副末) 有理。避祸今何晚，入山昔未深。(各分走下)(副净赶不上介) 你看他登崖涉涧，竟各逃走无踪。

【清江引】大泽深山随处找，预备官家要。抽出绿头签[56]，取出红圈票[57]，把几个白衣山人吓走了。

(立听介) 远远闻得吟诗之声，不在水边，定在林下，待我信步找去便了。(急下)(内吟诗曰)

渔樵同话旧繁华，短梦寥寥记不差；
曾恨红笺衔燕子，偏怜素扇染桃花。
笙歌西第留何客？烟雨南朝换几家？
传得伤心临去语，年年寒食哭天涯。

注释

[1] 淮扬井贮秋尸：指清兵在扬州屠杀百姓。

[2] 乙酉年：公元1645年，清兵攻陷南京，南明亡。

[3]牛首：南京城南的一座山。

[4]富春：地名，在浙江省富春江西。

[5]戊子年：顺治五年，公元1648年。

[6]福德星君：财神。

[7]赛社：祭神。

[8]“椒作栋”六句：椒作栋，桂为椙，形容庙宇的芳香。唐修晋建，即晋代建筑，唐代重修，说明它历史悠久。下三句形容装潢富丽，壁画精致。

[9]祢：古代指父亲死后在宗庙中立牌位以后的称谓。

[10]醑(xǔ)：美酒。

[11]夺户争墀(chí)：指祭赛者拥挤。墀，台阶。

[12]造命奚为：为什么啊，造物主？

[13]桑榆暮矣：落日的馀晖照在桑榆树梢上，比喻老年时光。

[14]乱离人，太平犬，未有享期：社会动乱中的人还不如太平年间的狗，连个通达和顺利的日子都没有。

[15]称(chēng)玉斝(jiǎ)：举起玉杯。称，举。

[16]九阍：天宫的门。

[17]命司：司命之神。

[18]禄籍：注定人们福禄的簿册。

[19]金阙、紫宸：天上的宫殿。

[20]寡酒：只有酒而无下酒菜。

[21]《汉书》下酒：见第四出注[29]。

[22]骀(dài)荡：形容春天的景物使人舒畅。

[23]中兴朝市：南明王朝。

[24]遗孽儿孙：指马士英、阮大铖等。

[25]“只劝楼台追后主”二句：马、阮之辈劝诱弘光帝效仿陈后主建造楼台，贪图享乐，没有顾虑北兵南下。

[26]燕子吴歈(yú)：燕子指《燕子笺》，吴歈是吴地的歌曲。

[27]“力士签名搜笛步”二句：力士指唐明皇内监高力士，李龟年是唐代名乐师。这两句指阮大铖之流为弘光帝征选歌伎、清客演戏。

[28]西昆词赋新温李：北宋初，杨亿等诗人以所作唱和之诗编成《西昆酬唱集》。其诗大体宗奉唐李商隐、温庭筠，追求辞藻，好用典故，文字绮丽，而语意轻浅，一时慕之，号“西昆体”。

[29]“五侯阃(kǔn)外空狼燧”二句：阃外，国都之外的地方。二水洲边即白鹭洲边。雀舫是游船。南京南明王朝的君臣不顾城外守将告急，仍在乘船游宴享乐。

[30]指马谁攻秦相诈：暗用秦相赵高指鹿为马的故事来形容马士英也属此类奸相。

[31]入林都畏阮生狂：畏惧阮大铖的猖狂，一些正义人士避入山林中去。

[32]“春灯已错从头认”二句：阮大铖曾写文《春灯谜》表示悔过，后来得势便翻了旧案，大肆逮捕东林、复社党人。

[33]“借手杀仇长乐老”二句：五代时连仕后唐、后晋、后汉、后周四代十君的冯道自号长乐老，他著《长乐老自叙》一书，讲述自己履历，炫耀自己，而为后世鄙视。半闲堂是南宋奸相贾似道的宅院。这里用来类比马、阮的阴险及阮对马的谄媚。

[34]跋扈将军：指左良玉。

[35]九曲河流晴唤渡：指黄河方面不设防，任由清兵南渡。

[36]千寻江岸夜移防：指马、阮调黄刘三镇移防江岸堵截左良玉。

[37]琼花劫：喻扬州人民遭清兵屠杀的劫难。

[38]玉树歌：南朝陈后主有[玉树后庭花]曲，在此象征荒淫腐败的南明王朝。

[39]青衣：自汉朝以后，青衣为卑贱者之服，晋代时刘聪使怀帝着青衣行酒以示辱。 衔璧：古代国君死后口含玉埋葬，因此战败出降者衔璧以示国亡当死。青衣衔璧指弘光帝被俘虏受辱。

[40]碧血溅沙此地亡：指弘光帝被清掳去后黄得功自杀。

[41]南内汤池：南京明故宫及宫内温泉。

[42]东陵辇路：南京城东孝陵及皇帝车驾所经之路。

[43]全开锁钥淮扬泗：淮阴、扬州、泗阳相继被清兵攻下。

[44]左史黄：左良玉、史可法、黄得功。

[45]建帝飘零烈帝惨：建帝即明建文帝，明成祖攻破南京后他流亡在外，做了和尚。烈帝即崇祯帝。

[46]英宗困顿武宗荒：明英宗御驾亲征入侵外族，兵败被俘。武宗是一位荒淫国君。

[47]福王一：福王作弘光帝，在位仅一年。

[48]吴梅村：吴伟业，字骏公，号梅村。明末清初著名诗人。

[49]弋(yì)阳腔：流行于江西弋阳江一带的戏曲。

[50]时服：清代服装。

[51]"朝陪天子辇"二句：上句写徐青君在明朝得意，下句写他入清后落魄。

[52]皂隶：衙门差役。

[53]开国元勋留狗尾：徐青君是明代开国元勋徐达之后，现做了清朝皂隶，以狗尾自嘲。

[54]高烟：好的烟草。

[55]公祖父母：对地方官的尊称。

[56]绿头签：当时官府捕人的签。

[57]红圈票：官府捕人文据。

新评

"馀韵"一出，其韵有二：一为吟唱前朝伤心事，聊发悲歌，可知虽然隐逸，在山林里闲快活，却到底不能失却忠义之心；二为坚决回避招引，不愿出山，所谓"避祸今何晚，入山昔未深"。这体现了孔尚任的大胆，在堂堂康熙盛朝，说出这等话来，可知他有多么深切的故国之思！

附　录

孔尚任年谱简编

孔尚任，字聘之，又字季重，号东塘，别号岸堂，自号云亭山人。孔子第六十四代孙。其父孔贞璠，字用璞，号琢如，明末崇祯六年(1633)举人，颇有才学。入清后，他绝意仕进。

清世祖顺治五年，南明桂王永历二年(1648)

九月十七日，生于山东曲阜县。

顺治十五年(1658)，十岁

读书于曲阜县北石门山中。少年时期，博采遗闻，准备写一部反映南明一代兴亡的戏曲。

清圣祖康熙八年(1669)，二十一岁

此前，应童子试，成为诸生。

康熙十七年(1678)，三十岁

秋，前往济南应乡试，未能中举。

康熙二十年(1681)，三十三岁

用田产捐国子监生。

康熙二十二年(1683)，三十五岁

应当时孔氏家族的代表衍圣公孔毓圻之聘请，参加纂修《孔子世家谱》及《阙里志》，并训练礼生、乐舞生，监造礼乐祭器。

康熙二十三年(1684)，三十六岁

康熙帝南巡江南回京途中，路过山东，到曲阜祭孔子，孔尚任受荐于御前讲经，受康熙帝赏识。

康熙二十四年(1685)，三十七岁

被康熙皇帝破格任用，授为国子监博士。

康熙二十五年(1686)，三十八岁

随工部侍郎孙在丰出差淮扬，疏浚黄河海口。在扬州登梅花岭，拜史可法衣冠冢；在南京登燕子矶，游览秦淮河，参观明故宫，拜明孝陵，到栖霞山白云庵拜访道士张瑶星。

康熙二十八年(1689)，四十一岁

冬,回北京,仍任国子监博士。

康熙三十二年(1693),四十五岁

秋,奉旨回曲阜,送御书"万世师表"匾额。

冬,参加曲阜孔庙落成的祭祀典礼。

康熙三十三年(1694),四十六岁

九月,升为户部主事,职务是宝泉局监铸。

与顾天石合作,创作传奇《小忽雷》。全剧反映了唐代文宗一朝的政治,也有关于白居易、刘禹锡等人生活的描写。从此剧的主题与结构看,与《桃花扇》属同一类型。

此年前后,迁官户部主事。

康熙三十八年(1699),五十一岁

六月,《桃花扇》传奇经十馀年准备,终于脱稿。之后,舞台上经常演出,反响热烈。

秋,宫中内侍向孔尚任索要《桃花扇》剧本。

康熙三十九年(1700),五十二岁

升任户部广东司员外郎。但不到一月即被罢官。

康熙四十年(1701),五十三岁

逗留北京。

康熙四十一年(1702),五十四岁

冬,回曲阜石门山老家。

康熙四十五年(1706),五十八岁

到河北访友,朋友举行宴会,观演《桃花扇》,孔应邀参加。

康熙四十八年(1709),六十一岁

因津门诗人佟蔗村之资助,《桃花扇》刻板印行。

康熙五十四年(1715),六十七岁

到淮南访问神交二十多年的朋友刘廷玑,合编《长留集》。

康熙五十七年(1718),七十岁

春,于曲阜石门山家中辞世。

《桃花扇》研究主要文献

版本:

1. 康熙戊子刻本

2. 兰雪堂本
3. 西园本
4. 暖红室本
5. 梁启超注本
6. 王季思、苏寰中、杨德平合注本，人民文学出版社1984年版。

论著：

1.《孔尚任诗文集》，汪蔚林编，中华书局1962年版。
2.《孔尚任诗和〈桃花扇〉》，刘叶秋著，中州书画社1982年版。
3.《孔尚任年谱》，袁世硕著，齐鲁书社1984年版。
4.《孔尚任和〈桃花扇〉》，胡雪冈著，上海古籍出版社1985年版。
5.《孔尚任和〈桃花扇〉》，洪柏昭著，广东人民出版社1988年版。
6.《孔尚任评传》，徐振贵著，山东大学出版社1991年版。

论文：

1. 范宁《〈桃花扇〉作者孔尚任》，《光明日报》1951年11月10日。
2. 马雍《孔尚任及其〈桃花扇〉》，《光明日报》1954年5月24日。
3. 陈志宪《关于〈桃花扇〉的一些问题》，《光明日报》1954年8月29日。
4. 刘雁霜《试谈孔尚任罢官问题》，《光明日报》1965年6月27日、7月4日。
5. 聂石樵《略谈〈桃花扇〉》，《文学遗产》增刊第6辑。
6. 高哲《试谈〈桃花扇〉情节的提炼》，《文学遗产》增刊第12辑。
7. 董润生、周兆新《试评〈桃花扇〉中的侯方域》，《北京大学学报》1979年第5期。
8. 王进珊《〈桃花扇〉的首演和孔尚任的罢官》，《徐州师院学报》1980年第2期。
9. 王毅《侯方域的艺术形象和〈桃花扇〉的结尾》，《江汉论坛》1982年第12期。
10. 黄天骥《孔尚任与〈桃花扇〉》，《文学遗产》1984年第4期。
11. 张乘健《〈桃花扇〉发微》，《文学遗产》1984年第4期。
12. 刘辉《孔尚任生平与创作新探》，《剧艺百家》1986年第1期。
13. 徐振贵《〈桃花扇〉的主旨和纲领》，《东岳论丛》1987年第1期。
14. 梁燕《儒家思想的幻灭——论孔尚任与〈桃花扇〉》，《社会科学家》1993年第1期。
15. 张燕瑾《历史的沉思——〈桃花扇〉解读》，《首都师大学报》，1994年第2期。

相关论著:

1. 吴梅《顾曲麈谈》,商务印书馆1916年版。
2. 吴梅《中国戏曲概论》,大东书局1926年版。
3. (日)青木正儿《中国近世戏曲史》,作家出版社1958年版。
4. 郑振铎《插图本中国文学史》,人民文学出版社1963年版。
5. 《中国文学史》,人民文学出版社1962年版。
6. 游国恩等编《中国文学史》,人民文学出版社1964年版。
7. 《中国古代戏曲论著集成》,中国戏剧出版社1984年版。

《桃花扇》名言警句

△借离合之情,写兴亡之感。(试一出)(第001页)

△偏是江山胜处,酒卖斜阳,勾引游人醉赏。(第一出)(第004页)

△莫过乌衣巷,是别姓人家新画梁。(第一出)(第004页)

△无主春飘荡,风雨梨花摧晓妆。(第一出)(第004页)

△人住深深丹洞旁,闲将双眼阅沧桑。(第一出)(第005页)

△春雨如丝宫草香,六朝兴废怕思量。(第一出)(第005页)

△桃花流水杳然去,别有天地非人间。(第一出)(第005页)

△暗红尘霎时雪亮,热春光一阵冰凉。(第一出)(第006页)

△歌声歇处已斜阳,剩有残花隔院香。(第一出)(第006页)

△长板桥头垂杨细,丝丝牵惹游人骑。(第二出)(第010页)

△梨花似雪草如烟,春在秦淮两岸边。(第二出)(第010页)

△元人潇洒墨兰意,名姬恰好湘兰佩。(第二出)(第010页)

△莫将红豆轻抛弃,学就晓风残月坠。(第二出)(第011页)

△怕催花信紧,风风雨雨,误了春光。(第五出)(第022页)

△青溪尽是辛夷树,不及东风桃李花。(第六出)(第028页)

△春宵一刻天长久,人前怎解芙蓉扣。盼到灯昏玳筵收,宫壶滴尽莲花漏。(第六出)(第028页)

△脱裙衫,穷不妨;布荆人,名自香。(第七出)(第032页)

△名姝也须名士衬,画舫偏宜画阁邻。(第八出)(第035页)

△榴花照楼如火喷,暑汗难沾白玉人。(第八出)(第036页)

△秦淮一里盈盈水,夜半春帆送美人。(第八出)(第037页)

△那热闹局就是冷淡的根芽，爽快事就是牵缠的枝叶。(第十出)(第042页)
△从来名士夸江左，挥麈今登拜将台。(第十出)(第043页)
△人生聚散事难论，酒尽歌终被尚温。(第十二出)(第051页)
△到今日山残水剩，对大江月明浪明，满楼头呼声哭声。(第十三出)(第054页)
△黄鹤楼中人哭罢，江昏月暗夜三更。(第十三出)(第055页)
△看一片秣陵春，烟水消魂，借着些笙歌裙屐醉斜曛。(第十七出)(第067页)
△俺独自守空楼，望残春，白头吟罢泪沾巾。(第十七出)(第068页)
△一点芳心采不去，朝朝楼上望夫君。(第十七出)(第069页)
△同心共把乾坤造，看古来功臣阁丹青图画，似今日列侯会剑佩弓刀。(第十八出)(第071页)
△刘项何须成败论，将军头断不降曹。(第十八出)(第073页)
△西窗乍惊连夜雨，北里重消一枕魂。(加二十一出)(第083页)
△儿孙累，名利奔，一般流水付行云。(加二十一出)(第083页)
△名园山水清音美，又何用丝竹随。(第二十一出)(第086页)
△天上从无差月老，人间竟有错花星。(第二十二出)(第089页)
△萧郎从此路人窥，侯门再出岂容易。(第二十二出)(第090页)
△栏杆低雁字，帘幕挂冰条；炭冷香消，人瘦晚风峭。(第二十三出)(第092页)
△那知道梅开有信，人去越遥；凭栏凝眺，把盈盈秋水，酸风冻了。(第二十三出)(第092页)
△得保住这无瑕白玉身，免不得揉碎如花貌。(第二十三出)(第092页)
△银镜里朱霞残照，鸳枕上红泪春潮。恨在心苗，愁在眉梢，洗了胭脂，涴了鲛绡。(第二十三出)(第093页)
△樱唇上调朱，莲腮上临稿，写意儿几笔红桃。补衬些翠枝青叶，分外夭夭，薄命人写了一幅桃花照。(第二十三出)(第093页)
△莺喉歇了南北套，冰弦住了陈隋调。(第二十三出)(第094页)
△桃根桃叶无人问，丁字帘前是断桥。(第二十三出)(第094页)
△出身希贵宠，创业选声容，后庭花又添几种。(第二十四出)(第098页)
△冰肌雪肠原自同，铁心石腹何愁冻。(第二十四出)(第098页)
△恼杀秦淮歌舞伴，不同西子入吴宫。(第二十四出)(第099页)
△万事无如杯在手，百年几见月当头。(第二十五出)(第101页)
△歌舞西施，文章司马，厮混了红袖乌纱。(第二十五出)(第101页)
△看桃花半边红晕，情恳！千万种语言难尽。(第二十七出)(第109页)

△悠悠萍水一番亲，旧恨新愁几句论；漫道浮生无定著，黄河亦有住家人。（第二十七出）（第110页）

△应有娇羞人面，映着他桃树红妍；重来浑似阮刘仙，借东风引入洞中天。（第二十八出）（第111页）

△红鸳衾尽卷，翠菱花放扁。锁寒烟，好花枝不照丽人眠。（第二十八出）（第112页）

△美人公子飘零尽，一树桃花似往年。（第二十八出）（第113页）

△翠微深处人家少，万岭千峰路一条。开怀抱，尽着俺山游寺宿，不问何朝。（第三十出）（第121页）

△从来壮士无还日，眼看长江下海门。（第三十一出）（第125页）

△南朝旧例尽风流，只愁春色无价。（第三十二出）（第129页）

△闲消自遣，莫说文章贱。从来豪杰，都向此中磨炼。（第三十三出）（第132页）

△白头志高穷更坚，浑身枷锁吾何怨。（第三十三出）（第132页）

△相逢真似岛中仙，隔绝风涛路八千；地僻偏宜人啸傲，天空不碍月团圆。（第三十三出）（第133页）

△英雄不得过江州，魂恋春波起暮愁；满眼青山无地葬，斜风细雨打船头。（第三十四出）（第136页）

△望荒山野道，望荒山野道，仙境似天台，三生旧缘在。（第三十六出）（第142页）

△行路难时泪满腮，飘蓬断梗出城来；桃源洞里无征战，可有莲华并蒂开。（第三十六出）（第142页）

△千古南朝作话传，伤心血泪洒山川。（第三十八出）（第148页）

△云锁栖霞两三峰，江深五月寒风送。（第三十九出）（第150页）

△福有因，祸怎逃，只争些来迟到早。（第四十出）（第155页）

△书难捎，梦空劳，情无了，出来路儿越迢遥。（第四十出）（第155页）

△怎知道姻缘簿久已勾销；翅楞楞鸳鸯梦醒好开交，碎纷纷团圆宝镜不坚牢。（第四十出）（第156页）

△白骨青灰长艾萧，桃花扇底送南朝。（第四十出）（第157页）

△建业城啼夜鬼，淮扬井贮秋尸；樵夫剩得命如丝，满肚南朝野史。（续四十出）（第159页）

△秋水长天人过少，冷清清的落照，剩一树柳弯腰。（续四十出）（第161页）

△残山梦最真，旧境丢难掉，不信这舆图换稿。（续四十出）（第161页）

图书在版编目（CIP）数据

桃花扇 /（清）孔尚任著；贾炳文，任爱玲评注．—2 版．—太原：三晋出版社，2008. 10（2024.5 重印）
（中国家庭基本藏书·戏曲小说卷）
ISBN 978－7－5457－0016－9－01

Ⅰ．桃… Ⅱ．①孔…②贾…③任… Ⅲ．传奇剧（戏曲）—剧本—中国—清代 Ⅳ．I237. 2

中国版本图书馆 CIP 数据核字（2008）第 157718 号

桃花扇

著　　者：（清）孔尚任　　**评 注 者**：贾炳文　任爱玲

责任编辑：任如花　　**审 订 者**：任如花
封面设计：敬人工作室　　**版式设计**：敬人工作室
责任校对：任如花　　**责任印制**：李佳音

出版发行：山西出版集团·三晋出版社
地　　址：太原市建设南路 21 号
电　　话：（0351）4956036（咨询）　4922268（邮购）
传　　真：（0351）4922102
网　　址：www.sxskcb. com
邮　　编：030012

印刷装订：山西新华印业有限公司
（本书如有破损、缺页、装订错误，请与本社联系调换）

开　　本：787mm × 960mm　1/16
字　　数：210 千字
印　　张：13.25
版　　次：2008 年 10 月第 2 版
印　　次：2024 年 5 月第 2 次印刷
书　　号：ISBN 978－7－5457－0016－9－01
定　　价：52.00 元